惑郷の人

郭強生 *John Sheng Kuo*

西村正男 訳

台湾文学セレクション ❹

あるむ

時代へのレクイエム——日本語版への序

郭強生

『惑郷の人』は、私の創作人生における最初の長篇小説です。日本の読者に本書が紹介されるのに際し、まず訳者の西村正男教授に感謝したいと思います。西村教授は時間を惜しまず一字一句推敲して下さいましたが、このような訳業の進め方は、作者にとって自分が重視されていると何にもまして感じられるものでした。次に、この「台湾文学セレクション」の企画を統括されている黄英哲教授にも感謝いたします。黄教授がこの数年にわたって各地を奔走されたおかげで、私を含む台湾の小説家の作品がことごとく日本で出版されることとなったのです。

この小説の創作のプロセスは、やや独特なものでした。私の家は台北にあり、台北と私が勤務していた大学の所在地・花蓮との間を毎週往き来していました。当初からこのような時空の転換の中で創作を進めていたのです。半分ほど書いたところで、私は香港浸会大学の「国際作家ワークショップ」に招かれ、一ヶ月間当地に滞在しました。従って、この本は台北、花蓮、香港の三地を経てできた産物なのです。

自分でも不思議なのですが、このような移動によって創作が中断することは全くありませんでした。今から考えると、きっとこの物語が私にとって奇妙な魅力に溢れており、私を先へと進むように絶えず導いてくれたからでしょう。本が出版されてから、多くの読者や評論家も本書の魅力を感じてくれたことを嬉しく思います。

私はしばしば「魅」という字によって本書を形容します。というのも、本書は幽霊［原文「鬼」］の物語だからです［「魅」の原義には「魅了する」という意味の他、霊、化物という意味もある］。私の小説にはたびたび亡霊が登場しますが、私は人を驚かせるようなホラー小説が書きたいわけではなく、歴史の中、テクストの中、集合的記憶の中においてずっと発見されずにいた手がかりを、小説の形を借りて人々の前にもう一度出現させたいのです。

私が物語の構想を練る際に最初に影響を与えられたのは、花蓮という土地が日本から数多くの移民がやって来た開墾地だったということでした。まだ「湾生《わんせい》」［台湾生まれの日本人］という言葉が多くの人によって議論されるようになる前の今世紀初めから、私は戦争の時代に台湾で生まれた日本人や、彼らのその後の境遇に関心を持っていたのです。

もしかすると、これは私が台湾において常に「外省人」というレッテルを貼られることと関係しているのではないでしょうか。私の両親は一九四九年［大陸における中華人民共和国成立］の後になって中国から台湾に渡ってきたので、私は多くの台湾人から見ると外来者の二世なのです。「本省人」の子供と同じような教育を受け、同じようなテレビ番組を観て、同じような流行歌を聴いていたのに、です。戦争に伴う流浪や離散は、孫の代やその下の代以後になると、しだいに忘れられてしまうかもしれません。しかし、その背後にある哀愁は、きっと永遠に消えることはないでしょう。

従って、これは悲しい幽霊の物語なのです。私は特に映画というメディアを用いることで、本当のようでもあり幻のようでもあるような、霊魂が立ち去らずにその場に居続けるような状態を浮かび上がらせようとしました。そして小説の二人の主人公は、いずれも訳も分からずに虚しくも同性間の情愛に溺れてしまいます。題名の『惑郷の人』とは、呪文をかけられたかのように歴史の混乱の中から抜け出せない周縁的な人物を暗に指しています。これらの人の運命は歴史に記されることはありません。小説家が彼らのために声を上げることしかできないのです。

小説中の人物は全てフィクションですが、時代や社会の背景についてはすべて作者の考証を経ています。七十年に跨るこの物語は台湾だけに属するものではなく、ある面では第二次世界大戦を経験した世代の人々のために書かれたレクイエムでもあるのです。

惑郷の人　目次

時代へのレクイエム——日本語版への序　郭強生　1

第一部　君が代少年　11

第一章　12
第二章　29
第三章　52
第四章　73
第五章　93

第二部　多情多恨　111

第六章　112
第七章　126
第八章　138

第九章　149
第十章　155

第三部　君への思いを絶たん　189

第十一章　190
第十二章　209
第十三章　227
第十四章　242
第十五章　266
第十六章　296

訳者あとがき　西村正男　321

訳注は［　］で括って本文中に掲載した。

惑郷の人

第一部　君が代少年

第一章

一九八四年

吉祥鎮《チーシアン》の唯一の映画館は、やはり取り壊されることになった。

晩秋だというのに太陽は相変わらず眩《まぶ》しく照りつけており、吉祥街には見物に集まってくる人もいなかった。午前中はバイクが一台通りかかっただけで、道路の真ん中に横たわっていた赤犬が面倒くさそうに起き上がると、よたよたと小股歩きに道を譲って、蒸すように暑い日差しを通り抜けて日陰に移っていった。エンジンの音が次第に遠ざかると、レンガを叩くハンマーの音がカーンカーンと日光のなかに残響し、まるでじわじわと来る頭痛のようだった。

兵役を終えてからの数年というもの、彼は一度もこの鎮に帰っていなかった。台北の映画館もみなホールへと姿を変えてしまった。あの日、初めてビデオデッキというものに触れた時、映画館のワイドスクリーンの上で繰り広げられる出会いや別れ、冒険やスリルが、この黒い箱によって魂を吸い取られたかのようにテープの中に収められるのを目にして、彼はたちどころに震え上がった。映画館ももう終わりだ、と思ったのだ。

大きなスクリーンに描かれる光と影の世界はかつては夢の入口だったが、今では夢は縮んでビデオテープに入ってガラスケースにしまい込まれ、標本みたいになってしまったのだ。ロードショーの映画が公開されると初上映が終わった午後には海賊版テープが現れた。小羅《シャオルオ》は受け入れられなかった。かつて、映画を観るために彼は何度殴られたことか。映画館の椅子を下ろしたときのあのうめき声のような軋《きし》む音、場内のライトが暗くなってまず起立して国歌斉唱、予告編の上映。やがて映画本編が始まり、冒頭にショウ・ブラザーズ［邵氏兄弟有限公司。一九六〇～七〇年代の香港映画界を代表する会社］や中影［中央電影事業股份有限公司。台湾の国民党系の映画会社、現在は民営化し中影股份有限公司に改名］やゴールデン・ハーベスト［嘉禾電影有限公司。一九七〇年代の香港映画界でブルース・リーやマイケル・ホイの映画を制作して成功した］の威勢のよい音楽とトレード・マークが流れ、話し声も次第に収まっていく……あれこそが映画の儀式だよ……

小羅の父の老羅《ラオルオ》が吉祥戯院［戯院は映画館、劇場の意］が取り壊されると手紙に書いてきたときも、不思議なことに小羅はまったく感傷にひたることはなかった。ただ漠然とした不安が心のなかをちょっとかすめただけだった。

彼の心のなかではあの建物はずっと前にとっくに崩壊していたのだ。帰ってきたのは、ただある答えを得るためだった。

吉祥戯院が毎晩大入り満員だった時代、ポスターや看板はすべて小羅の父の手によるものだった。子供の頃の小羅はほとんど一日中、映画館裏の倉庫に出入りして父の仕事を見ていた。上映が終わった映画の看板を一枚一枚壁際に立てかけ、それが何莉莉《ホー・リーリー》［一九四六—、香港ショウ・ブラザーズで一九六〇〜七〇年代に活躍したスター女優］だろうと上官霊鳳《シャンクアン・リンフォン》［一九四九—、台湾や香港の映画で活躍したアクション女優］だろうと、ブラシをかけて白いペンキで覆ってしまい、そして父はマス目を引いた新作映画のポスターを地べたに広げ、比率に合わせて看板に縦横の罫線を引き、濃い茶色のインクに浸した細い筆を手にして、目測だけで輪郭を描いていくのだ。

小羅はいつも静かに父の仕事を見ていた。だが姜大衛《チアン・ターウェイ》［デヴィッド・チアン、一九四七—、一九七〇年代ショウ・ブラザーズのスター俳優］や陳観泰《チェン・クアンタイ》［一九四五—、主に七〇年代香港で活躍したアクション俳優］らの輝ける英姿が降霊術のように白いキャンバスの上に再現されるのを見てからというもの、小羅は絶世の名作を見たかのように、すっかり感服してしまった。

仕事をほぼ終えた父がタバコに火をつけると、小羅は父が疲れて叱る元気もないのを確認しては、そのポスターをねだってコレクションに加えようとするのだった。百枚にものぼる映画のポスターを入れたビニール袋は、みなきちんとベッドの下にしまい込まれていて、学校から帰って最初にすることといえば、紙幣を数えるようにそれらを取り出しては枚数を確認しながら眺めることだった。たまに小羅が父の気分を測りそこねたまま新しいポスターが欲しいと口にすると、「またこんな紙屑を欲しがりやがって。うちは屑屋じゃないぞ」とひとしきり叱られるのだった。

いや、紙屑などではない。小羅はそれらすべてを宝物にしていたのだ。老羅は吉祥戯院のために十何年も看板を描いたのに、本人は映画館に入って映画を観ることはほとんどなかった。映画ってやつは――小羅は父がこう言った時の鼻をしかめた表情を覚えていた――ろくなもんじゃないぞ。民国三十八年〔一九四九年、中国内戦に共産党が勝利し中華人民共和国が成立した年〕、大陸を取られたのはこいつのせいだ。左派の映画がどれもこれもみんなの心を掻き乱しおったんだ。

彼は小さい頃から映画館に忍び込むことを禁止され、父は切符係にも息子を通さないよう警告した。だが、切符係のおばさんは優しさから彼を中に入れたばかりに、こんな場面を目にすることになった。無精髭を伸ばし色とりどりに染まったボロいシャツを着た老羅が息子を彼女の前まで引きずっていって、息子の小羅が許しを請うまで殴るのだ。子供は忘れるのも早く、何日かするとまたおばさんに映画館の中に入れてほしいと言いに来る。するとおばさんは顔をしかめて舌を出し、「はよ帰らんかいな。叱られてビビらんかったんかい？」と言うのだった。

少し成長してから、彼はようやく隣近所の噂話から手がかりを摑んだ。彼の母は映画館で別の男と待ち合わせて家を出ていったのだ。

数日前に先に取り外された椅子は道端に積まれていた。軽トラックでは一回で運びきれず、日光のもとで運ばれるのを待っている椅子たちは、まるで自分の意志で映画館から逃げだしてきたかのように、それぞれ傾きながらじっと佇《たたず》んでおり、列車を待ちくたびれた旅行者のようだった。間を置かずにカーンカーンと音がして、西側の壁がまるで爆竹がはぜたかのように彼の目の前で崩壊した。長い間外界の光を浴びたことのなかった館内が、あたかも武俠映画の神掌［想像上の武術の秘技］の一撃さながらに姿を露わにした。

四方の壁にこびりついたまだら模様のカビは、どれくらいのあいだ繁殖したのかわからないほどで、照明にこびりついた黒ずみは誰も細かに観察したことはなかった。

小羅がこの鎮へ帰ったその日、父は事前にそのことを知らされておらず、トランジスタラジオをつけたまま竹製の寝椅子に寝そべっていたが、目をかすかに開けて夕日のなかを中庭に入ってくる若者を見つめた。挨拶もなしに父と息子はしばらく互いを見つめ、父はちょっと頷いたかと思うと顔を背けてしまった。小羅は小さい声で「父さん」と呼んで花壇のレンガの上に腰を下ろし、老人と一緒にラジオから流れる京劇のすすり泣くような歌声を聴いていた。夕日の中でその歌声も一つまた一つと煙になって消えていった。

小羅の記憶では、父は看板を描くときいつも小さなラジオをつけていた。夏休みには同級生たちが自転車に乗って川の方へ向かい、回転する車輪の影が映画館の倉庫のセメントの道を通り過ぎたので、記憶の中のラジオの音はいつも自転車の車輪と混じり合っていた。息を吸うと思い出されるのは、午後の映画上映が終わったあと映画館の脇のドアが開いて吹き出してくるカビ臭く冷たい空気だ。寂寞《せきばく》。それは小羅にとって人生に対する最初の印象だった。

心のなかではいつも映画のことばかり考えていた。ようやく中学校に入ると、授業が終わればすぐに懸命に自転車を漕《こ》いで午後五時の上映に間に合うように隣町の映画館まで飛ばし、七時半の晩御飯までにまたぶっ飛ばして帰るのだった。ポスターのコレクションはもう大きな紙箱二つにまで増えており、観たことがある映画と観たことのない映画がベッドの上に広げられると、映画スター一人ひとりが彼の考えたストーリーを彼だけのために演じるのだ。もしかすると、単にもしかするとだが、青春時代の小羅は、自分自身もあの平べったくて丸いスチールケースの中に収められたフィルムと何らかの運命的なつながりを持つことを想像していたのかもしれない。

静かに西に傾いた夕日の中に立ち、自分の体から伸びる変形した影を眺めながら、小羅は十年前のすべてがいつもどおり平穏だったあの夏のことを思い出していた。この鎮にはこれほど多くのトラックが止まったりはせず、吉祥戯院の入口前には夜でも昼のように明るく照らす水銀灯はなく、通りには和服を着たエキストラもおらず、すべてのことが起きる前だったあの夏のことを……

振り返って古びた映画館に最後の一瞥を与えると、彼は家を後にした。怒りと言い表しようのない戸惑いとともに。彼は、鎮のすべての道が秋の日の中でまるで滝のように自分へと押し寄せてくるかのように感じた。「吉祥戯院」という鉄で鋳られた四文字の楷書体はコンクリートの壁にしっかりと打ち付けられているのに、赤塗のまだら模様は虫に食われたみたいで今にも剝がれ落ちそうだった。あの時ロケ隊がこの建物を気に入ったのは、その時代外れの古めかしさ、典型的な昭和時代・大戦末期の和洋折衷様式だったという……

今回実家に帰る前、小羅はまず時間をみつけて、転職して映画館を経営しはじめた阿昌《アーチャン》に会いに行った。

その日はちょうど映画館内部の改装をしていた。阿昌の説明では、冷房の音が大きすぎるとか、古い映写機の映写がたびたび途切れるなんて観客がけちをつけるから、しょうがないんだ、もう少し設備投資をしなければ本当に淘汰されてしまうんだ、とのことだった。

あの当時、フィルムの運搬を仕事にしていた阿昌は、天気のいかんを問わずいつもあの丸くて平べったいスチールケースを背負って、はあはあと息を弾ませてチャリに乗って近くの田舎町を行き来していた。後には果たして台北に出てスタジオで照明機材を支えるようになった。彼らの鎮に来てロケをしたあの映画は、このように何人かの運命を知らず知らずのうちに変えることになったのだ。

阿昌は、中国語映画の黄金時代である民国六十年代［一九七一―八〇］に間に合った。当時の人はこのように言ったものだ。西門町《シーメンティン》［映画館も多い台北の繁華街］の映画館の看板が落ちたなら絶対に映画監督の頭の上に落ちる、と。武昌街《ウーチャンチエ》や漢口街《ハンコウチエ》［ともに西門町の中心部の道路］では三歩歩けば映画会社に行き当たるような有様だった。彼はつらい仕事も厭わず頭の回転も速かったので、照明係から現場係、記録係、さらには映画配給の業務を担うまでになり、貯金をして妻も娶《めと》った。ビデオデッキの普及というピンチも彼の転機となり、もともと経営困難に陥っていた中国語映画専門の映画館を安値で借り受けた後、ここの配給会社との長年の付き合いを頼りにして外国映画の二番館として経営しはじめたのだ。西門町のごみごみした商業ビルの中の映画館とはいえ、チケット一枚で映画二本が観られるとあって学生たちに人気だった。

映画館の照明を全開にするとこのようになるのかと、小羅は上映ホールの空席の列を眺めて、高校の古い教室にスチールの折りたたみ椅子が幾重にも積まれていたのを思い出した。

ここにはマジックもなく、夢の世界もなく、ただの密室にすぎなかった。古めかしい吉祥戲院では四方の壁の柱に日本人が遺した疑似ヨーロッパ風の紋様が刻まれていたのとは異なり、阿昌の上映ホールは四方に安価な防音板が取り付けられ、スクリーン前のカーテンすら省略されて、白銀のスクリーンが赤裸々にそこに広がっていた。小さい時の記憶では、スクリーンの前のカーテンがゆっくりと両側から引っ張られると、場内の期待もそれとともに高まり、暗い影がゆらゆらと見えていた映画館はにわかに宮殿へと姿を変え、赤いカーテンの向こうには思いもよらぬような黄金の輝きが待っているのだ……

阿昌に吉祥戲院が取り壊されるというニュースを伝えると、二人はしばらく黙り込んだ。

「親父さんはまだ元気なのかい?」かなり経ってからようやく阿昌がため息をついた。「うーん。俺も何年も部落に帰ってないよ。必死で生きていくのに精一杯でな」彼はしばし小羅をじろじろと見て、こう言った。「また痩せたみたいだな。どうしたんだ? ホテルみたいな仕事はずっとやっていくのは大変だろ。将来どうするんだい」

「まずはちょっと休みたいな」

適当にそう答えると、阿昌はもう何も言わなかった。彼の妻が昼食を届けにきたが、小羅を見ると、すみませんお客さんがいるとは知らなくて、と続けざまに言って、慌ててエレベーターに乗り込みながら、階下の麵料理屋で滷菜《ルーツァイ》［肉などを煮込んだものを冷まして薄く切って食べる料理］を切ってもらってくるので一緒にご飯を食べていってください、と小羅に言うのだった。中部の平埔族［平野部に住む台湾原住民］部落の女性と、東部のアミ族［主に台湾東部に住む台湾原住民で最大の民族集団］の男性。彼らはこの寒々しい台北の町でついに自分たちの家を手に入れたのだ。

阿昌に続いて二坪にも満たない小さな事務室に入ると、中は木の板、ペンキから鍋や茶碗、柄杓《ひしゃく》、盆などで一杯だったが、小羅はすぐに床の上に重ねられていた古い映画ポスターに目を留めた。

「君は小さい時こういうものを集めるのが大好きだったな。全部持っていくかい」

小羅は首を横に振った。「とっくに全部捨てたよ」

阿昌は鉄製の棚から円盤状のスチールケースをいくつか取り出して、なんだか当ててみな、と言った。

小羅は衝撃を受けた。懐かしい友人のことを気にかけて会いに来ただけなのに、実は知らぬうちに何かに導かれていたのだろうか。まさかあのケースの中身は本当に……？

十年前のあの時、彼にはなんとなくわかっていた。いま故郷を発つと二度と帰ってくることはできないということを。思いもよらなかったのは、すべてを変えてしまったあの映画が、結末を迎えることのない運命に陥り、目の前にある未完成の古いフィルムに成り果ててしまったということだ。

「映画会社はすぐ潰れてしまって、誰も相手にしなかったから、半分だけ撮ったフィルムはずっと俺のところにあるんだ。どうしたものかわからないんだけど」彼は話しながらケースの一つを開けて、小羅の目の前で光に当ててみせた。

ほこりとカビの斑点だらけのこの古いフィルムを見て、小羅はこっそり笑った。今になって彼は悟ったのだ。もしも記憶も一つ一つケースに入ったフィルムだったとしたら、事の真相を中に詰めて彼がしまい込んだフィルムのケースは、永遠に開けることはできない、ということが。

「なあ、上映してみるかい」

もしも阿昌が古い知り合いでなかったなら、この提案は悪ふざけにすぎると小羅は思ったことだろう。

二〇〇七年

「松尾教授ですか」

リュックを片方の肩にかけ、学生のような格好をした健二がエレベーターを降りると、日本語で彼に呼びかける声が聞こえた。若い女性で、語気には少し自信なさげなところがあった。この人は昨日電話で連絡をしてきたアシスタントで、彼を昼食会へ迎えに来たのだろうと健二は思った。そこでしばらく躊躇《ちゅうちょ》したあと、母語混じりで標準的とはいえない中国語で話すことにした。

「陳《チェン》さんですか？　こんにちは。ナイス・トゥ・ミート・ユー」

相手が一瞬少したじろいだのを目にして、健二は続けて言った。「大丈夫。昨日飛行機を降りてから、みんな僕に日本語で話しかけるんですよ。アメリカにいるときと同じですね。僕を見ても誰もすぐには僕がアメリカ人とは思わないらしい」

健二はこの女性が彼のアメリカ式の自虐的ユーモアを完全には理解できず、いっそう不安な表情になったのを目にした。彼女は慌てて言葉を補った。「先生は昨晩よく眠れましたか。先生のために準備した宿舎は来週には用意できます。まず最初の二日間はホテルに泊まっていただくことになって申し訳ありません」

「大丈夫。僕が予定より早く来たんだから」

二人は話しながらロビーの自動ドアから出ていった。健二は入口で立ち止まって、微笑みかけて言った。「そうだ、僕のことをケンジと呼んでくれないかな。君と話していると自分がまるで年寄りみたいだよ」

健二は二人の会話を気楽な雰囲気にしようと思ったのだが、彼のアメリカ式すぎる話しぶりのせいで、アシスタントは健二が外国人であることをさらに意識して疎遠に感じたようだった。

英語が台湾人にとって難しい外国語であるからだろうか。それともここの人は、彼の母国と同様に、彼がアジア人の顔をしているために彼を観光客か新移民とみなすのが習慣になっているのだろうか？

だがここは台湾だ。台湾の人々はつまるところ日本文化に近いところにいる。この点は、健二が昨晩ホテルの近くをぶらぶらして食事をする場所を探したときにも確認したことだった。簡単に日本料理店を見つけることができ、そこには日本的な看板が掛けられていて、「割烹」「松阪」「串焼」「定食」などと記されているのだ。そうは言っても、健二はあたりを一周した後、結局マクドナルドに入った。習慣というものは本当に根が深いものだ。彼の父がしょっちゅう、いつになったら彼が高級な本マグロのおいしさを真に理解できるのか、とぼやいていたとおりである。

「松尾先生はお若いですね。三十歳にもならないうちに博士号を取られたそうですね」

「運が良かったんだよ。博士課程にいた時、アジア映画という研究テーマは流行《はや》っていたから」

健二はカリフォルニア大学S校で二年間任期付助教授を務め、論文出版のプレッシャーに直面していた。彼はこの二年のうちにもう一冊重要な著書を出版しなければならず、さもないと終身雇用教員の職を得る道はより困難なものになってしまうのだ。彼のクラスメイトの多くはこのような遊牧民族になってしまい、論文が書けずに三年ごとに大学を渡り歩き、しかもどんどん辺鄙な大学へと移るしかなかった。

有名なフルブライトの海外研究資金を申請して台湾に来ることを選んだのは、他人から見ればそれが彼のもともとの研究領域と関連しているということしかわからないのだが、実際には健二には個人的なはっきりと説明できない理由があり、またそのために彼は予定を早めて台北に来たのだ。

「食事の場所はここから遠くないですが、先生は少し歩いても構いませんか?」

「ザッツ・オーケイ……」健二はすぐに気づいて言葉を換えた。「歩くのは好きだよ。ついでに台北の様子を見られるし」

九月の町にはまぶしい日差しが射しており、正午でもあったので、秋の気配はほとんどなかった。健二は用意していた防寒用のマフラーをリュックにしまい込んだ。

「陳さん、すみません、もう一度言ってください。これからどういう人が来るの」

「私たちの学科の主任教授と、学科のもう一人の教授と、C大学の映画研究をしている教授と、私たちの大学の日本語学科の教授です……。ああ」アシスタントはちょっと警戒して口をつぐみ、申し訳なさそうに健二を見つめた。「もう一人、日本人女性です。学者ではないんですけど、台湾の文芸界で活躍されていて、フリーライターということになると思います……」

「いわゆる「台湾通」っていうやつだね」健二は思わずこう混ぜかえした。

健二が海外研究を申請した際、規定により滞在先のいずれかの大学による同意書と招待状が必要だった。彼はいくつかの大学の英語学科、映画学科、歴史学科を吟味検討し、最終的にH大学の台湾文学科を受け入れ先に選んだ。健二にはわからなかった。海外の訪問学者がやって来ると、受け入れ先は必ずこのように興奮するものなのか。それとも彼の研究テーマ「戦後台湾映画の発展と日本映画との相互関係と影響」のせいだろうか。主任教授が誤解して、彼をある種の「台湾通」に分類したのかもしれないが、それも無理もない。まあいい、研究目的には心の内にあるあの本当の「研究目的」は記さなかった。さもないと……

「先生、今回の研究テーマは台湾映画だそうですね」

「えっ?」健二は我に返って、肩をすぼめて、「アメリカ人だましのテーマだよ。今は台湾に来たから、醜態を晒すことになるけどね」健二はまた、女性の顔に彼のユーモアにきょとんとしている表情を見てとった。

「ええ……そんなことありません。先生は中国語がお上手ですね」

「大学で日本語と中国語の両方を履修したんだよ」

「ということは、先生はアメリカ生まれ?」

これに対して、健二はうなずいて返事に代えた。このようなことに関しては、やはり適当にお茶を濁したほうがいいと思ったのだ。

物心がついて以来、彼は自分が育った環境に対して窮屈な思いをいつもひしひしと感じてきた。彼にはずっと忘れられないことがある。まだ幼稚園の頃、英語が全くうまく話せなかった両親は、ほとんど四六時中彼をマンションに閉じ込めており、他の子供が母親に付き添われて近くの公園で遊んでいたのとは異なっていた。そのような母親たちは互いに挨拶をしたり、約束して一緒に出かけたり、自宅で焼いたビスケットやケーキを交換したりしていた。彼の母親はこれらの外国人と接触するのを非常に恐れ、父親は日本企業の駐外事業部のオフィスに四六時中いたにもかかわらず、両親は白人ばかりが住む高級マンションに住みたがったのだ。そのマンションにいた彼とよく似た運命の子供は、台湾から来た移民の子息だった。もしも、いつから台湾映画に触れるようになったのか、と健二に尋ねたならば、彼は半ば冗談交じりにこう答えるかもしれない。ああそれは、林さん、それから張さんっていう隣の子供と一緒に宿題を解いた小学校時代でしょう、と。

ハイスクールの生徒となった健二は、ある日ついにこらえきれなくなって両親に尋ねた。どうしてアメリカに移住してきたの、と。彼は子供の頃から両親の説明に飽き飽きしていた。曰く、ここはよりよい教育を受けることができる、あるいは曰く、より開放的で先進的だ、など。彼が育った一九八〇年代、日本経済はまさに最盛期で、毎日テレビをつけると日本人がまたアメリカのどこのランドマークや建物を買った、どこのアメリカの大企業を買収したなどのニュースを目にした。これらのニュースは知らぬうちに学校の中の健二にも波及することとなった。白人の子供たちのいじめを受けただけでなく、他のアジア系の生徒からも敬して遠ざけられたのだ。彼の両親は健二を助けることはできなかった、というのも彼らは自分たちの小さな範囲の中だけで生活していたからである。他のアジア系移民の両親は何年かごとに冬休みや夏休みに子供を連れて母国に帰り、身内を訪ねたりしたそうだが、健二にはそのようなこともなかった。

健二の両親は彼が小学校とハイスクールの時、二度だけ父の故郷、四国の高知に彼を連れていったことがあった。一度目は祖母の七十歳の誕生日の際、二度目は祖母の葬儀だった。祖父はというと、健二の人生において存在しないも同然だった。祖母の家に帰省しても、祖父はみんなが触れようとはしない人物なのだということを健二はなんとなく感じ取ったのである。

祖母の葬儀に参列する旅の途中で、健二は初めて「湾生《わんせい》」という名詞を耳にした——彼の祖父母は台湾生まれの日本人だったのだ。

自分の祖父母や家族についてては、健二の人生において初めからずっと答えのない空白だった。しだいに忘れられると同時に、わざと隠蔽されてきたのだ。だが祖父が湾生であるということが家族や親族友人によってたまたま触れられてからというもの、この事実は健二の人生のパズルを解くための一つ目の手がかりとなった。健二がさらに尋ねようとするのに対して、父はやむをえずこのように答えた。祖父はとっくに妻子を捨てて、どこに行ったのかわからないのだ、と。祖母は一人で温泉旅館を経営して父を育て上げたのだという。家族の中では、祖父は死んだことになっているのだ。

父の避けるような語気によって、健二は何かを理解したような気がした。アメリカに移住することは、当時まだ二十代だった父にとっては、ある種の逃避だったのかもしれない。だがいったいどのような決して変えることのできない事実から逃げようとしたのだろうか。健二はピースを一つ一つ当てはめてパズルの全貌を描き出そうとした。だが、この台湾という鍵は、彼がこの何年もの間探してきた謎を解く、最後に必要な鍵となるピースなのだろうか……

「先生、この大通りを渡って、次の角まで行けば着きます」アシスタントの声は健二の妄想を中断させた。

声を聞いて視線を上げた彼は、目の前の景色に心臓の鼓動が数拍速くなるのを感じた。

慌てて道路名を書いた標識を探すと、一本は博愛路《ボーアイルー》という名前で、もう一本は衡陽路《ホンヤンルー》だった。台湾総督府の建物はそのまま何も変えずに蔣介石が台湾に来た後の執務室になったのだが、そのことは台北についてのどんな関連文献にも見出すことができ、珍しくはない。だが、この特に大きくもないこの十字路は……

栄町《さかえまち》［台北市中心部、現在の二二八和平公園の西側一帯］！

付近には高層ビルが林立し、色とりどりの看板が混じり合った表層の裏では、思わぬことに、植民地時代の建物の雰囲気がこれほどまでに鮮やかに現れているのだ。これは彼が多くの資料映像の中で目にしたことがある古い町並みだった。

健二が目を大きく見開くと、突然先ほどの栄町の古い映像が、まるで薬品の効果が切れたネガフィルムのように輪郭を失っていった。目の前には現在の台北と、激しく行き交う交通や人の群れのみが広がっている。建物と建物の間を細かく探すと、改築された大きなビルの間に挟まれた低い二階建ての建物がいくつかあって、たしかに植民地時代風の土着と洋風が混じり合った様式が保存されており、ここがかつて栄町であった数少ない証拠となっていた。

だが先ほど健二の心拍数がなぜか上がった本当の理由は、これらの数少ない遺留物のためではない。あの瞬間彼が見たのは、栄町の完全な姿だったのだ！

菊元百貨店［一九三二年開業の台湾最初の百貨店］さえも交差点に姿を現していた。健二の祖父が自転車に乗って悠然と目の前を通り過ぎたかもしれない、あの栄町なのだ……

映画のフェイド・イン、フェイド・アウトのように、旧都台北の幻の姿はつかの間にすぎず、すぐに現実に取って代わられた。

健二の心に、にわかに名状しがたい興奮が沸き起こり、それに続いて訪れたのは感傷だった。

第二章

一九七三年

阿昌《アーチャン》は体をすべて自転車のハンドルにくっつけてしまうほど水平にして、足は全力で勢いよくペダルを踏みつけていた。今にも失速して体ごと倒れてしまいそうでもあり、すぐに宙に浮き上がって飛んでいきそうでもあった。蒸し暑い灼熱の七月は、風が皮膚に吹き付けただけでもやけどを負いそうだった。阿昌はずっと何やら文句を言い続け、かばんの中のスチールケースは泥道に揺さぶられてカランコロンと音を立て、ペダルとチェーンはギーギー叫び、田んぼの真ん中のこの自転車はあたかも一人でやるチンドン屋のようだった。

この何年もの間、このあたりの田舎町では、阿昌のような人たちが分秒を争って激走することでなんとか映画を予定どおり上映しているのだった。阿昌が引き継ぐまでは、前任の爺さんの体力がもたなくなって、毎日必ず一、二回、上映スタッフが手書きで「フィルム未着　しばらくお待ちください」の文字を投影せざるを得なくなっていたのだ。

今日阿昌のカバンの中に入っているのはブルース・リー〔李小龍、一九四〇―一九七三〕の『ドラゴン怒りの鉄拳』〔原題『精武門』、一九七二、羅維監督〕だ。さっき上映スタッフがフィルム交換をしてテープを巻きとる際、阿昌は退屈しのぎにブルース・リー演じる陳真が日本人の武館に乗り込むあの素晴らしいシーンを目にした。「東亜の病夫」と記された額縁を一撃でぶっ壊し、ヌンチャクを取り出しては電光石火の動きで、日本人の野郎どもはみなひっくり返って苦しみうめくのだ。

この映画を数え切れないほど観た阿昌だったが、この日は興奮で血をたぎらせた後、思わずため息をついた。

世の中の出来事はなんと思いもよらないものだろう。一週間前に、ブルース・リーが突然急死するなんて。

頭の回転が速い配給元はすぐさま懐かしの映画『ドラゴン怒りの鉄拳』を上映リストに入れたが、急なことでフィルムの数が足りず、台湾各地で狂ったようにフィルム運びのリレー競技が展開されることになった。東部のこの鎮にやって来た時には、すでに絶えず雨が降っているような傷跡だらけのフィルムになっていた。

フィルムを背負って道を急ぐ阿昌は、映画の中のブルース・リーの鋭く傲慢《ごうまん》な目つきを思い出し、何とも言いようのないもやもやとした気分と不安を絶えず感じていた。

ブルース・リーの嵐のような出現と消失は、阿昌にとって、何らかの不可解な予言のようであった。

彼の手足から繰り出されるカンフーでさえ、完全な謎のようなこの予言を完成させるための飾りにすぎないのだ。まだ十七歳の阿昌には、このような強大な生命がこんなにもあっという間に消えてしまったことは、どうしても受け入れられなかった。それと同時に、最近自分がしょっちゅうわけもなく感じる焦りや苦しみも彼には理解できなかった……

俺は永遠にこのような仕事を続けるわけにはいかないいんじゃないか？

一夜のうちにスターになるのはどうだろう。だが、自分がどのように死んだのかさえわからないなんて。

彼はきっと神様が遣わしたのだ。でも、どうして日本人をやっつけるだけで、共産党をやっつけはしないのだろう。

ブルース、ブルース。あんたは本当にそんなにすごいの。新聞はあんたが本当はアメリカ人で、奥さんも毛唐《けとう》だと書いてる。俺たちはみんなあんたを仲間と思っていたけど、いったいどういうこと？どこの人だろうと、あんたが悪党をやっつけるのは本当にすっきりするよ！

俺だって人を殴りたい。真っ先に殴るのはあの出来損ないの生徒指導主任だ。それからクラスで俺のことをイノシシ昌《チャン》と呼ぶ奴らだ。畜生め。

くそったれ。バカヤロ！——

阿昌の叫び声が静まり返った田んぼや林に響き渡った。

それは嵐の前の異様な静けさ、それも重苦しい静けさの時代だった。

この時代に生きた人々は、自らの抑圧された渇望を自覚することはできなかった。ブルース・リーのヒロイックな姿に夢中になって、外国の圧力に抵抗する悲劇を通じて最大の満足を永遠に手に入れるしかなかったのだ。

国連からの離脱と日本との断交という衝撃を経たばかりとはいっても、一般の人民にとっては国家の将来とはまだ遥か彼方にある抽象的な概念だった。外国の圧力というのももはや肉弾戦の侵略ではなく、目に見えない、いわゆる国際情勢というものになっていた。蔣介石総統は、全国の軍人や民衆に「莊敬自強 処変不驚」［当時蔣介石が呼びかけた「状況の変化に驚かず、自らを強くせよ」という意味のスローガン］を学ぶよう求めた。どこに行こうとこの八文字のスローガンを目にすることができた。莊敬自強、処変不驚。

莊敬自強処変不驚莊敬自強処変不驚
莊敬自強処変不驚莊敬自強処変不驚
莊敬自強処変不驚莊敬自強処変不驚
莊敬自強処変不驚莊敬自強処変不驚

人々もいったい何が抑圧されていたのかわかっていなかったのかもしれない。誰もが重苦しいままひたすら待っていた。待っていたのは共通の敵愾心《てきがいしん》の隆盛なのかもしれないし、体制の崩壊かもしれなかった。『英烈千秋』［一九七四、中影、丁善璽監督］『梅花』［一九七六、中影、劉家昌監督］『八百壮士』［一九七五、中影、丁善璽監督］といった抗日映画もこの後数年経ってようやく登場したのだ。蔣介石はまだこの時点では万歳万々歳、健康そのものだった。この時、一般庶民は、あと二年もすると雷雨の夜に民族の救世主が急逝し、大陸反攻、中華民国再興の砦が一夕のうちに過去のことになってしまうとは想像だにしなかった。

台湾の東部はさらに重苦しさに覆われていた。これまで大きな変化がなかったのではなく、すべての激動や洗礼がここにやって来ると、泥が海に流れるが如く、沈澱してさらに重くなるのだ。日本人がやって来て、去っていった。客家《はっか》［漢民族のエスニックグループの一つ］の人々がやって来て、定住した。大陸から撤退してきた軍人が進駐して、爆弾でトンネルを掘って道を作り、やはり定住した。山の奥に散らばる町は、あたかも毎回の時代の変化の残余を集めているかのようだった。

祖先が日本帝国の植民地時代に蕃仔《ファンナ》と呼ばれ、後に国民政府に山地同胞と呼ばれた［すなわち原住民と呼ばれる台湾先住民の子孫の］阿昌にとっては、時代に忘れられた、という言葉は、小さい頃から聞いており、同族の長老が酒を飲んだ後に恨みごととして口にする言葉であった。そうして彼らは静かに運命を見守り、自分たちの考えを隠すことに慣れてしまった。今はまだ予感にすぎなかったが、阿昌はまもなく大きな変化があるであろうことを感じていた。豪雨の前の雲と泥の混ざったあのかすかに鼻につく生臭さが、彼の想像の中に入ってきたのだ。彼はそれを迎える準備をしなければならない。彼が今いちばん関心を持っているのは、働きながら高校卒業の資格を得て、どうにかしてここを離れて大都市に向かい文明人になり、もう先生や同級生に汚いとか愚かだとは言わせないようにすることだった。これが、口に出すことのない彼の密かな望みなのだ。

夏の午後の北西の風に乗った雨は、予報で降るといえば必ず降った。

吉祥戯院に駆けつけた時には阿昌はぬれねずみとなっており、足早に映写室へと飛び込んだ。上映技師の坤仔《クンナ》は口にタバコをくわえ、熟練した手つきで運ばれてきたフィルムを機械にかけた。4、3、2、1。誰も気づかぬうちに前後をつなぐその手際は見事なものだった。阿昌はほっと一息をついた。彼がまだ水を一口飲まないうちに、坤仔は興奮して大ニュースがあるんだと告げ、「耳を洗って聞くように」と言った。

「ケツ洗っとくわ。耳使わんでも、ケツで聞いてもわかるようなことやろ」

坤仔は笑顔でタバコを一本阿昌に渡した。

「この鎮に映画を撮りに来るんだよ。鎮長まで出てきて応対してる。いま台北から来たプロデューサーとか監督とかマネージャーとかと下の上映ホールで映画を観てるんだ。このおんぼろ映画館のレトロな感じが気に入ったらしい。この前の道をまるごと撮影場所にするらしいぞ。抗日愛国映画とやらを撮るんだって。ここの館長は計算高いからな、映画館を撮影に貸し出すと、一月《ひとつき》の収入は一枚三元で切符を売るよりずっと儲かるってわけさ。台北から来た連中はすごく金持ってるぞ。みんなが映画スターになりたがるわけだ。連中の金遣いを見てたらわかる、映画って本当に儲かるもんだな」

そのとおり、彼らのこの鎮は、かつて日本人が台湾に来て開拓した集落だったのだ。吉祥戯院の前の道にはまだ日本家屋の町並みが残っていた。抗日映画？　ブルース・リーが日本人をやっつけるようなカンフー映画だろうか。それとも『揚子江風雲』［一九六九、李翰祥監督］のようなスパイ映画だろうか。

なぜまた急に「抗日」なのだろうか。台湾はとっくに「光復」［日本の植民地から中華民国への復帰］したではないか。ああそうだ、日本は共匪《きょうひ》［台湾の中華民国政府が中華人民共和国の共産党政権を罵って呼んだ言葉］と国交を結んだんだ、本当に恩知らずだよ……

阿昌の疑念は、すぐにもっと自分にとって切実な問題によって中断された。映画館が撮影に貸し出されるんだったら、フィルム運搬先の映画館が一つ減るじゃないか、この損はどう埋めればいいんだ？

阿昌が思ったとおり、映画のロケ隊が来たために彼は蚊帳の外に置かれることとなった。坤仔は引き続き雇われた、というのも映画会社は絶えず未編集のラッシュフィルムをチェックしなければならず、映写機を操作する人が必要だったのだ。こんな感じで、撮影スタッフが台北を出発する二週間も前から、この鎮は慌ただしくなってきた。唯一の旅館は率先して大掃除を行い、部屋のすべてのシーツ、布団カバーと枕カバーを交換したばかりか、映画スターがチェックインする際に彼らを出迎えるための赤い横断幕まで準備した。

主役男性は柯俊雄《コー・チュンシオン》［一九四五―二〇一五、台湾のスター俳優］、それとも王羽《ワン・ユー》［ジミー・ウォング、一九四三―、香港・台湾で活躍したアクションスター］？　……なにけったいなこと言うてんの、武侠映画を撮るんじゃないよ！　……主役女性は絶対に湯蘭花《タン・ランファ》［一九五一―、台湾原住民ツォウ族の女性歌手・女優］じゃないと。お前ら平地人で彼女ほどきれいな女性なんていないんだから！　……楊麗花《ヤン・リーファ》［一九四四―、台湾の伝統演劇・歌仔戯《コアヒ》の男役を演じた人気女優］がええなあ……男役なん、女役なん？　……何が抗日だ、わしは八年も日本の野郎と戦ったんだ。奴らにどんな映画が撮れるっていうんだ！　……おじさん怒らないで、機会があったらおじさんに総司令役をお願いするから、ハハハ……

雑貨店は慌ただしく仕入れをして、ソーダやジュースの箱が一つ一つ店の入口に積み上げられていっぱいになった。美容院にも客が絶えることなく押し寄せた。というのも、全力で撮影に協力するので、百名もの住民にエキストラになってもらうかもしれない、と鎮長が表明したからだ。ちょっと容貌に自信のある若い娘が期待するのは、もちろんエキストラ用の弁当にありつくことだけではない。美容院にやって来るのも必要な投資だ。もしかして監督が彼女の美貌に驚くことがあるかもしれない……ああ、金水姉《チンシュイ》さん、あなたも線香のお店をほっぽり出して、美容院にやって来たの？

いつも映画館の車庫の裏のオンボロの道具部屋にこもっていた老羅《ラオルオ》までもが、急に欠くことのできない重要人物となった。

映画会社の美術監督（聞くところによるとアジア映画祭で最優秀美術監督に輝いたことがあるらしい）と助監督（かつては台湾語映画の監督だったのだが賭博の借金のため一時期姿を消し、再びこの業界に戻ってきた時には台湾語映画の栄光の時代はとっくに終わっていた）は数日早くここにやってきてロケハンをして、それから老羅に重要な任務を授けたのだ。それがないと一九四〇年代の日本統治下の台湾の風景を復元するのはまったく不可能だという。

「ほら、映画館の看板は全部古い映画に取り替えないと。『ドラゴン怒りの鉄拳』のままではダメだな。看板屋さん、急いでね」

老羅は助監督から古い映画のポスターを復刻したカラー写真を受け取った。『蘇州夜曲』、満映のトップスター李香蘭《りこうらん》と、日本随一の二枚目俳優、長谷川一夫の主演だ。老羅は鼻を鳴らして嘲《あざけ》るように笑って、写真を相手に返して言った。「これは違う」

「どこが違う？」台湾語映画時代にその名を轟《とどろ》かせていた黒狗《ヘイゴウ》は、この全身絵の具だらけの、見たところちょっとイカれた外省人の爺さんに自分が異議を申し立てられるとは思ってもみなかった。「あんたとワシのうち、台湾の以前の様子をどっちが知ってると思う？」

「あんた、この映画観たことがあるかい？」

相手は口をとがらせ、答えるのも面倒だというそぶりをした。「ないけど……それがどうだって？これは日本から持ってきたポスター原画なんだぞ」

「観たことがない？　わかった、じゃあ教えてやろう」老羅はしゃがんで地べたに置いた半分飲みかけの五加皮酒《ごかひしゅ》［蒸留の薬酒］を手に取り、ゴクッと一口飲んだ。

「『蘇州夜曲』？　そんなの『支那の夜』に決まってるじゃないか。このポスターはあとになって中国で上映するときに使ったものだ。日本の野郎どもがそのままの題名で上映する覚悟があるもんか。植民地の人が観たのが『支那の夜』で、中国人が観たのが『蘇州夜曲』なんだ、わかったか。台湾にこんなポスターなんかあるもんか。こんなの使ったら大笑いされるのがオチだ！　ワシの故郷は東北で、瀋陽《しんよう》で『支那の夜』を観たんだ。李香蘭の顔立ちはすごく奇妙に感じたよ、わしら中国人に全然似とらんからな……」

老羅の大声につられて、近所の人たちが野次馬にやって来た。この隣人たちは日頃から老羅の戯言《ざれごと》を余興として楽しんでいたのだ。例えば、彼はとてもありえないようなことをペラペラ喋った。日本人は蔣介石っていうあの悪党ともともと密約を結んでいたんだとか、蔣は日本に東北をプレゼントに等しい形で献上して満洲国を成立させたんだとか、日本人の力を借りて異分子をやっつけたんだ、さもなければ東北軍閥が蔣と敵対したらやつに押さえつけられるわけがないんだ、とか。ここの人たちは、老羅のように蔣総統をこれほどまでに憎んでいる外省人の退役軍人を見たことがなかったので、彼は妻に逃げられたために鬱積した怒りをぶつけるところがないのだと思っていた。

美術監督と助監督が顔を見合わせて半信半疑でいたところ、野次馬の中から標準的な日本語が聞こえてきた。みなが振り返って声の主を探すと、金水姉さんのしゅうとめが生後五ヶ月になる孫（金水姉さんは続けて娘を二人産み、それがこのしゅうとめには不満だった）を背負って独り言を言っていた。

急にみんなの注意が自分の方に向かったのを見て、この婆さんはふっふっと笑って金歯を見せ、台湾語と日本語のチャンポンで、老羅を指さして言った。

「はいはい、この老兵さんの言うとおりで間違いないよ、『しなのよる』よ」

気持ちはくさくさしていたものの、特急仕上げの料金をもらうために、老羅はやはり五加皮酒一本と「新楽園」ブランドのタバコ一箱をお供にして、しゃがみながら看板に李香蘭の頭部を一筆《ひとふで》一筆と描いていった。

〽私の家は東北の松花江《しょうかこう》のほとり、そこには森林と炭鉱が、そして山野一面に大豆とコーリャンが……［張寒暉作曲の抗日歌曲「松花江上」］。調子っぱずれの抗日歌曲と、目の前の『支那の夜』の李香蘭の美しい笑顔との組み合わせ。老羅の仕事の様子を見ると誰もが反応に戸惑ってしまうことだろう。

日満親善、くそったれ！　老羅は鼻筋にしわを寄せて、自分の傑作を眺めていた。左から見ても右から見ても、この女の血筋は単純ではない。東洋人でこんなにくっきりした顔立ちの人はいるもんか。大きな目に高い鼻。絶対に西洋人の血が入っている。

老羅はにわかにひらめいた。この女はロシア人と日本人の混血だったのか。間違いなくしっかり養成され訓練されたスパイなんだ。中国各地のみんながこの女の「何日君再来《ホーリージュンザイライ》」や「夜来香《イエライシャン》」を聴いていたというのに、どうして誰も中国人でも日本人でもないとは考えなかったのだろう……

老羅は力なく筆を筆洗い用の容器にしまい込んだ。

十八歳で家を出て、あっという間に二十五年間も孤独に流浪した。銃を持って敵と戦うことを怖いと思ったことはなかったが、戦争よりも恐ろしいのは、孤独だった。孤独とは一年また一年とどんどん硬くなる甲羅のようなものだ。彼はこの甲羅を背負って、どこにも行けず、またそこには誰も入って来られないのだ。

老羅は芸術専科学校に正式に入学した学生だったのだが、今では落ちぶれてこのようなものを描いている。

共産党は日本人よりも恐ろしかった。投降しても解放されぬばかりか、先祖三代前まで遡ってやられてしまうのだ。避難の途中で従軍し、基隆港《キールン》で下船した際には、このまま二度と故郷に帰れず、蔣介石に騙されたとは夢にも思わなかった。

肺病に罹《かか》ったことがわかって退役し、山の上で果物を植える仕事に就いたがそれは実は詐欺で、その結果ほんのわずかな貯金をすべて失うこととなった。山から連れてきた妻までも二年もしないうちに出ていってしまった。まだ小学校に入ったばかりの息子を老羅に任せ、都会で家政婦になるとのことで、初めの数ヶ月はお金を送ってきたのだが、半年後には音信も途絶えてしまった。家政婦になるというのは嘘で、彼女はもとから別の男と一緒になっていて、どこかへ高飛びしてしまったのだ。

子供は老羅の頭痛の種だった。彼は子供に申し訳なかった。彼の母親を探し出せず、本当の家庭を彼に与えることができなかったからだ。子供を連れて様々なところで雇われ仕事をし、ようやくここに落ち着くことになった。ここにとどまってくだらない映画の看板なぞを描くことにしたのも、天真爛漫な子供から見ると映画館で働く父が光栄に感じられるからだ。父さんは映画のマジックを操れて、どんな上映作品も描くことができるので、映画を観る人はみな先に父さんのマジックの手際を見なければならない。まだものを知らない小羅は、この看板を描く仕事をとても神秘的に感じていたのだ。

老羅は息子に四六時中映画館に入って映画を観ることを禁止したが、子供は殴られるのも恐れず物覚えも悪いため、いつも親子でかくれんぼをすることになり、その結果、とにもかくにも親子の間で騒々しい一種の相互関係を持つことができたのだ。子供の母親がいなくなってからというもの、老羅は息子がまだ子供にすぎないということをほとんど忘れそうだった、というのも母のない子供は自分で食べたり寝たりすることができたからだ。親子は単調に規則正しく一日また一日と暮らし、互いの細かい気遣いすら無用だった。

思わぬことに映画館という場所が、この仮の家庭を真の家庭らしくする助けとなった。親子が親子らしくなったのだ。その何年かの間、彼が仕事をしていると息子は彼のそばをすり足でうろちょろするようになった。さらには、母がいなくなってからというもの途絶えていた子供っぽい話し方をするようになり、父に向かって「バー、バー」と声を出し、おどおどしながらも甘えを含んだ話し方でこのように言った。「あれが欲しいの、あの映画のポスター。いい？」

その瞬間、老羅は悲しみがこみ上げて、この柔らかい声をずっと胸に抱いていられるなら、と思うのだった。

だが何年もしないうちにこの子供の声は声変わりしはじめた。この子は中学に上がってからさらに映画の魅力に取り憑《つ》かれたが、老羅はそれがいとおしくもあり、やるせなくもあった。息子は今の彼が生きる上でのたった一つの希望だった。息子が高校を卒業して立派な大学に合格することを待ち望んでいた。何年もの間蓄えたお金を取り出して、先生のところに補習に行かせたこともある。だが老羅は息子がこっそりと補習費をすべて映画に使っていることに気づいた。息子がすっかり変わってしまい、ますますひねくれて暗い性格になっているのを目にして、ついにその日が来たのではないかと疑った。息子はついに自分の家柄のひどさや、自分の父が小人物だったことに気づいたのではないか……

老羅は目をこすった。すでに真夜中になっていた。この破格の収入のことに思い至ると、彼はすぐに絵筆を絵の具に浸した。

李香蘭の大型ポスターの看板を掛けた翌日、映画のロケ隊がついに威風堂々と進駐してきた。民衆がびっくりさせられたのは、柯俊雄の姿も楊麗花の姿もなく、主役の男女は日本人俳優だったことだ。台湾と日本が断交した後、日本映画は全面的に輸入が禁止されていた。この日本人男女はまだ若く、日本の映画界でようやく頭角を現しはじめたところで、台湾の観衆にも馴染み深い宝田明や吉永小百合のような存在ではなかった。

「抗日愛国映画ではなかったのですか？」鎮長は心中の疑念を抑えることができずこっそりとプロデューサーの肩書を持つ人に尋ねてみた。

「そうですよ！」その人は言った。「ある若い日本の士官が、植民政策の不公平に対して立ち上がるんですな。台湾同胞たちの善良さを深く愛していた彼は、現地の日本人の役人と衝突することを厭わず、最後には徴兵された学生を守るために犠牲になるのです」

「それは、どういう意味での抗日ですかな？」

「日本の政策への抵抗があれば、抗日となります」

「じゃあ愛国は？」

「主人公男性は中国への侵略戦争に反対しているのですよ！　これは我が国の立場とぴったり符合していますな」

「じゃあこの映画に台湾の俳優は出るのですか？」

「どうせあとで中国語でアフレコを当てるから、みなさんは見守ってくれていればいいんです」プロデューサーは面倒くさそうな表情をすでに露わにしており、「あなたに説明してもわからんでしょう」と言った。

確かに、これは普通の庶民には理解できない状況だった。というのもこの映画に従事する人々は彼ら独自のやり方で「荘敬自強、処変不驚」の精神を広めようとしていたからだ。

少しして、あとで鎮長の助けも必要になるかもしれないと思い、張《チャン》プロデューサーは知らず知らずのうちに語気を柔らかくし、話しながら鎮長にタバコを一本手渡した。

「私たちの中国語映画の多くはずっと日本映画の技術支援を受けているんですわ。これは皆さんのような素人の方にはわからんでしょう。完成時には日本から来た撮影や効果の指導者たちの名前は字幕にクレジットされません」

鎮長の困惑はさらに深くなった。

「いいでしょう、あなたには話しても構わん。これはもともと日本映画だったんですな。台湾で日本映画の輸入が禁止されたんだが、我々は台湾の日本映画市場を捨ててしまうのはもったいないんで、窮すれば通ずでしてな。そこで元の映画に台湾部分のストーリーを付け加えて、台湾の映画会社の名義で出品するんです。逆買収ってやつですな、おわかりでしょう？　これは台湾の観衆に幸福をもたらしますぞ。中南部のオジサンやオバサンは日本映画がなくなったらどうやって生きるというんですか。いま台湾に来ているのはストーリーに関わる補充の撮影でして。わしらはこの主人公男性の回想シーンの部分を苦心して削ぎ落として、関係者を通じて賄賂を送って、やっと脚本が審査を通ったんですわ。この俳優男女は、へへ、我々は中国語の芸名も付けたんで、映画が上映される時には新人映画俳優ということになりますな」

最後はプロデューサー自身もこらえきれず自慢げに笑いだして、ひとこと補った。「さもないと、我々がここまで苦労をして、こんな鳥も卵を産まないようなところに来て映画を撮るわけはないでしょう？」

一九八四年

バラバラのフィルムは、しきりに同じシーンを繰り返しており、アフレコや編集は施されていなかった。シーン数とカット数を記した無機的なカチンコに続いて、すでに四、五回観たのと同じ動きと表情が演じられている。抜け出ることのできない夢の世界は、たしかに人生の中で起こったことなのに、日本人俳優の名前すら今では思い出せない。でもあの顔は永遠に記憶に刻まれている。あの眉をひそめてやや顔を傾けて上から見下ろすあのポーズ……

十年が経った今、彼はまるで幽霊がこの世を眺めているかのように、カメラが捉えた画面を見ていた。十七歳の自分が、日本の学生服と学生帽を身にまとい、頭を下げている。灰色の和服を着た男が伸ばした手を彼の肩に置き、体を傾けて彼に対して興奮して訴えかけている。音はなく、話している中身は聞こえない。そして中断。同様の場面がもう一度繰り返される。和服の男は今回は唇を動かして何かを話そうとしたかと思うと止めてしまい、泣き出しそうになりながらシャツをむりやり破り開いて、憤然としてカメラの前から立ち去った。フィルムは停まらずに回り続け、帽子をかぶった少年は呆然としてその場に立ちつくし、それからなすすべもなくカメラ外の人に対して助けを求める表情をした……カット。スクリーンは空白になった。

「俺は覚えてるけど、あの倉田なんとかっていう俳優は監督にダメ出しされて、半分しか撮影できていないのに残りの演技を拒否したんだ」阿昌が言った。

倉田。阿昌はまだその名前を覚えていたのか。小羅はかなり驚いた。

「君は、自分が出たあの場面は何を撮っていたのか覚えてるかい」

「俺は募集に応じて日本に行って少年工として飛行機を作ることになったんだ。行って三年経てば高等工業学校卒業の学歴がもらえると聞いて。で、あの倉田が、学校の先生に強制されたんじゃないのか、って聞くんだ。そして、これはペテンだとかなんとか俺に言うんだ」

「そんなにはっきり覚えてたのか」

小羅はもちろん覚えていた――忘れたくても忘れられない。だが、阿昌の言葉を聞いてから彼はしばらく黙り込んだ。あたかも記憶が先ほどの画面から解離して、自分のもとに戻るのを待つかのように。

彼の記憶の中のあの日は、画面の中の映像と同じ時空にあるものだろうか。

これはどうにも説明することのできない時空の錯誤なのだ。あの日、水銀灯を長くつけっぱなしにしたせいで微かに焦げたような匂いがあたりに立ちこめ、若い士官を演じる倉田の熱い眼差しが彼を包み込んだ。それに加えて八月の高温で、小羅は自分がすぐにでも倒れてしまうのではないかと思った。だがフィルムに残された映像は、ぽかんとした自分がそこに立ちつくしている一方、倉田のほうが疲労と不機嫌を顔中に露わにしていて、滑稽で素人っぽかった。

だがさっき彼の口から思わず漏れた「俺」とは誰のことだろうか。この映画の中の彼の役柄だろうか。それとも何年ものあいだ彼がずっと追いかけてきたもう一人の自分だろうか。小羅が先ほど思わず説明したストーリーは、まるで占い師の占いのように聞こえる。

「本当に惜しいよな、あの映画が完成しなくて……」

「惜しい？」

「あの日本人監督は、お前に素質があるって言ってたじゃないか」

小羅は相槌を打った。阿昌の話しぶりからして、彼は今でも本当に素質があったと信じているらしい！　それもいい、そのように思い続けさせてもいいだろう。小羅はひそかに自分に対して嘲笑した。俺には生まれつきの素質がある、だが残念なことに使う場面を間違えたんだ。

阿昌は立ち上がって映写機の電源を切った。「さっきあの映画館が映画に出てきたのを見た時、ちょっと辛かったな」

「何が辛い？　地元でフィルム運びの仕事をしていた頃が懐かしいっていうのかい？」

吉祥戯院がとっくにストリップ小屋になってしまい、低俗なヌードショーをやっていることは、阿昌が知らないはずもない。舞台には彼の実の妹も出ているのだから。だが、小羅は口を閉じて何も言わなかった。

「その後、あんなことが起きて……俺が辛いのは、あのとき映画が順調に完成していたら、お前ももしかして……蘭子《ランズ》もあんなことには……」

阿昌がこのように言うのは、どのように小羅と向き合うべきかわからなかったからだろうか。あるいは、自分がいま台北で映画館を経営できていることを幸いに思うべきか、それとも友人の人生がそれ以降めちゃめちゃになってしまったことに同情すべきかわからなかったからだろうか。

小羅は阿昌の話しぶりの中に彼を責めるような要素がないか聴きとろうとした。小羅は、今の阿昌の事件全体に対する解釈は当時とはひらきがあるかもしれないとさえ思った。この十年間の社会での体験によって、彼らはもはや当時の単純な田舎町の少年ではなくなっていた。阿昌の頭が本当に十分な機敏さを持ち合わせているなら、おそらくとっくに事件の手がかりを摑んでいるはずなのだ。

これほどの年月が経ったというのに、小羅はいまだに自分自身で理由を説明することはできなかった。だが蘭子のことは彼のせいではない！　小羅が自分は異様な眼差しで非難されるいわれはないと信じているとしても、このことに対して彼はもう代価を支払ったではないか。この十年のあいだ彼が味わった屈辱、孤独、裏切り、後悔はもう十分だ、本当にもう十分なのだ。彼は自分の体さえも売り渡してしまった。だが、思いもよらぬことに、人生でいちばん輝かしかったあの時、日本式の黒い詰め襟の制服を着て、頭に白線入りの学生帽をかぶってカメラの前で微笑んだあの瞬間に、すでに人生は暗転しはじめていたのだ……

「阿昌、どうして映画館にこんな名前をつけたんだ？」

まあいいや、台北を離れると決めたことは、彼には言わないでおこう。小羅は心のなかでそう思った。『金快楽戯院』？　本当にダサいよ！」

足を床に下ろすと椅子から立ち上がった。もしかするとこれが最後の別れかもしれない。彼は自分の笑顔をどうにかして阿昌の心のなかに植え付けなければならない。

「悪くないよ。映画を観るのは快楽じゃないか！」

「俺たちが台北に来たばかりのとき泊まったあのおんぼろ宿のこと、まだ覚えてるかい？」

「あの夜中にネズミが出て俺たちのカップラーメンまで食いちぎられたあの汚いところ？」

「そうだよ！」

「たしか、「星光」っていったかな？」阿昌は首を横に振りながら、ププッと笑った。「わあ、もう長い間あんなところ思い出したことなかったよ」

そうだ、そこは「星光賓館」という名前だった。

阿昌、君は忘れずに覚えてるなんてすごいな。本当は「星光戯院」と名付けても素晴らしいよ！　そうだとすれば、俺がもう二度と君のところに来て映画を観なくても、俺たちの過去の一部分が保存されたってことを永遠に覚えているだろうから。

あの頃は俺たちには何もなかったけど、怖いもの知らずだったな。まだ大して欲望もなかったからだろう。苦しみってものが単に何も持ってないためだったら、努力しさえすればもう苦しみではなくなるだろう。一番怖いのは、逃げる苦しみだよ。そこにあるのに、それだけでは満足できないんだ。俺はいま全部わかったよ。

君がいい暮らしをしているのを見て、本当に嬉しいよ。本当に。

じゃあまだ覚えているかい。俺たちが台北に来たばかりのとき、台北は夜でも星が見えないことに気づいて、不思議に思ったことを。以前は頭を上げさえすれば空には星がいっぱいで、どこでも横になって空を見つめるとすぐに流れ星が通り過ぎたものなのに。

あの頃、君や蘭子と一緒に、たまに自転車を漕いで夜の海辺に流れ星を見に行ったよね。ある時、流れ星は「飛び落ちる」なのか「転がり落ちる」なのか「滑り落ちる」なのかで言い争って、最後に蘭子が、全部違う、「滴《したた》り落ちる」よって言ったよね。涙のように、ポタって落ちて、その後すぐに涙は乾いてしまうから、誰も気づかないのって。

あの夜、俺たちは手足を開いて砂浜に横たわって、どれだけ長いあいだ空を眺めただろう。君は、どれが悲しみにくれる流れ星だろう、どれが嬉し泣きの流れ星の涙だろうなんて言ってたね。点々と広がる他の星は涙を落とさないために懸命にまばたきしてるんだって、俺は言った。

君が蘭子のことが好きだったのは知ってたよ、阿昌。

次に里帰りする時は、近くを通るならあの子に会いに行きなよ。

あの子は君のことがわかるかもしれないし、わからないかもしれない。その日の調子によるな。でも今はいつも物静かに微笑んでいて、以前に大きなショックを受けたようには見えないんだ。あの子は自分の世界の中で、自分に喜びをもたらすものをいつも見たり聞いたりできるみたいなんだ。もしかすると俺たちはとっくにあの子の世界の中にはいないのかもしれない。

俺はずっと自分にこう尋ね続けている。もしあの時ずっと沈黙し続けていたなら、と。すべてのことが全く違っていただろうか。あの時の自分の本当の動機は、自分が信じているように単純だったのだろうか。だいぶ記憶が曖昧になったから、あのことをまるまる思い出そうとすると、一箇所か二箇所かはっきりしないところにどきどきさせられて、心が熱くなって胸を焼き焦がしそうになるんだ……

俺はこれまであの子に許してもらおうとしたこともなくて、そのままあの鎮を離れたんだ。俺たちはしょせん若すぎたし、俺には蘭子の世話なんてできっこなかったから！

俺が求めているものは、君にはわかりっこないよ。

事件が起きた時、君は蘭子を連れて一緒にあの鎮を出ていくべきだったよ、阿昌。こんな言い方は君には不公平すぎるかい？　俺はずっと極度の自己中心野郎さ。だからこそ懲罰を受けたんだろう。

俺は行くよ。もう帰ってこないかもしれない。

覚えておいてくれ、時間があれば部落に帰って蘭子に会いに行って、話してきてくれ。駅のホームで、君は一人でベンチに座っているあの子を目にするかもしれない。静かに、俺たちがもう覚えていないものを代わりに守ってくれているかのように。鎮の片隅で……

エレベーターを降りて、夜の明かりがついたばかりの西門町に足を踏み出した。統一感がなくまぶしいネオンサイン、豪華で立派な来来百貨店、獅子林商業ビル［いずれも一九七〇年代末に開業した西門町の商業施設］、映画街……かつて阿昌がアルバイトをしていた映画会社は曲がり角のあのビルの三階ではなかったか。今ではMTV［映画の個室上映店］になっている。

小羅は顔を上げて足を止め、しばし黙考した。このとき獅子林ビルの前の小さな広場に谷間風が起き、彼はようやく意識した。台北はもう秋なのだ。

第三章

健二が大学で専攻したのは経済学だったが、両親に隠れてダブル・ディグリー制度で映画研究でも学位を取った。映画専攻の大学院を受験したときも両親には事前に知らせなかったため、入学が決定した時には当然ながら家庭争議が起きた。

健二が大学院で映画研究を志した時、彼はアジア系がアメリカ社会で周縁化されていることに対して憤る二十歳の青年だった。彼は当時、自分の学問の選択は蓄積された力を呼び覚ますために必要な水滴一粒であり、いつの日かこのような水滴が集まって川のような流れになるのだと思っていた。

アメリカ社会においてアジア系をステレオタイプとしてみる習わしは、健二やその他のアジア系の学生がずっと毛嫌いするものだった。だが多くの学生はやっぱり素直に流れに順応してしまい、アジア系に最も「ふさわしい」と思われた会計士や弁護士や医師になった。

少年時代の健二はこれが移民第一世代、第二世代で普通以上の成功を得るための最も簡単な方法だと信じていた。だが小さいときから算数が苦手だった健二は、白人の生徒から「おい、ケンジ、お前はアジア人の恥だな！」とからかわれるたびに、疑問を持たざるを得なかった。きっと彼のような数学が苦手な人も、その多くは最後には無理矢理に、一日中数字と切っても切れない仕事を選ぶのではないか。

どうしてあいも変わらず多くの人は会計士や弁護士や医師が彼らのために準備された唯一の道だと思うのだろう。どうして多くのクラスメイトたちは自分たちが二流にしかなれないとはっきりわかっていても会計士や弁護士や医師を選んで、自分のやりたい仕事をやろうとしないのだろう。

だがその頃アジア映画、とりわけ中国や香港・台湾からやって来た映画がアメリカでブームになり、彼は映画こそがメインストリームの支配が緩んで新たに開かれる扉になるだろうと思ったのだ。しかしながら、博士論文を完成するまでに、健二はこのブームが下火になり霧消するプロセスを目の当たりにした。アジア系の映画監督や俳優はやはり成功をおさめることはできなかった。アメリカの映画産業はまずアジアから入ってきた映画にマーケットを手中に収めさせたが、それでもアメリカで生まれ育った黄色人種はやはり成功への道を閉ざされたままであった。数年後にはアメリカのプロデューサーはアジア映画の脚本を購入してハリウッド映画としてリメイクし、アジア映画も次第にそれに取って代わられたのだ。

多文化主義という幻想が打ち破られて以後も健二にアジア映画研究を続けさせたモチベーションは、最終的にはやはり彼の祖父の謎の人生に起因していた。

彼が映画研究へと進もうとして家庭争議が勃発したその時、健二の父は怒って無意識のうちに驚くべきことを言った。「お前は俺の親父と同じなんだ。無責任な男になりおって！」

自分はこの家でたった一人の鬼っ子ではなかったんだ。彼の血液には祖父と同様にセオリーを無視した行動を取る遺伝子が流れているのだ。彼が映画に夢中になったのも祖父の遺伝なのだろうか。

父の怒りと悲しみは当時の健二にはまだ完全には理解できなかったが、祖父がこのような状況で幽霊のように彼の人生に出現したとたんに、若い健二は形容しがたい驚き、さらには神秘的な興奮を感じた。

「お前の祖父《じい》さんは、俺がまだ七つのときに祖母《ばあ》さんを捨てて東京に行ったんだ」

「俳優になるために？」

父のアルバムに残されたわずか数枚の写真のお蔭で、祖父は健二の記憶においてまったくの空白となるのを免れていた。

写真の中の祖父は、祖母と同様に和服を着てかしこまって座っていた。祖父はまだ赤ん坊だった父を膝の上に抱いていたが、二本の手の姿勢は子供を抱きあやすのに慣れていないのは明らかだ。その丸々とした物体が今にも落ちそうなのを恐れて力を出しすぎているかのようで、父の顔に不快で今にも泣きそうな表情が浮かんでいるのも理解できる。

健二が理解できないのはむしろ祖母の苦笑だった。いやいやながら不満そうに斜め目線でレンズを見ているのだ。祖父はというと全くの無表情で、冷ややかであるとか緊張しているとかいうわけではなく、意識が遠のきそうなほど落ち着いている。

そうとはいえ、健二はまだ二十歳そこそこにすぎない祖父が非常にハンサムな青年であることに驚いた。やや痩せ型で、当時の真ん中分けの髪型をしているとはいえ、祖父の顔は端正さの中に一種の優雅さを兼ね備えていて、こざっぱりした芸術家の趣きがあった。一重まぶたの目は楕円形できりっとしており、写真の中ではよくわからないどこかを見つめていて、物思いにふけっているかのようだった。そうだとすると、父の二重まぶたは祖母の遺伝ということになる。今日の目で見ると、映画スターにも十分なれそうな祖父と祖母はあまり釣り合いが取れていなかった。健二はそう思ってはいけないとは感じながらも、写真の祖母は田舎っぽくて、たくましい農村女性のようだとずっと思っていたのだ。

「俳優になったんじゃないよ。はじめは手紙によると「日活」のスタジオで臨時の仕事をするってことだった」

「お祖父さんは映画の仕事が大好きだったの？」

「子供の頃は家計があまりよくなくて、親父はいつも落ち込んでた。だけど親父が映画に連れていってくれたことは覚えてる。あれは親父が珍しく楽しんでた時間だという気がするよ――」

健二の父はここまで話すとちょっと黙り込み、続いて重苦しい口ぶりになった。

「親父が台湾から日本に帰ってきた時はもう二十歳すぎだった。帰るっていうよりも、知らないところにやって来たというほうが正しいな。親父の両親はその当時日本ですごく貧しい暮らしをしてたから、台湾へ移民して開墾しようという国の計画に乗ったんだな。親父の母さん、つまり俺の祖母さんは、台湾に着いたあと給料の低い蕃校［台湾原住民向けの学校］の教員になって、祖父さんは木材の伐採場で働いていたけど怪我をして、その後は日雇い仕事をして家計の足しにすることしかできなかったんだ。お前の祖父さんは中学校を出てすぐに台北に出た。というのも酒好きの父親に殴られたり怒鳴られたりされるのが嫌だったらしい。太平洋戦争が起きてから、徴兵されて南洋に行って、日本の敗戦で帰国した時にはお前の祖父さんはもう身寄りもなく一人ぼっちだった。帰国した同郷の人によると、祖父さんの母親は帰国船の中で不治の病に罹《かか》り、父親は日本が投降してから、台湾人の中で長い間あった日本人に対する不満のせいで、ちょっとした衝突が起きて不幸にも襲われて命を落としたんだ。親父が鬱々としていたのは、湾生という生い立ちとそのために日本で受けた差別が関係しているような気がするんだ――」

ではどうして祖父は無責任だといえるのだろうか。健二にはわからなかった。

「そのことは、ううん、またいつかゆっくり話そう」

以前から、父は祖父の過去についてこれほど多く彼に話すことはなかった。だが健二がさらに意外に感じたのは、昔のことを回想したことによって、映画研究へ専攻を変えるという彼の選択に対する父の態度が明らかに軟化したことだった。健二の祖父に対する当惑、あるいはある種のこだわりは、間違いなくこの時から始まったのだ。

かつての健二が自分を正真正銘のアメリカ人であると信じていた、個人主義の頑強な信者であったとするならば、二十歳以降の彼はやっと家族という概念を実感したのだ。あたかも空気の中で糸が微かに揺れ動いて、自分の体の前ではためいているかのようである。

だが、祖父は依然として中身のない輪郭にすぎず、健二にその存在を感じさせるような血や肉があまりにも不足していた。小学校の教科書にあるメイフラワー号〔一六二〇年、ピルグリム・ファーザーズらがアメリカに渡るために乗った船〕が海を渡って新大陸へとやって来た物語と、父親が話す日本の曾祖父・曾祖母が植民地台湾に上陸した家族の歴史が、次第に健二の感情の中ではぼんやりと重なり合うようになり、理性の中では解決できない衝突として現れた。

植民者と移民二世という二種類の身分に挟まれ、彼は自分が根無し草になる運命であることを恐れた。彼は特に当時の記録映画を通じて、日本がいかに植民や開墾の夢物語を宣伝したかについて知ろうとしはじめた。彼は一方では当時の撮影のレベルに驚き、それと同時に映像が作り上げる神話の作用に震撼させられた。健二はこのような疑問を持たずにはいられなかった。彼の両親は英語も大してできないのに、ためらうことなくアメリカに移住したが、彼らの発想はどこから来たのだろうか、と。

健二の世代になっても、アメリカン・ドリームを追い求める移民神話はまだ絶えず彼の周囲で繰り返されており、彼の同級生にはインド、中国、台湾、日本、韓国、香港、シンガポール、フィリピン……などのアジアからきた新移民で満ち溢れていた。これらのアメリカに来ることを望んだ家庭は、このようにしてもう一つの新しい「帝国」を構成することとなったのだ。

会計士、医師や弁護士というものは昔からずっと支配階級が二流国民に対して開いた扉であった。日本人が台湾を統治した際も同様だ。アメリカの白人の主流社会の手口は、より賢いものではあったのだが。

帝国の領土に身をおいて、帝国の発行する身分証をもらうので、これらの新移民も喜んで白人植民者の圧迫を受けるようになるのだ。健二が白人に支配される運命は彼が自分で決めたものではなく、彼の祖父が植民者の二世であったのと同様に、おそらく彼自身が変えられるものではないだろう。

健二の一族は一代また一代と移民の神話に蠱惑《こわく》されたのだろうか。だが彼の祖父は戦後は周縁化された敗北者となったのであり、健二はどのようにして理性と感情の双方の角度から同時に自分を納得させ安心させる答えを出すべきかわからなかった。

血縁以外の祖父との唯一の具体的な接点である映画に思いを馳せることによって、ようやく健二は家庭や子供を捨てたこの男のことを気持ちの上で次第に受け入れるようになっていった。

きっと彼なりの苦しい胸の内があったのだろう。

あのような混乱の時代には、それぞれの小人物の中にはきっと口にすることのできない困惑や恐怖がたくさんあるのではないか。健二はいつもこのように自分に言い聞かせた。

大学院に進んで、新しい研究仲間に出会った健二は、他の人と自分の家族史について語り合う際に、自分のことについて黙して語らなかった以前の態度から変化が見られた。

自分と祖父に共通する映画への情熱という説明がもっともらしく聞こえるだろうという思いからかもしれないし、単に若者の虚栄心のためかもしれないが、彼は祖父の虚構の経歴をでっち上げようとした。

「僕のお祖父さんは映画スターだったんだよ」健二はこのように研究仲間に話した。

「本当？　なんて名前？」

「松尾森」少なくともこれは確かだ。

「有名なの？　どういう映画に出たの？」

「一九五〇年代の映画だよ。古いから、フィルムももうないんじゃないかな。僕も見たことはないんだ」

「チャンスがあったら僕らも探してみるよ」

「あ、そうだ。祖父さんは「日活」の専属俳優だったんだ」

健二は思わずこの話にさらにディテールを追加していた。

「時代劇の俳優なの？」

「推理ものが多いんじゃないかな？」

このような好奇心に満ちた研究仲間の質問に答えていると、健二は不思議とこれまで感じたことがなかったようなのびのびとした気持ちになって、知らぬうちに続けざまに嘘を並べるのだった。

その後、博士課程在学中には、日本の俳優の孫という虚構が、台湾生まれの日本人祖父を持つことの葛藤に取って代わっていた。健二はこのようにして映画一族の出身というアイデンティティによって、新移民として「お前はどこから来たのか」と絶えず問われる窮屈さを解決したのだった。

こうして「映画に国境はない」という言葉に対して、健二は新しい解釈を得た。彼は目には見えない「母国」、つまり実際には存在しないが誰もが知っている映画の国のパスポートを持っているのだ。このように考えることで、健二はしばしの間アイデンティティの危機の年代を無事にやり過ごすことができた。

二〇〇三年、有名な日本の映画監督、深作欣二が死去した。

当時、健二は博士論文の仕上げの時期に入っていて、深作は彼の論文では大島渚や山田洋次と同様に重要な部分を占めていたが、論文の内容はほぼ確定しており、当時死去に伴い発表された幾つかの文章に対して健二は注目していなかった。

三年後、すでにカリフォルニア大学S校に任期付きポストを得ていた健二は、あるシンポジウムで発表することになって、当時見過ごしていた資料のことに思い至り、深作欣二をテーマにすることにした。東映で長らく助監督を務めていた深作は、東映を離れてから、論じる価値があるとは認められてこなかった多くの商業映画を撮った。だがこの点に健二は関心を持ったのだ。

「『カミカゼ野郎　真昼の決斗』って映画、聞いたことはありますか」健二は人に会うたびにこのように尋ねはじめた。フィルムを見ることはできないかと思ってのことだ。

「聞いたことないですね。誰が撮ったんですか」

「じゃあ、『白昼の無頼漢』は?」

「なんかどれもくだらない商業映画みたいに聞こえるね」

「どっちも深作欣二の初期作品ですよ。深作の『バトル・ロワイアル』と初期のヤクザ映画の間に何らかの関係があるかもしれないというのは興味深くないですか?」

映画専攻の教員である健二がB級商業映画に対してこれほどまでに興味を持っていることに、他人が驚いたり関心を示さなかったりすると、彼はこのように反応するのだった。

のちになって回想する際には、健二は「知らぬうちに運命に導かれていたんだ」という感慨を付け加えるようになった。

しばらくして本当に深作の一九六六年作品『カミカゼ野郎　真昼の決斗』のボロボロになったフィルムを入手した健二は驚きを禁じ得なかった。この映画がこれほどまでに入手しづらかった原因は、古いということや深作の重要作品ではないということだけではなく、これが台湾と日本の合作映画であり、日本では東映が配給したとはいえ版権は日本側にはなかったことにあったのだ。

これは国際的に犯人を追い詰める典型的なアクション映画にすぎず、日本の統治から離れた後の一九六〇年代の台湾の姿は、映画中ほんの一瞬、音声なしのシーンがあるだけだ。「台南・国光影業公司と日本・にんじんプロダクションの共同制作」？　どのような書籍にも記されていない不思議な会社名ではないか。健二が受けてきたアカデミックな素養が敏感に反応した。

このような映画が、深作欣二監督、さらに高倉健、千葉真一という人気俳優の出演によるものなのに、後に版権がはっきりせずに流通しなくなってしまったということに、健二は不可解さを感じた。

健二は、台湾映画が発展する初期においてはずっと技術を日本から学んでいたことはもともと理解していた。だが、このような共同制作というのはどうやら何かいわれがありそうだ。しかもそのうちの多くの映画は日本語ですらなく、台湾で「台湾語映画」と呼ばれるものだったのだ。

健二の日本の戦後の映画監督に対する研究が、こうして思わぬ副産物を生むことになったのは必然だった。日本の映画監督が一九六〇年から一九七〇年の間に撮った映画はいかに多いことか——

千葉泰樹、岩沢庸徳、田口哲
志村敏夫、湯浅浪男、小林悟、船床定男、西条文喜
倉田文人、福田晴一、高繁明、山内鉄也、鷲角泰史
田中重雄、森永健次郎、石井輝男
中条伸太郎、深作欣二、松尾森……
松尾森？
何枚ものおびただしい資料の中から突然目に飛び込んできたこの名前に、健二は愕然とした。
本当だろうか？
この中にいたのか？
健二は一週間かけて狂ったように資料を探し集め、最も速いスピードで研究計画書を書き上げた。思わぬことに、もともと単調で鬱々としていた研究生活が、申請を送ったこの日から急に戦慄と激情と恐怖に満ちたものへと姿を変えたのだ。

台湾行きの件は、健二は九月のレイバー・デーの休暇になってようやく両親に報告した。
彼の両親はアメリカに三十年も住んでいるというのに、感謝祭、クリスマス、復活祭などを祝うことはなかった。だが彼が教鞭をとり始めてからというもの、学期開始前のレイバー・デーの休みは彼が帰省して実家に泊まる数少ない休暇となったため、母親は心を込めて豪華な食事を準備するようになった。

テーブルの真ん中にはすき焼きが置かれたが、さらに有り難かったのは母が自分で天ぷらを運んできたことだ。健二は小さい頃のことを覚えていた。母が小麦粉をまとったエビを一尾また一尾と天ぷら鍋に入れたが、まだちゃんと揚がらないうちに玄関のベルが鳴り響いた。新しく越してきた隣人が、彼らの住居から出る奇妙な油と煙の匂いに対して抗議をしに来たのだ。幼い健二もようやく気づいたのだが、白人の隣人たちはオーブンを使って調理することが多く、台所には鍋がないのだ。エビはすべて鍋に入れた後だったので、揚げてしまわないわけにもいかず、困った母はサクっと柔らかい揚げたばかりのエビを持って隣人宅のベルを鳴らし、美味しい食べ物をプレゼントして先ほどのトラブルを解消しようとした。

太った女は入口に立って、母を招き入れようとも皿を受け取ろうともしなかった。母は懸命に微笑んで、つたない英語で「プリーズ、プリーズ」と繰り返した。

母のスカートの裾《すそ》を引っ張って傍《かたわ》らに立っていた健二は、母がどうぞどうぞ、と言おうとしていることはわかったが、だがどのように聞いても、その声は、お願いしますお願いします、と哀願しているように聞こえるのだった。

太った女性が最後に取った行動を、健二は生涯忘れることはないだろう。彼女は太くて短い指を伸ばして、人差し指と親指で皿からエビを一尾嫌そうにつまみ上げたが、その様子といったらまるで死んだゴキブリをつまむようだった。そうして背を向けるとドアを閉めてしまったのだ。

健二はドアの向こう側を見ることはできなかったが、小さな胸のうちにはこの女性が天ぷらをそのままゴミ箱に捨ててしまう情景が浮かんだ。もともとサクサクしていたエビがすったもんだの末に自宅のテーブルへと戻った時には、すでに油にまみれてしんなりしてしまっていた。

その後何年もの間、母は自宅のキッチンでこの料理を作ろうとはしなかったが、マンションにやって来た台湾からの移民家族に中華系の家具店でしか買うことのできないレンジフードをキッチンに取り付けることを薦められて、ようやく解決した。白人コミュニティは、これらのニューカマーの家庭がみなキッチンでカンカンと工事をするのを目にして、一方で嫌悪を感じながらも、同時に算盤を弾いて密かに喜んだ。このアジア人たちは不動産価格を釣り上げてくれるぞ、と思ったのだ。

「本当においしいよ！」健二は嬉しそうに揚げ物を口へと運んだ。「わあ、茄子の天ぷら、長いあいだ食べてなかったなあ」

「今はスーパーでもこの長茄子売ってるのよ」母は言った。

アメリカのスーパーは以前はどこでも丸くて短い茄子しか置いていなかったが、十年前からのアジア人の増加につれ、経営者も次第に品揃えを調整したのだった。地域社会ではこのような変化に対して不満が噴出することもあり、ある市議会議員は選挙の際に「植民侵略反対！」というスローガンを打ち出した。

「これは移民ではなく植民なのです！　我々は中華ビルやリトル・トーキョーに漢字の看板があることには反対しません！　しかしお年寄りや兄弟姉妹のみなさん、私たちの周囲は理解できない文字と聞き取れない英語に満ちているではありませんか！　アメリカに来たならアメリカ人として生きるべきなのです！　ここに四代、五代にわたって住んでおられる地元の方が、スーパーに入っても何を売っているのかわからない、などということはあってはいけません！　ここは私たちの母国なのです！　アメリカなのです！」……

ずっと自分の茶碗を見て黙っていた父が突然口を開いた。「いつ出発するんだい」

「来月かな」

「台湾には日本語や英語が話せる人も多いというから、適応できないことはないだろう」

「僕の中国語も結構いけるよ」

「台湾では台湾語は話さないのかい」

「どっちも話すよ」

健二は黙って父をしばらく眺めた。台湾に行ったことのない父ではあるが、心のなかにはある種の帰属感があるようだった。祖父が彼に残した印象だろうか。

母がテーブルを片付けはじめると、父と息子だけがそこに残された。この点においては健二の母は伝統的な女性で、男性同士が真面目な話をしようとする時は自分からその場を離れるのだ。健二はしばらく躊躇した末に、ついに本題を切り出した。

「父さん、僕が今回台湾に行くことにしたのは、偶然の決定ではないんだ」

「そうだろうとは思ってたよ」

「ちょっとわかったことがあってね」

「お前が映画研究を始めたときから、この日が来るだろうと思ってたよ」

健二は内心の驚きと興奮を抑えながら、「祖父さんは、その後も台湾にいたんだと思うよ。父さんにはその後連絡してこなかった？　まだ生きてるの？　僕が知りたいのは――」

父は首を振ったが、健二にはそれがどういう意味なのかわからなかった。その後の祖父の足跡について全く知らないということだろうか。それとも――「どうやって見つけたんだ？」しばらくして父はやっと口を再び開いた。

「祖父さんは台湾で何本か映画を撮ってるんだ。まず日台合作の日本語映画、それから後に「江山」と名前を変えて台湾の中国語映画を撮っている。祖父さんについての資料は多くなくて、見つけられたいちばん最後のデータは、一九七三年に台湾でクランクインした『多情多恨』っていう映画なんだけど、未完成に終わってて、その理由はわからないんだ」

「それはもう三十年以上前のことだ……」

「祖父さんは――」健二は身を乗り出して尋ねた。「その後ずっと父さんに連絡してないの？」

「健二、親父が俺たちから逃げ、日本から逃げたこと、これは俺たちには変えることのできないことなんだ！」

「でも、もしも祖父さんがもう死んでいて、しかも台湾で死んだとしたら、ごめん、この仮定は必要なことだから、こう仮定すると、僕たちは祖父さんを連れ戻して埋葬すべきじゃない？　もしもまだ生きてるなら、今年もう八十三歳になるのに、まだ何から逃げる必要があるの？」

「お前にはわからんよ。あの時の家出がどれだけ突然だったか！　俺とおふくろはどれだけ苦しい暮らしをして、周りの人にからかわれたり馬鹿にされたりしたことか。親父は道徳感のかけらもない人間なんだ！」

健二の父は興奮して椅子を押しのけ、そのままひとことも話さずにダイニングを離れ、書斎に閉じこもってしまった。健二の母はキッチンから覗き込んだ。顔には悲しそうな表情を浮かべていて、父と子の先ほどの会話を聞いていたのは明らかだった。

「健二、台湾に行くといいよ。お前は大人なんだし、お前のすることには私たちは口出ししないから。でもお父さんを巻き込まないで。お父さんはこんなに長い時間をかけてやっと落ち着いてきたんだから。もう一回過去の悪夢を味わわせる必要なんてないでしょう？」

ということは母も事情を知っているのだろうか。わかったことは、父も逃げていたということだ。しかももっと遠くに逃げ、遠いアメリカで人生の大半を過ごしているのだ。では母は？　母は他の人と同じようにアメリカに対して盲目的なイメージを持っているだけだろうか。それとも母も父と同様に取り返しのつかなくなった過去を共有していて、それで父と一緒に、「逃げるが勝ち」を決め込んだのだろうか。だが、口にすることのできない過去とはいったいどういうものなのだろうか。

単に祖父、松尾森というあの男が台湾生まれの日本人だったというだけのことではないだろう。健二は心のなかでこのように推測した。

古い机にあるパソコンは十年前のとっくに誰も使わなくなったものだ。その頃のメモリの容量は映画をダウンロードする負荷に耐えられるものではなかった。若い頃はひっきりなしにソフトウェアを更新していた。より多く、より早く、より新しくすればするほど、より広い世界へと繋がると信じていたのだ。だが今では、健二はもはや広くて大きなものを信じていなかった。狭くて閉鎖的で、理解しがたい心の中から生まれたものこそが、本当に際限のないものだったのだ。

手っ取り早く整然と人の心に繋がることのできるオンラインシステムなど存在しない。社会の回路というものはこれほどまでに錯綜しており、絡み合っているのだ。一つ一つ解きほぐそうと思っても、もっと複雑にぐるぐる巻きになってしまわないとも限らない。彼は今回の台湾行きで手がかりを見つけ出せると思っているのだろうか。

「健二——」

母は彼の寝室の入口に立っていた。

「うん？」

「もう寝るの？」

「まだだよ。どうかしたの」

「さっきのことだけど……」

「母さん、急に台湾行きが不安になってきたよ」健二は拳を握りしめていた。「僕は無邪気すぎたのかもしれない。僕は探している答えを受け入れる覚悟は本当にできてるのかな。本当のところは、あまり自信はないんだ。だから困ってる……」

「わかるわ」

母親は窓の下に置いてあったオウゴンカズラの小枝を挿した水差しを見て、葉っぱが元気なく黄色くなっているのに気づき、首をかしげてため息をついた。「どうして枯れたのかしら。水に入れておきさえすれば、生き続けるんじゃないの？」

「母さん、僕はやめたほうがいいかな？」

「健二、あなたがまだ小さかった時、お父さんと話し合ったことがあったわ。あなたを教育でアメリカ人にするのは正しいことなのかって。大学時代のあなたが急に日本に興味を持ち出した時も、これはあなたにとっていいことなのかって心配したわ」

母は話しながら、やるせない笑いを浮かべ、「後になってわかったのは、どれにも正解も間違いもなくて、どの世代でも、どの家庭でも、どの人でもぶつかる問題なの、どこにいようとね」

母はこう言いながら水差しの中から萎《しお》れて元気のないオウゴンカズラを取り出し、屑籠に捨てた。

そういうわけで、あなたの求めている答えは私たちからあげることはできないの。

お父さんは、あるいは私たちの世代は、あの当時私たちが人生を続けていくための意味を選び取ったの、それが答えよ。

戦争よ。戦争がすべてを変えて、もとには戻れなくなった、としか言いようがないの。私とお父さんは戦後生まれだけど、戦争の後遺症はまだ癒《い》えていなかった。永遠にこの世を去ってしまった人もいれば、永遠に戻ってくることのできなくなった人もいる。帰ってきても普通に暮らすことのできない人もいて、そのために出ていって二度と帰らないことを決めた人もいるの。

私の叔母さん、つまり私のお父さんの妹は、カロライナに住んでいるけど、アメリカにいても連絡を取ったこともないの。

この叔母さんはアメリカ軍が日本に進駐した後、バーのホステス、それも完全にアメリカ式のホステスになって、毎日厚化粧をしては夕バコを咥《くわ》えていろんなアメリカの軍人といちゃついて、周りを気にすることなく兵隊と親しげに大通りを闊歩《かっぽ》していたわ。私はその頃まだ四、五歳だったと思うけど、今でもあの叔母さんの安っぽい香水の匂いと、周りの人が聞いてられないような言葉で叔母さんを陰で罵倒していたのを覚えてるわ。結局アメリカ兵に嫁いで、米国に来て数年のうちに離婚したの。家族はもうこの人のことを話題にもしなくなって、他人様《ひとさま》に顔向けできないような娘は存在しなかったことにしたの。

これは家族が間違っていたのかしら。叔母さんが間違っていたのかしら。もしかすると家族がもっと叔母さんに対して優しくすることもできたかもしれないし、叔母さんも自分の身を慎んだり家族の思いを理解したりすることもできたかもしれない。でも叔母さんの敗戦と貧困の中から抜け出したいという欲望が強すぎたんじゃないかしら？　それからアメリカの軍服を着た立派な男性の体に対しても狂ったようになってしまって、そういうものは抽象的な家族とか伝統とかいうものよりもずっと圧倒的だったんでしょう。

戦後の動揺した社会と経済の混乱の中で、家族や年長者は厳格な態度を取らざるを得なかったの。そうでないと女の子は、何も悪いことじゃないから、と誰もが米軍クラブの前に行列して選んでもらうのを待つようになったでしょう。

あなたは大学で勉強したので別の意見があるかもしれない。もしかすると叔母さんは本当に同情すべき人だと思うかもしれないわね。でもあの時代を知らないあなたにはわからないでしょう。冷酷であることも恥知らずであることも、あの時代には生きるための答えだったのよ。

松尾家の家族に話を戻すと、私はあなたのお祖父さんの森《しん》さんとは一度だけ会ったことがあるわ。これだけは言える。短い時間だったけど、お父さんは、その父親の過ちのためにものすごく苦しんだ、ということはわかったわ。健二、あなたが求めている答えは、私たちには必要ないわ。私たちの答えは四十年前にもう出ていたのだから。

あなたたち若い世代がどのように解釈するか、私たちはもう口出しできないわ。でも、私たちを静かに老いて死んでいかせてほしいの。なんとか今の私たちがあるのだから。すべての人が過去を振り返りたいわけじゃないの。あなたが求めている答えは、今ここに自分が存在する理由のためにすぎないのだから——

ここに自分が存在する理由のためにすぎない。

驚いた健二は母の感情のこもっていない顔を眺めた。

彼が目にしたのは自分の母親ではなかった。目の前の彼女は一つの縮図であり、時代のおがくずにすぎないのだ。単なる六十歳すぎの、頭の白くなった、三十年あまり家庭を守ってきたが今はただ静かに死を待つことしかできない老婦人なのだ。

第四章

一九八四年

黄金色《こがねいろ》をしたお日様が家々の低い屋根をかすめて沈み、もともとこの地域でただ一つしかなかった三階建ての建物のあたりを旋回した。垣根や壁も半ば取り壊され、夕日の中にかつての立派な建物の残骸が姿をさらしていた。

明日になれば、この建物もただの瓦礫の山になってしまう。それはお日様にもよくわかっているだろう。道路の向こう端から風がさあっと吹き込んできたが、それはあたかもお日様が映画館の遺跡に対してため息をついたかのようだ。砂埃が巻き上げられるのは、別れを告げているのだ。

一台のバイクがブーンと、砂利をかき分けながらこちらへ走ってきた。

乗っていたのはこのあたりの地主で、映画館の三代目経営者の陳《チェン》さんだ。陳家の曾祖父は当時チカソワン集落［七脚川、花蓮県の原住民アミ族集落］を経て東部に定着し、タバコの生産業で三代のあいだ生計を立てていた。日本人がここにいた最後の数年のことだが、太平洋戦争で敗退を重ねている事実を隠すためなのか、あるいは日本本土から遠いので安心していたためなのか、当局は陳家の古いタバコ小屋の敷地に洋式建築を建設するための援助を惜しまなかった。その結果、ここは吉祥村で最も豪華な場所となり、吉祥戯院はここに落成した。それから四十年は一日のごとくあっという間に流れていった。田舎の映画館の没落するスピードの速さといったら、陳さんの想像を遥かに超えていた。建物を守るため、ストリップ小屋として二年間持ちこたえたが、結局ストリップ嬢さえここを通らない、この日を迎えてしまった。

幹線道路を作るのだ、鎮長はそのように通告した。お前の土地の一部を買い取って、道路ができたらマーケットを作るから、地主は家賃収入も得ることができる。こんな幸せなことなんてないぞ。

陳さんはバイクを停め、腕組みをして、もうどうでもいいという表情で、もうすぐ空き地になろうとしているこの先祖伝来の土地を眺めていた。親父、ここはうちのもんであることは変わらへんねんで。映画はやらんけど、食いもんとか品物とか売るんや。親父は賑やかなん好きやったやろ？……「あれ？」ふと道端にうずくまっている人影を認めた。「小羅？　小羅やな？」

ひと目でわからなかったのも無理はない。聞いたところではこの数年は台北を駆けずり回っているそうで、若いというのにその顔はかなり年月を感じさせるものとなっている。骸骨のように痩せてはいるが、チンピラ風の雰囲気は隠しようもない。このカラフルなワイシャツ、あの頑固な老羅が許すだろうか。

陳社長はため息をついた。老羅はとっくに口出しできなくなってしまったのだろう。このような息子は、家に帰ってくるだけでもすごいことなのだ。小羅が出ていった時、彼はまだ親父から映画館を引き継いではいなかった。もう十年になるのではないだろうか。

小羅はその頃まだカーキ色の高校の制服を着ていて、しょっちゅうフィルム運びの阿昌とつるんでいた。それから阿好《アーハオ》おばさんの家の養女の蘭子もいた。あの頃自分を「陳兄さん」と呼んでいた三人の子供たちのうち、一人は気が触れてしまい、一人は帰って来ることもない。ただ小羅だけが、三、四回たまに帰って来ただけだ。だがあの様子を見ると、年々暮らし向きは悪くなっているようだ。

「小羅、お父さんは元気かい」

「うん」

「病院に連れて行ったほうがいい。この二年ほどリウマチがひどいからな」

「わかった」

「えっと――」陳社長はもう少し話そうと思ったのだが、小羅の虚《うつ》ろな眼差しに驚かされてしまった。しばらくたって、「映画館はこのまま壊してしまうの?」笑っているようなそうでもないような表情で、小羅は彼をちらっと見て言った。「ええ? このままなくなってしまうの?」

「ん――」小羅にどのように答えればいいのかわからなかった。というのも小羅の声の雰囲気にぞっとさせられたからだ。まるで、何年ものあいだ台北に住んでいたというのは嘘で、彼は実はずっと今のこの場所にいて、他人にはその姿は見えないまま昼も夜も映画館を守ってきたかのようだ。今日、彼は突然姿を現した。まるで亡霊のように、この古い映画館で起こったすべての出来事を知っているかのように。

陳社長は足元の石ころを蹴とばして、もう小羅に構うことなくバイクにまたがって、何も言わずに鷹《おう》揚《よう》として去っていった。

くそったれ！　彼はアクセルを思い切り踏み込みながら、ぺっと唾を吐いた。あれはなんて口ぶりだ。俺がやつに借りがあるとでも言うのか？　あの年、映画館を貸し出して映画を撮って以来、売上はガタ落ち、一体何が起こったのか、誰にわかる？　いまだに誰にも説明できないじゃないか。商売のカタをつけないといけないにしても、小羅には何も払う必要はないだろう。大本《おおもと》からケリをつけたいもんや、ほんま疫病神に出会ったわ！……

工事労働者たちは片付けを始め、ほどなくしてこの廃墟の内外は静まり返った。空は完全に暗くなってはいなかったが、街灯はすでに灯り、街角の屋台の麺屋は机や椅子を並べ、鍋の蓋を開けた。明かりのもとで鍋から水蒸気がむんむんと昇っていく。麺屋の主人はタンクトップ一枚しか着ておらず、腕から吹き出る汗をさらけ出していた。小羅は彼の顔には馴染みがなかった。おそらくこの鎮の人ではないだろう。年上とはいえそれほど歳の変わらないこの男は、満ち溢れる活気を身体中から発散しており、小羅の息遣いは急に激しくなってきた。血の中では激しい波が逆流した。がっちりしてバランスの取れた肉体は、彼がこれまでの人生でずっと望みながらも手に入れることのできなかったものなのだ。今の彼はすっかり青春という資本を使い切ってしまった。もしもあの面立《おもだ》ちの美しい十七歳の自分に戻れたなら……

映画館の地下室の倉庫の階段部屋で、彼の若い体は小窓から入ってくる街灯の光のもとに初めて赤裸々にさらけ出された。彼は今でも覚えている。あの蒸し暑い部屋に充満する濃い汗の匂いと自分の汗、そして、あのよく知らない成年男性の体の匂い……彼は足どりを進め、思わず崩れた壁やかけらの中へと歩いていった。

もともと入口だったところの人工大理石の階段は今では孤立しており、エントランス・ホールにはすでに天井がなかった。左手にある建物が上映ホールだが、四方に壁はなく、座席もすべて取り外され、露天のローマ劇場のようになっていた。

解体工事はまだ地上部分で行われているので、地下室はきっと元の姿を保っているだろう。入口は右手にあったが、あの当時彼はいつも父の作業小屋の通路から出入りしていて、堂々とここから地下室に入ったことはなかった。もう鍵のなくなったドアを小羅が押し開けると、通風口のあった壁は、単なる大きな穴となっていた。

壁の下には廃棄された映写機が一台と、書類をしまうブリキの棚が一つと、セメントの入っていた空の袋が幾つか置かれていた。街灯の光が差し込んで眩しく、抑圧され隠れていた記憶の中の姿とは全く異なっていた。かつての地下の陵墓は、今では奇妙な趣きの舞台装置のようだ。高揚していた彼がその中に身を置くと、かえって血の流れが緩やかになり、すべてが穏やかになっていくようだった。

あの日本の軍服を着た男は、足音を通路から響かせた。

あの当時理解するすべもなかった悲劇は、このようにして始まったのだった。

一九七三年

映画スターの来臨を待ちわびる興奮状態から一転して、やってきた俳優と監督には台湾映画で馴染みの顔は見当たらないという結果に至ったことについては、この鎮では様々な意見があった。残念なことは残念だが、ともかくもこれはめったにない金儲けのチャンスだと考える人もたくさんいた。

吉祥戯院の付近の道が姿を変えてまるで本物の日本統治時代になり、時空のねじれと記憶の逆流が鎮の生活リズムに奇妙な変化をもたらしはじめた。

ばあさんは朝起きた後自分がどこにいるのかわからなくなり、寝ている家族を日本語で起こすようになった。レコード屋の店主はショーケースの中の包娜娜《バオ・ナナ》［一九五〇―、台湾の人気女性歌手］や謝雷《シエ・レイ》［一九四〇―、台湾の人気男性歌手］の新譜レコードを取り外して、美空ひばりの古いジャケットを並べた。

じいさんは派出所に行って通報し、証拠を並べあげながらこう言うのだった。三十年前に南洋の戦場に送られ音信不通だった弟が前の晩に玄関に現れたが、逃亡兵であるためすぐどこかに行ってしまった、と。じいさんは警察に捜査員を動員して探してほしい、と言う。彼は弟が鎮のどこかに隠れていると信じているのだ。

エキストラは休憩時間になると、衣裳を着たままあちこち歩き回った。和服を着て下駄を履いたまま市場に行ってアイスキャンディーやソーセージを買ったり、あるいは原住民の服装を一身にまとい、日本の軍服を着た主演俳優の倉田一之助とビリヤード場で玉突きをしたりした。なんと奇妙な東亜共栄［すなわち戦時日本のスローガンの大東亜共栄圏］、あるいは軍民一家［兵隊と民衆は家族のように親しいという国民党のスローガン］であることか。この鎮に迷い込んだ部外者が目の前の景色を見ると驚きのあまり、なんてこったと叫びたくなることだろう。

ヒロイン役の山口富美子は二日間撮影をするとすぐに別の映画の撮影に間に合うように飛行機で日本へ帰っていった。噂によると彼女はミディアムショットとクローズアップしか撮影していなかったため、スタッフはスタントを使って彼女の後ろ姿とロングショットを撮らざるを得なかったそうである。このため吉祥戯院の外には長い行列ができた。少女たちはみな派手だがダサい布を身にまとい、切れ端を縛って和服の代用としている。足にはサンダルやスリッパを履き、カメラテストによる選抜を待ちながら、それぞれにわか仕立ての簡単な日本語を黙読していた。

ちょうど夏休みだったため、鎮にたったひとつの小学校も貸し出され、二番目に重要なシーンのロケ現場となった。

日本の会社から派遣されてやって来た制作責任者と共に校内のあちこちをひとまわりぐるっと見渡すと、松尾監督は最後にある空き教室の前で立ち止まり、物思いに耽《ふけ》るかのように黒板を見つめていた。背丈が極めて高く、一揃いの白の上下を着た松尾はサングラスを外すと振り返ってこのように指示した。「黒板にちょっと文を書いてくれ！」

「わかりました、監督。でも、何を書きましょう」

『君が代少年』」松尾監督は即座に答えた。

それからしばらくして、少年はいひました。「おとうさん、ぼく、君が代を歌ひます」少年は、ちよつと目をつぶつて、何か考へてゐるやうでしたが、やがて息を深く吸つて、静かに歌ひだしました。

きみがよは
ちよに
やちよに
徳坤が心をこめて歌ふ聲は、同じ病室にゐる人たちの心に、しみこむやうに聞えました。
さざれ
いしの
小さいながら、はつきりと歌はつづいて行きます。あちこちに、すすり泣きの聲が起りました。

昭和十年の台湾大地震で病院に送られ救急手当を受けた台湾人の少年が死ぬ前に国歌「君が代」を歌ったというあの物語を思い出すたびに、松尾監督は悲しみで胸がはりさけそうになるのだった。だがそんな彼の心の内は誰も知らない。後になって、君が代少年の物語は日本当局が作り上げたデマの可能性が高く、メディアを通じて誇張され小学校の教科書にも収められるなど、植民地の人々に対する単なる籠絡の手段なのだ、ということも耳にしたが、松尾監督はそれでもこの少年の物語は真実だと信じたかった。

もしかすると、単にその少年が自分と同い年だったためかもしれない。あるいは少年が死ぬ前にしきりに、日本人の先生が来てくれたか尋ねたためかもしれない。先生にもう一度会いたい……その場面はいつも松尾の心を揺さぶった。初めてこの話を聞いた当時も、このストーリーはなぜだかわからないが、彼の心の中の密かな絶望感を刺激したのだった。

すべてはその絶望的な待ち望みのためだ……四十七歳の松尾は黒板に白いチョークできれいに記された授業の文章を見つめ、しばらく我に返ることができなかった。

「監督、今日私たちで富美子さんのスタントを選びます。明日は生徒役のオーディションです」制作会社の責任者は松尾にこう報告した。「お望みの基準を先に言ってもらえませんか？　私たちでまず候補者を絞って、監督が午後に最終面接をなさってはどうでしょう？」

「それでいいよ」松尾は頷いた。「台湾っぽい子がいい」

「台湾っぽい？」制作責任者は目を丸くした。「みんな台湾の子ですよ？」

「ちがうんだ、ちがうんだ」松尾の心にはあの危篤に陥った君が代少年の姿が浮かんだ。「肌は黒すぎず、目には訴えかけるものがあって、少年と青年の中間ぐらいで、ちょっと早熟な……」

言えば言うほど、その少年のイメージは曖昧なものになっていった。松尾は突然気づいた。その先生を待ち続ける少年とは、実は彼が前からずっと知っていたものだ。それは彼自身の十五歳の時の姿ではないか――

「台湾語の話せる本省人家庭の子供を選んでくれ。ここには客家、山地人、それから中国からやってきた住民がいるけど、それは台湾っぽさとは違うんだ……」

「監督は本当にここのことに詳しいんですね。そんなに多くの分類があることをご存知なんですね。わかりました、じゃあ台湾語が話せる子供の中から選びましょう」

「出番は多くないけど、倉田君と大事なやりとりをするシーンがあるから、明日は倉田君にも来てもらおう」

「わかりました」

松尾は誰にも言ったことがなかったが、彼が生まれた場所はここからわずか十キロあまりなのだ。映画会社が台湾で起こったことを回想するシーンを追加撮影することを決めた時、松尾がどうしてこのような場面とストーリーを選んだのか、誰も知る由もなかった。

もしかすると松尾自身にもわかっていないかもしれない。彼は実際のところ自分の生まれ育った集落をずっと憎んでいたのだ。

日本国民であるとはいえ、一部の公務員を除けば、多くの日本人は故郷で零落してこの地に開墾に来た。彼の母はそれに加えて、人に馬鹿にされる蕃校で教員をしていたため、悪童たちは幼い松尾をひどくいじめた。「おい！　お前にも蕃人の血が流れてるんだろう？」

彼が十五歳でついに家出せざるを得なくなった原因は、やはり酒に酔った父の暴力と暴言だった。

「台湾の子供は本土に丁稚奉公《でっちぼうこう》に行ってるというのに、お前は家で無駄飯食いやがって！」

家を出て北へ向かった松尾が最初に見つけた仕事は、日本料理店での見習いだった。建成町《けんせいちょう》［現在の台北駅北側の一角に相当する繁華街］に位置するこの「千島屋」は、日本人が支那町と呼ぶ大稲埕《だいとうてい》［古い町並みを残す淡水河東岸の商業地域］から遠くなく、地理的な便利さと、料理店の他の二人の見習いは台湾人だったことから、松尾は彼らについて大稲埕をぶらつくようになった。その幾つかの路地における台湾人の暮らしは落ち着いていて、なおかつ豊かであり、松尾は大いに目を開かされた。

ここには、集落にいるような、ぐでんぐでんに酔ってはすぐに腕力に訴えようとするような男はおらず、茶室［旧時台湾に存在した、茶を飲むことを看板に掲げながら性的サービスを提供する店］にいるような、日本から来たのに中国服を着て体を売る女もいない。規律も道徳もなく権力を笠に着る役人もいない。いるのは落ち着いてしっかりと家族の伝統を維持している支那人だけなのだ。この当時の大稲埕のレストラン蓬萊閣［一九二七年に開業し、一九五五年まで存続した当時の台北を代表する台湾料理レストラン］の豪勢さといったら、東海岸の小さな町から来た松尾にとってはなおさら見たことのないものだった。一台また一台と前を黒く飾り立てた人力車が門の前を絶えることなく流れ、車を降りる客もみな背広を着て革靴を履いているのだ。

松尾と一緒に見習いをしていた台湾の男子も貧しい家庭の出身だったが、同じ台湾人の上流階級を見かける時にはきまって軽蔑するように一口地面に唾を吐いて言うのだった。「ぺっ！　漢奸［漢民族の裏切り者］！」

松尾にはわからなかったし、わかりたくもなかった。彼はただ、日本人である自分がもしもこのようなお金持ちとお近づきになれたとしても、「漢奸」と罵《のの し》られることはないだろう、と考えたのだ。

夜、店じまいをしてからは、何本か通りを歩いて淡水河の埠頭に行くのが好きだった。大きな貨物船が港を出入りするのを見ながら、自分がいつの日か大稲埕で目にしたようなお金持ちになることを夢想するのだった。湾生《わんせい》の彼にははっきりわかっていた、日本の上流階級と関わりを持つのはどだい無理な話で、激しく差別されたり馬鹿にされたりするだろう、ということを。支那町においては、貧しいとはいえ上級の日本国民であり、びくびくお辞儀をする必要もない。建物内に「天孫降臨」の絵を貼って、自分から皇民化しようとするような店に対しては、彼はかえって軽蔑の眼差しを向けるのだった。

どうして「君が代少年」は日本の政策による作り話だとみんなが言うのか、彼にはずっとわからなかった。もしもこの話が捏造で、台湾人を慰撫して皇民化をさらにスムーズに推し進めるためのものだとするなら、危篤に陥った少年が待ち続けた日本人の先生は、物語の中で最後には登場するはずではないか。同じ教科書を読んでいた彼のような日本の湾生がこのストーリーに感動するのは一体どういうわけだろう。

みんなは間違っている。貧しく賎しい湾生の子供こそ、本当に「君が代少年」の物語によって慰められることを必要としているのだ。自身の民族の中では救済されることはなく、異民族の温かい手助けによってはじめて、本当に彼らの運命を変えることができるのだ。台湾の少年は日本人の先生に最後にひと目会いたいと待ち望んだが、このような待望は彼自身も体験し心に刻みこんでいた。

日本人の先生は登場するはずはない。湾生の彼は初めてこの文章を読んだときから自分の宿命を理解した。

どのようにして君が代少年を生き続けさせるのか、これが彼にとって挑戦すべき宿命的テーマとなった。

二〇〇七年

健二は台北の高級中華料理店に座っていた。食事に参加した人と一人ひとり名刺を交換したばかりの健二は、今しがた目にした栄町の町並みの幻影によってひとり心のうちで動揺していた。

ホスト役の学科長は参加者に健二の台湾での研究計画を紹介した。年長の台湾文学科のA教授はすぐに流暢な日本語で、彼の授業で講演をするよう健二に依頼した。C大映画学科で教えるB先生は、見たところ健二とほぼ同じ年頃だった。アメリカに留学したことのある彼は、健二に対して英語で、今アメリカでは台湾映画をテーマとするシンポジウムはあるかどうか質問した。健二は一方では、やや焦っているかのように見えるB先生の気にするシンポジウムの申込みについて英語で返答し、一方では振返って日本語でA教授の挨拶に応答した。

「よく眠れました、ありがとうございます。両親の故郷は四国でして、……ああ、とんでもありません、家では日本語で話していますので……」

「それはいい、いつも練習していないと忘れてしまいますからね。私も家では父とは日本語で話すんですよ」A教授は満足げに頷いた。

健二はもう一人の参加者、川崎女史が興味深そうに彼の表情を見ているのに気づいていなかったのだが、彼女は北京なまりの中国語で突然口を開いた。

「あなたは自分がこれほど歓迎されるなんて思わなかったでしょ？」

健二は二秒ほどあっけにとられてしまった。

「私は中国語を北京で勉強したんだけど、あなたは？」川崎涼子はさらに質問を続けた。

「ふふふ、映画を観て勉強した、ってところかな」

健二は賢さと相手をたじろがせるような威勢の良さを彼女に感じ、彼女はどうやら何かを探ろうとしているようだと思ったが、すぐにはそれが何だかわからなかったため、適当に冗談でお茶を濁してごまかした。

この日本人女性は、大部分の時間は反り舌音がはっきりした［北京の発音に基づく大陸式の］中国語を話していたが、その間に一言二言、健二の聞き取れない台湾語を混ぜ、それによって台湾人の客は時折大笑いするのだった。日本人の彼女はどうやら巧妙にここで「台湾通」役の椅子を手に入れたようだ。台湾の人と一体化しているとはいえ、完全に同化・融合しているわけでもなく、意識的、無意識的に彼女が外国人であることを思い出させているようだった。

もう三十五、六歳というところだろうか、さっぱりとした短髪だが、目尻には小じわがうっすらと浮かんでいた。体にぴったりした紫のセーターを着て、ぴちぴちではちきれんばかりのジーンズを穿いている。この川崎涼子という女にはちょっとわざとらしい粗野で大げさな振る舞いがあって、ひと目では彼女の経歴はよくつかめなかった。彼女は意識的なのか無意識なのかわからないが、いつも談笑中に手で隣の男性に触れるので、よく知らない人は彼女のことを、スナックのママのように男の人たちの間で気を引きながら生きているような女性だと思うことだろう。

健二がさらに興味深く思ったのは、このような態度こそが、かえって彼女をいわゆる「台湾通」にさせているのではないか、ということだった。

そばに座っているB先生は、川崎が話しているときにはいつもちょっと疲れたような愛想笑いを浮かべていた。健二は気づいたのだが、川崎がB先生にあまり興味がないことは明らかで、彼女の身振りはどうやらある特定の対象に向けてのもののようである。

みんなが台湾の上海料理と、上海の中華料理店のメニューの違いについて議論に熱中している隙に、健二はこっそり席を立ってトイレに向かった。彼はこれは普通の宴会で、中国語でいう「接風《チエフォン》」「歓迎会」だと思ったのだが、どうやらそんなに単純なものではなさそうだ。

洗面台の大きな鏡に向かって、健二は大きく息を吸った。台湾のこれらの学者が彼に対して善意や親切を示してくれているのに、どうしてかえって息苦しさを感じるのか、彼にはよくわからなかった。

口頭発表のために彼は様々な国のたくさんのシンポジウムに参加してきた。だが、アジア映画という研究テーマは欧米においては「政治的正しさ《ポリティカル・コレクトネス》」のために必要とされる飾りにすぎず、彼は欧米映画を中心とするような研究の輪の中にはいない、ということを自分でもわかっていた。彼自身も川崎のように、パーティーでは部外者にならないために何らかの言動によって他人の注意を引こうとしてしまってはいないだろうか。

もしそうだとすれば、健二は鏡に向かって正直に認めざるを得ない。彼が振る舞おうとする自分の姿は、英語を母語とする、完全に西洋化されたマツオなのだ。

だが、今日のような会合では、アメリカに留学したB先生を除いては、日本語がかえって共通言語となっていて、これは健二にとって大きなプレッシャーであった。というのも彼は仕事の場において日本語を使ったことがほとんどなかったからだ。彼にとっては日本語は家族の集まりにおいて使う言語であり、プライベートな感情を帯びたパスワードなのだ。

だが今日の宴会で次々と話される日本語によって、彼はまるで全方向から抱きしめられるかのような気持ちになり、台湾人のこのような接待上手に対してどのように応対すればよいのか、健二はわからなかった。

彼はにわかに新しい身分を与えられたかのようである。だが、その身分とは一体何なのだろうか。あの川崎という女性も台湾にやって来たばかりの時には同様に一歩一歩あらかじめ準備された身分へと歩んでいったのだろうか。それとも彼女こそがこのようなステレオタイプな身分の創始者であり、今、他の人たちも健二がこれから同じような振る舞いをするのだろうと予期しているところなのだろうか。

座席に戻った健二は、自分が日本語を使うべきか、それともいちばん使い慣れた英語を使うべきか、さらに迷った。それともそれほどうまいとも言えない中国語を交えて会話を続けるべきだろうか。

B先生はまた海外の研究の動きについて話題を振ったが、学科長はそのとき急に口を挟んだ。

「松尾先生の言う台湾映画と日本映画の相互作用と交流というのは、台湾語映画は重視されますか」

健二は即座に答えた。「私が重点を置くのはたぶん日本人監督が台湾で映画を撮ることによる技術移入と、それから日本の映画文法の台湾の監督のスタイルに対する影響になります」

「でも、日本人監督が台湾に来て撮った映画の多くは台湾語映画ですよ！」彼の応答に対してC先生がすぐに流暢な日本語で質問した。

台湾の政治問題については彼は全くの門外漢というわけではなかった。数ヶ月後にはここで総統選が行われる。昨晩テレビでも政治的な議論によって醸し出される熱狂を目にしたところだ。彼が今この時に台湾に来たことは考えが足りなかったかもしれない。きっと、彼はこのためにわざわざ台湾に来たのだと、一部の人に誤解されることになるだろう。

そうだったのか。彼らはきっと自分のことを文化研究《カルチュラル・スタディーズ》の名目で、あちこちで政治活動を繰り広げる「アメリカ人学者」と思っているのだろう、と健二は推測した。そのような学者は彼もたくさん目にしていた。もしみんなに、彼の本当の目的は祖父がどうなったのかを調べるためだと言ったならば、怒りや嘲笑を招くだろうか。

そのようなデリケートな議論に陥らないように気をつけなければと、彼は自分自身に注意を促した。健二は、このような状況の中でプライベートな家庭内のいざこざを公開せざるを得なくなることを、政治的な議論よりもさらに恐れたからだ。

技術とスタイルの伝播は台湾語映画に限ったことではないでしょう。彼は中国語と英語交じりで話した。専門的な語彙によって衝撃を和らげようとしたのだ。確かに、台湾語映画は当時の日台合作映画の主流です。しかし台湾の古い中国語映画、例えばカラー撮影によって初めてアジア映画祭で最高作品賞を受賞した『海辺の女たち』〔原題『蚵女』、一九六三、李嘉、李行監督〕も、李翰祥《リー・ハンシアン》〔一九二六―一九九六、主に香港・台湾で活躍した映画監督〕が香港から台湾へと移ってから撮った『西施』〔一九六五〕も、すべて日本の撮影技術を移入して成功したものです。キン・フー監督〔胡金銓、一九三二―一九九七、香港・台湾で活躍した監督〕の武俠映画も、一部に日本の宮廷時代劇の衣裳や美術のスタイルが感じられます。さらには侯孝賢《ホウ・シャオシェン》〔一九四七―、台湾の著名な映画監督、外省人〕の郷土映画も、彼自身が小津安二郎の影響を受けたことを認めているのです……

　だが、彼の学術的な発言は、期待したような反響は得られなかった。

「私は、松尾さんは台湾語映画の意味がわかっていないと思うわ」

　突然日本語陣営に加わったのは川崎だった。彼女は健二に対してある種の判決を言い渡したのだ。もしも他の人たちが健二の先ほどの発言に対してかすかな失望をあらわしたとすれば、彼女は言葉の誤りを指摘して一種の勝利の表情を示したのだ。

「あなたはさっき監督の名前をずらずら並べたけど、彼らはみんな外省人なのよ。台湾の本省人と外省人の違いは知っているでしょ？　さもないと、この研究をどのように進めればいいのか、私はとても疑問だわ」

　健二は、このように解読されたことに対してびっくりしてしまった。驚いた理由は、川崎が彼の専門の学術に対して攻撃したためだけでなく、さらに他人には話せない自分が台湾にやって来た本当の目的を彼女に見抜かれたようだったからだ。

健二は心の中を内偵されるような不自由さを感じていたが、それは確実にいっそう深くなった。自分が北京で中国語を学んだことを隠そうともしない川崎は、いったいどのような立場でここの本省と外省を論じているのだろうか。それとも彼女はわざと挑発しているのだろうか。

台湾駐在の日本の新聞特派員という身分が、密かに動静を探る習慣を彼女に身につけさせたのだろう。健二はこの川崎を次のように位置づけることにした。新聞記者の上着は羽織っているけれども、せいぜい小さなメディアのフリーライターにすぎない。それなのに自分がCNNかBBCであるかのように錯覚し、自分のフリーな立場を吹聴しては、自分が鋭いと思い込んだ問題を提起しては客観を装うのが好きなのだ。

「本省人と外省人、もちろんそれが何なのかは知っています」

すぐに日本語で反駁しようと思った。僕の祖父は台湾生まれの日本人だけど、それは日本人にとっては本省なのか外省なのか、と。だが最後には健二は反感を押さえ込んで、逆により冷静に、正式ではあるが少し不自然な中国語で台湾語映画の話題に戻した。

「私の知る限り、当時日本人の監督を招いて映画を撮った最大の会社は、「長河」〔長河影業公司、一九五〇年代に日本人スタッフを招いて台湾語映画を制作、経営者は中国東北出身の郭鎮華〕といって、そこの社長は、川崎さんの仰《おっしゃ》る、中国生まれの外省人なんです」

日本語がわからず傍らで黙って座っていたB先生は、このときやっと状況を理解し、即座に次のような言葉が口をついて出た。「これは松尾先生と何の関係があると言うのかな?」

「松尾教授は違った観点から問題に切り込んでおられて、もちろんご自身の研究のお考えがおありなんですよ。もし台湾語映画ばかり研究していたら、アメリカの大学の世界では食っていけないでしょうからね。ははは!」

ホスト役は微妙な雰囲気を察して、その場を丸く収めるしかなかった。健二もこんなに簡単に怒りを覚えたことをいくらか後悔していた。明らかに川崎は彼に対して何らかの敵意を持っているのだ。

彼は今ではすこしわかったような気がした。この川崎は、自分の台湾通としての地位が脅かされるかもしれないと思っているのだろう。アメリカ国籍であり、日本人の血が流れている健二は、さらに台湾映画も研究しており、きっとフリーライターの彼女に不安を感じさせたのではないだろうか。彼女は日本の記者という立場によって台湾の人々を眩惑したと思っていたのに、実際にはこの島に眩惑されたというのが正しいのではないか……

健二が顔を上げると、思わぬことにこの相手と目が合ってしまった。

僕は通りすがりにすぎないんだ、川崎さん。あなたは考えすぎでしょう。

すぐその次の一秒間に、健二は急に思った。もしかするとまだこの島で生きているかもしれない祖父も、このような眩惑から抜け出せなくなって失踪したのではないか、と。川崎涼子、松尾森。他に誰がいる? 誰が同じような道を繰り返すのだろう?

第五章

一九七三年

この日、鎮に住む本省籍で十四、五歳のすべての男子が、小学校の大講堂に招集された。

阿昌と小羅は条件が該当せず、また映画が必要とする生徒役の年齢を超えていたので、助監督の黒狗がオーディションに参加するよう通知したリストには入っていなかった。彼ら二人と蘭子は他の野次馬の観衆を見習って、講堂の二階へ上がって見物をした。目に入ったのは日本の監督が朝礼の国旗掲揚の際のような隊列に並んだ男児たちの間をいかめしく巡回する姿で、あたかも閲兵式のようで、もともと騒ぎあったりふざけあったりしていた元気いっぱいの青春真っ只中の男児たちはにわかに静まり返った。

その光景は、まるで選ばれた人はカメラの前に立つのではなく戦場に送られるかのようで、この厳《おごそ》かな雰囲気に誰もが恐れをなして頭を下げた。

日本人監督は手を振って合図をして、助監督の黒狗に向かって日本語で何やら話した。その表情を見ると、ここには満足のいく候補がいないと言っているようだ。それに続いて監督は振り返って主演の倉田一之助は何を見ているのだろうと、倉田の視線に沿って顔を上げた。倉田は二階にいる清楚な少女を見つめているのだった。阿昌が黒狗助監督の長いあごの真似をして笑わせたので、蘭子のケタケタ笑う声が注意を引いたのだ。だが、監督の目線はにわかに阿昌のそばにいるもう一人の仲間に釘付けになった。

黒狗助監督は慌てて台湾語で叫んだ。はよ下りてき、あんたやで！

スタッフはクランクイン以来見たことのなかった松尾監督の上機嫌な姿を目にすることとなった。彼は小羅を自分の目の前に呼び寄せ、長いあいだ何も言葉を発せず、ただ頭から足の先までこの男子を眺めていたが、その目には宝物を手に入れたという喜びがきらめいていた。

「監督は君の名前を聞いておられるんだ」

「羅国華《ルオ・クオファ》です」

「年齢は？」

「十七歳です」

プロデューサーが次に何を言おうとしているかを理解した松尾監督は顔を上げて、緊張しないように小羅に告げた。監督が次に口を開いた時、現場のスタッフはみなびっくりして思わず目を見開いた。

プロデューサーは松尾の言葉を翻訳した。「ひざまずくんや」

講堂では、皆がしばらくのあいだ顔を見合わせた。小羅は一瞬躊躇して黒狗助監督を見つめた。彼はかすかに二階から伝わる阿昌と蘭子の不安そうな眼差しを感じていた。

「ひざまずけと言ったの、聞こえないのか」

少年はついに両膝を地面につけた。続いて倉田一之助が気が進まなそうに立ち上がって言った。「監督、今ですか」

うん。日本人監督は頷き、先ほどの友好的な態度を引っ込めたかと思うと、表情は急に険しくなった。小羅の心臓は、まるでラケットで叩かれて空中を行ったり来たりしているボールのようにドキドキ弾んでいた。

倉田はひざまずく少年の前まで歩いていって立ち、腰を伸ばして、松尾をひと目見た。「この子に何か言ったほうがいいですか」

松尾は軽く首を横に振った。

電光石火のごとく、倉田は小羅にビンタを食らわせた。

こんなことが許されるの？　やりすぎだ！　二階で見物をしていた人々はにわかに騒然となった。急に騒々しい雰囲気となった講堂では、眉をぐっとしかめた松尾と、地面にひざまずいた小羅と、拳を握りしめた倉田がぴくりともしなかった。三人が静止した画面があたかも奇妙な電磁波を発しているかのように、現場の騒がしさはすぐに静まってきた。

「監督は演技をチェックしているんだよ、緊張しないで！」プロデューサーは慌てて見物していた他の子供たちに説明した。

さすがはプロの俳優だ、倉田は抑揚もリズムもよく台詞《せりふ》をペラペラ話した。そして話しながら小羅に飛びついて、しっかりと彼を自分の懐の中に抱きしめた。黒狗はその傍らでサイレント映画の弁士役を即席で務めた。

「日本の将校はこの台湾の子を保護しようとしているんだ。台湾の子は日本人知事の息子を殴ったから、やばい状況になって、日本に少年工として送られようとしているんだ……」

皆に見つめられ、大きな体の倉田に抱きしめられた小羅だったが、彼のくやしさと悲しさに満ち溢れた姿は、思わぬことに自然に皆の心を包み込んだ。彼らはみな、身体のかすかな震えを抑えることができず、直ちに大粒の涙を流す小羅を目にした。大小二つの体の別離を前にした抱擁は、生き生きとして感動的で、誰もが息を呑んで言葉を発さなかった。

たっぷり五秒はあっただろうか、全員が息を止めて見守っていた。緊張した空気の中、ついにひとり拍手をする音が鳴り響いた。

松尾監督の賞賛に続いて熱烈な拍手が起こり、興奮が沸き起こった。わあ小羅すごいね！　よかったよかった！　鳶《とび》が鷹を生むだ、老羅も今後は安心だね！　小羅が映画界に進んだら、いつかきっと大スターになるかもしれないね……どうして彼がアドリブでこれほど素晴らしい演技をし、何も知らないのに映画のストーリーにふさわしい忍耐や内に秘めた悲しみを演じることができたのか、誰にもわからなかった。

阿昌は帰りの道中ずっと小羅を質問攻めにした。ぶたれた時何を考えてたの？　俺だったら飛び上がって一発殴り返しただろうな！

蘭子はかすかに赤く腫れたところをさすりながら言った。あの人ほんとにぶったのね。

小羅は返事をしなかった。松尾が彼を観察する眼差しに触れた時、彼がすでに松尾の要求を摑み取っていたのはなぜなのか、彼は説明したくなかったし、説明のしようもなかった。もっと説明するのが難しかったのは、倉田が彼自身を抱きしめた瞬間に、どうして悲しみが恐怖と入り混じって心に沸き起こり自然と涙が流れたのかということだった。

この日のオーディションはその場にいた観客に深い印象を残したが、その場にいなかったもの好きたちがあれこれ陰口を叩くことは止められなかった。こんなにいいチャンスなのに、どうしてあの老兵の老羅の息子に持っていかれるんや？　もともと正真正銘の本省人を探してたんじゃないんか？

小さいときから小羅の成長を見てきたのと、また自分のところの従業員の家族だということもあって、小羅が選ばれたことは映画館の陳社長にとっても光栄なことだった。彼の言葉を使うと、これは吉祥戯院の栄光なのだ！　誰かがこっそり陰口を言っても彼は聞こうとはしなかった。人に会うたびに彼はこのように反論を切り出すのだった。老羅の嫁はんは本省人やろ？　小羅かて半分は本省人なんや！

だが、石頭の老羅は、息子の演技の才能を誇りに思わなかったばかりか、絶対に出演を許そうとはしなかった。息子が注音符号［主に台湾で使われる中国語の発音を表す符号］で表した日本語の台詞を覚えるのを耳にすると、さらに怒りを爆発させるのだった。陳社長は公益を考え、「吉祥の栄光」を引き続き輝かせるために、頑固老人に対してしぶとく説得を続けた。学校は休暇中だし、その間のお遊びじゃないか。映画が上映される時になったら、息子さんの写真を拡大してロビーに飾ってあげるから、光栄だろ！

くそったれのお前たちが亡国の民になろうが勝手だが、うちを巻き込まんでくれ！　老羅はいつもその一言で拒絶した。

父親が棒を持って息子を吉祥戯院の入口まで追い回した時は本当に大騒動だった。見物の人々だけでなく、日本人スタッフも知らせを聞いて現場へやってきた。黒狗は間に入ってこっちを向いては中国語、こっちを向いては日本語で通訳し、精神が錯乱しそうだった。騒ぎが収まらず、老羅が息子を無理矢理に家に連れて帰ろうと引っ張っていると、蘭子がいつの間にか見物の群れをかき分けて出てきた。

「老羅！」

みんなが声を聞いて振り返ると、記憶の中のあの黒くて痩せて小さい女の子は、この時すでに見知らぬ少女に取って代わられていた。発育良好な乳房と黒々とした長髪のこの新鮮な姿が発散する成熟した女性の魅力に、たちまち誰もがぽかんとしてしまった。次に目に入ったのは、彼女が地面にへたり込んだ小羅に手を貸してその肩を抱きしめる姿で、まるで母鶏がひよこを守っているかのようだった。それと同時に彼女は老羅に対して声を上げて糾弾した。

「まだぶつ必要ある？　自分の息子が今年何歳か知ってるの？　私の育ての親だってもう私をぶとうとしないのに。もし顔に傷がついたら売り物にならないからってね。わかった？　わかった？」

老羅はあっけにとられた。その場にいた人たちもこの突然の行動にびっくりしてしまった。阿好の家の養女は頭がおかしくなったのだろうか。そんなことまで口にしてしまうなんて。みんな心のなかでは、金で買われた養女にはこのような運命を逃れられる者が多くないということはわかってはいたのだが。蘭子が再び口を開いた時、その語気は先ほどの憤慨に加え、彼女の年齢には似つかわしくないような恨みつらみも帯びていた。「小羅があんたを憎く思いたくなるようなこと、これまでもたくさんあったじゃない？　まだ増やしたいって言うの？」

このすらりと美しく、ちょっと傲慢なところもある少女は蘭子なのだろうか。彼女の傍らにいるハンサムな青年は小羅なのだろうか。この二人はみんなの印象の中では、ほんの昨日までそこらで遊び戯れている子供だったのだが、この時そのような印象は急に過去のこととなってしまった。

いったいいつ変化が起きたのだろうか。時代というものはこのように塗り替えられていくものなのだろうか。もう長い間、この鎮の人々は周りの変化に興味を持たなくなっており、重苦しい日々の中、自分たちの暮らしの変化やその可能性を信じられなくなっていた。

日本人監督はもののはずみでまた賃上げし、小羅の出演料を一千台湾ドルから三千台湾ドルまで上げた。鎮長の一ヶ月の給料が六百ドルの時代である。皆は驚きの声を上げた……

この夜のエピソードは媚薬のようにこの鎮の気分を惑わせた。これ以後は、ここで映画が撮影されるために生じたこの鎮の人々の興奮は、人知れず変容していったのである。

誰もがお店を開けることを怠《おこた》ったり仕事をサボったりするようになり、毎日毎夜、映画撮影がありさえすれば、みな現場に見物に行った。女性の衣裳の色や柄はますます艶やかになり、男性が家に帰って最初にしようと思うのは、きまって妻を優しくいたわることだった。みんな呪文にかかったかのようにこれまでとは違う自分になってみようと試すのだった。家を出ると、金銭、チャンス、カメラ、日本風の集積からなる別の時空へと足を踏み入れるのだ。心の奥底にあった現実から離れたいという欲望が充足されると、みな自分のまだ発掘されていない演技の才能を夢想するようになり、暇さえあれば鏡に向かって表情を作ってみるのだった。

映画の中であれ外であれ、虚と実、真と偽の境界を超える面白さを初めて体験すると、日々の暮らしも演技みたいなものだということに気づく。ではもともと割り当てられていた役柄は、いったい誰の脚本によるものなのだろう。

生活と映画の境目は、ロケ隊の滞在時間が長くなればなるほど曖昧なものとなっていった。誰もが演技するという遊びに夢中になった。

エキストラたちは撮影が終わっても和服を脱ごうとせず、家に帰っても日本人俳優たちの劇中の動作の真似をした。日本の軍服を着た脇役が大手を振って通りを歩くと、おばさんたちは演技指導がなくてもひとりでにお辞儀をして挨拶をした。児童たちも「君が代少年」の本文を覚えてしまい、騎馬、戦闘、追跡、血みどろの戦いなどのシーンではいつも日本国歌を歌って興を添えたり士気を鼓舞したりするのだった。

夫たちは自分の妻が家事をこなす際、上《うわ》の空になっていることに気づいた。女たちは以前にも増して何かにつけて集まるようになり、絶えずひそひそと秘密の話をしては、どっと笑うのだった。夫たちの目からすると、これは阿娥《アーオー》、美玉《メイユー》、鳳嬌《フォンチアオ》、罔舎《ワンショー》、阿珠《アーチュウ》ら妻たちが十八歳の頃にしか取らなかった行動で、長年目にすることはなかった。だが、これらの所帯じみた女房は、誰もが頬を赤らめるようになったのだ。

女房たちが往年の生気を取り戻した顔で尽きることなくおしゃべりしたのは、すべて倉田一之助についてだった。

田舎の女というものは、一生の間に田畑を耕したり土砂や荷物を運んだりする男性しか見たことがないものだ。その男どもも飯を食っては寝るばかり、酒に酔っては体を求めるばかり、何と退屈なため息だらけの一生であることか。百八十五センチのイケメン映画スターが実際に目の前にいるというのは全く初めてのことだ。一挙手一投足がまるで別の生き物のようで、その男っぽさと言ったら全く見飽きることがないのだ。笑顔はあんなに輝いていて、男性の魅力に満ち溢れ、子供っぽさを帯びた顔立ちで、暑さの中で不良っぽく衣裳を脱ぐと、汗にまみれたたくましい上半身がさらけ出され——

わわわ、阿娥、しっかりして、卒倒せんといて。

あの人、下半身のあれももしかして……

死んだらええわ！　おバカな阿珠！　長い間家の人とやってないんやないの？

女たちの熱病は春の匂いを撒き散らし、ロケ隊の十数人の男たちはこの鎮に滞在させられて二十日目から、みな不安を感じはじめた。

そして、誰かが気づいたのだが、阿好おばさんのアイス屋の営業時間は一日また一日と長くなり、夜の十時になってもまだ明かりがついていた。店内の床まで伸びたカーテンは、もともと商売と生活とを区分するためのものだったが、他所から来た男がこっそりとカーテンを開けて、出入りしはじめた……

当地の派出所は賄賂をもらって知らないふりをしているのか、県政府の公文書に驚かされたのか分からないが、阿好アイス店の暗闇での出来事はまずは放《ほう》っておかれることとなった。

通報によると、日本の制作会社の幹部はみな左翼だというのだ。このニュースはただごとではない。左翼といえば共産党、共産党といえば匪賊《ひぞく》である。映画を撮影するという名目で、すでに匪賊が台湾に潜入している可能性がある。このような罪は、ちっぽけな吉祥鎮の鎮長が責任を負うことができるわけがない。

助監督の黒狗は何度も説明した。これは同業者が競争のために密告書を送ったのだ、日本映画を台湾映画にすげかえてようやく審査をパスしたこの映画が上映されると、他の台湾映画を圧倒するだろうから、このような秘策を使ったんでしょう、と。だが県長は命令を出した。鎮にいる三人の警官は休みを返上し、「昼夜の別なく怠けることなく、三民主義に従うべし」〔「中華民国国歌」に見える言葉〕、夜も巡回を強化して、匪賊が密かに活動していないか厳重に注意するように、と。

黒狗の言い方に従うなら、もしも本当に匪賊がいるなら、あの阿好アイス店も、「警察と民衆は一家のように親しい」を実践して、秘密を守りスパイを防いでいることになる。あそこの女は本当にすごいらしい、一日中足も立てないぐらいになってしまうことお請け合い、破壊活動をするような元気なんて残っていようものか。

突然発生した疫病が夏の間に密かに蔓延していくように、いつ起きるかわからない高熱が暮らしの中のあらゆる細部に身を潜めているようだった。

ただ蘭子だけが例外だった。彼女は相変わらず黙々と自分の宿命に甘んじて、水運びや洗濯、料理などの家事に勤《いそ》しみ、撮影現場には姿を現したこともなかった。

誰も蘭子の憂いには気づいていないようだった。阿好おばさんがこの女児に対してどのように接しているかは、近所の人はみな目にしていた。アイス屋では密かに濡れ事が行われており、養女にこの後待ち受けている運命は、もう間近に迫っているのだ。阿昌はこのことのために気持ちが落ち着かなかった。

蘭子、俺は決めたよ。あの人たちの会社の台北撮影所の人手が足りないっていうから、ここでの撮影が終わったらあの人たちと一緒にこの鎮を出るよ。

蘭子、一緒に行かない？

蘭子、ため息ばかりつかないで。俺と一緒に行っていいんだよ、そうでないと俺が心配だ。

小羅がいるから？　小羅はもう以前の小羅じゃないんじゃないかな？

変なことがいくつか起こったんだよ、気づかなかった？

一九八四年

昔のようにリュックサックには運ぶべきフィルムが入っているわけではないが、相変わらずの慌ただしい出発だ。頭のなかに伝えるべきことの草稿もない状態で、彼はバイクに乗って老羅の家の入口に群がる人混みを掻き分けた。ただ掻き分けて、この場を離れるだけだ。いったい今何をすべきなのだろう。阿昌の頭の中は全くの空白だった。彼は昔から変わらぬ布団屋、蠟燭《ろうそく》屋、バイク修理屋、寺の入口、踏切を通り過ぎた。あたかも何かに追いついて、間もなく起ころうとしていることをすぐに止めることができると言わんばかりに。

急げ急げ！　彼は思い切り鼻水を吸い込んだ、涙がこぼれないように。空はもうすぐ暗くなる。連中は小羅を連れて行ってしまう！

蘭子を見なかった？

アイス屋の阿好おばさんの養女の蘭子だよ、どこにいるか知らないかい？

すみません、蘭子はいつ駅からいなくなったんですか？　どっちの方向に行きました？

両手でバイクのハンドルを握りしめ、道中あちこちで停まっては尋ねた。十年間帰ってくることのなかった故郷の鎮で、十年後にまたその中を飛び回るとは、まるで迷路が彼を取り囲んでぐるぐる回っているかのように感じる。

彼が一歩遅れてしまったのは確かだ。

小羅が訪ねてきたあの日は、ちょっと普通ではないと感じただけだった。だがあれこれ考えた末、ようやく列車の切符を買って帰省することにした。道中ずっと気持ちが落ち着かなかったのだが、果たして思ったとおりの結果となった。彼は運命の力に弄《もてあそ》ばれ、何も考えることができなくなった。そして突然蘭子のことが電光のように脳裏をよぎった。

蘭子を見つけなければ。このような考えが混乱した頭のなかでなんとか焦点を結んだ。バイクのアクセルを吹かしてあちこちを見渡した。蘭子が彼の目の前に立ったとしても、こんなに長い年月が経った後だともう誰だかわからないかもしれない、ということは考えもしなかった。

十年が経っていた。姉の手紙によると、蘭子は女の子を産んだとのことだった。阿好おばさんはさっさと彼女を追い出して、親切にも老羅が彼女を引き取って住まわせたそうだ（阿好おばさんはこうして口止め料を独り占めしたのだろうか。誰も意見しなかったのだろうか）。小羅に尋ねても、彼は詳しくは語ろうとしなかった。ただ彼の父が蘭子の娘を自分の孫として扱っていると言うのみだった（小羅、君自身は？　こんなふうにずっと一人で生きていくつもりかい？）。姉がまた手紙をよこして言うには、蘭子は結婚するとのことだった。郵便局の呉おじさんは奥さんを亡くして数年経っていて、蘭子のあの恥ずかしい私生児のことも気にせずに後妻として娶《めと》ろうというのだ。彼らが異境にあってあたふたしながら懸命に生活し、故郷の不祥事など忘れかかっていた時、小羅が泣きながら彼の新婚の巣へと駆け込んできた。蘭子の娘が不慮の事故に遭ったというのだ。駅に特急列車がガタガタと走ってきた際、レールのそばのピンクのビニールサンダルに誰も気づかなかったのだという……

阿昌はただ小羅が泣くのを見守るのみで、何も言わなかった。彼は異境にあって、すでに何に対しても顔色一つ変えない無感動を身につけていたのだった。彼も蘭子を見捨てた人間なのだ。世間知らずの田舎町の少年が、蘭子が強姦されたと聞いたあの夜、世界は一瞬にして崩れ去った。砕けてもとに戻すことのできない夢、彼の初恋——

姉が言うには、娘が死んでから蘭子の精神はあまり正常ではなくなったそうだ。言葉も発しなければ、人に会っても誰だかわからないようでもあり、毎日一人で駅に現れては、ホームに午後からずっと座っているという。呉おじさんもどうすることもできなかった……このような蘭子を、彼は見て誰かわかるだろうか。また、彼女に向かい合う勇気はあるだろうか。

レコード屋の店主は阿昌に目配せして、手で道の向こうの方を指さした。阿昌は手で顔を拭《ぬぐ》って、陰の中に人が座っているのを認めた。

蘭子、阿昌だよ、俺がわかるかい？　フィルム運びの阿昌だよ……

蘭子、一緒に来ておくれ、小羅に会わせてあげるから。言っていることわかる？　よく聞くんだよ。小羅は死んだんだ。あいつはここに帰ってきた。一昨日《おととい》帰ってきたんだ。今日の午後、老羅おじさんが散歩から帰ってきて見つけたんだ、小羅が……

蘭子はずっと笑みを浮かべていた。精神を集中して阿昌を見つめているようだったが、その表情には全く痴呆のような様子はなく、慈悲深そうに顔を上げて、すぼめた口元は上昇する弧線を描いていた。

もうこれ以上何も言えなくなってしまった。それは自殺という二文字を口にするのをためらったのが理由の半分だが、それよりも蘭子のこの笑顔が彼をこわばらせたのだ。

やつれ果てて見るも無残で、誰だかわからなくなっていると思っていた蘭子は、少しも変わるところはなかった。彼や小羅がこの十年のあいだ苦労を重ねながらなんとか生きてきて、若いのに老け込んだ顔色をしているのに比べ、蘭子の顔かたちは意外にも清らかで落ち着いていて、宝石のようにきれいな姿は阿昌が不思議に思うほどだった。

まるで蘭子は時間を自分の命の中で凝固させたかのようだった。かつての不幸も小羅の死の知らせももはや彼女にとってなんら影響はないのだ。あの微笑みは、まるで彼女はすべてをとっくに知っていて、彼がやって来るのを待っていたところだったのを彼に告げているかのようだった。

蘭子は黙って立ち上がり、またさまよえる亡霊のように歩きはじめた。今回は、戯院の方向に向かって歩いている。

阿昌はとりあえずバイクを路肩にうっちゃり、慌てて蘭子を追いかけた。それからほとんど無意識に腕を伸ばして、彼女の手を自分の手のひらで握りしめた。

彼は蘭子をリードして肩を並べてゆっくり歩いた。曲がるべきところでは手を引っ張って道を教え、そっと手首を摑んで車輌にぶつからないようにした。だが、蘭子を連れて、ついに羅家へと通じるうら寂しく長い路地に足を踏み入れた時、彼は急に、こうやって二人でゆったりと散歩する、恋人同士のような親密な雰囲気に感傷的になってしまった。十七歳の頃、彼女の手を握りたいと衝動的に思ったことが何度あっただろう。だが、それはいつも幻想のみに留まった。彼は蘭子が好きなのは小羅だろうとずっと思っていたのだ――

彼は、不安や憎しみの中でわけもわからずに這いつくばってきたが、我に返ってみると青春をずっと後ろの分かれ道に置き去りにしてしまっていた。

彼は、あの夏の日、考証のできていない服装で原住民の通行人役を恥を忍んで演じたのを覚えていた。小羅はみんなに映画スターに祭り上げられたのに、自分は取るに足りないエキストラにすぎなかった。若い彼はこのような対比のもとあっさり敗北し、初恋の絶望感に包まれることとなった……当時は、彼らが自分を嫌って除け者にして、わざと距離をとっているのだとばかり思っていたが、蘭子と小羅も関わりのない赤の他人になっていたとは知る由もなかった……

今、蘭子の手は確かに彼の手のひらの中にあった。思っていたほど柔らかくはなく、まるで一匹の魚のように温度が感じられず、冷え冷えとした感触があるのみだった。

これは彼が少年時代に夢見たものではない。思っていたようなドキドキ感はなく、目の前に立ち上るはずの輝かしい火花は影も形もない。

ここまで考えると、阿昌は思わず涙を数滴こぼした。

蘭子、着いたよ。

怖くないよ、俺たちは小羅を迎えに来ただけだから。

建物を出入りするのは、白い制服を着た人たちや警察の帽子をかぶった人たちばかりだった。蘭子は彼らを目にするとすぐに手を阿昌から振りほどいて、二歩ほど後ずさった。彼が故郷を離れていた間、彼女は彼らに何度も連れて行かれそうになったのだろうか。阿昌は蘭子を見ながら、このような疑念を感じて胸が痛んだ。

小羅はすでに白いシーツを被されていた。役人が一人、ペンと用紙を持って老羅のところへやってきた。老羅は無表情で、ほころびて黄色いスポンジが露わになった古いソファーに座り、白いシーツの下の身動き一つしない息子を眺めていた。

羅おじさん、サインしてください。そうすれば彼らが小羅を連れて行きますから。

阿昌は用紙を受け取り、役人にしばらく外で待ってくれるように頼んだ。警官が彼を遮り、死者とどのような関係なのか、どうしてここに来たのか、と尋ねた。

阿昌は警官に簡単に説明したが、小羅が台北で突然彼を訪ねてきた話については警戒して触れなかった。一緒に帰省しようと言っていたのに、このような形で行き違いになってしまったことが残念だ、とだけ述べた。さもないと、彼は小羅が帰り際に残した言葉を警察にどのように説明すればよいのだろう。

松尾に会ったんだ。奴は台湾に帰ってきたんだ。俺はもうおとなしく引き下がったりはしないぞ。

小羅を載せた担架は、このとき客間を出て、真っ暗な庭を通り抜け、入口の車に載せられた。警官が背中を向けてから、阿昌は拳骨を握りしめ、まだら模様のコンクリートの壁に向かって思い切りぶつけた。後ろめたさという言葉の重さがその瞬間に彼を震撼させた。今後の人生で、この瞬間のシーンを思い出すたびに喉が締め付けられるような窒息感を覚えるのだと思うと、気が狂いそうだった。

見知らぬ人で一杯だったこの建物の客間には誰もいなくなった。だが、このとき阿昌の視線は、映画のクローズアップシーンのように、部屋の中にいるただ二人の姿に釘付けになった。

ごま塩あたまの男性はかすかに口を開き、空気の抜けた風船のように魂は身体から遊離し、むせび泣きの声を発していた。その声は一つまた一つと長く響き、鳥類の鳴き声にも似たあえぎだった。女は彼の傍らに寄り添い、彼の足のあたりにもたれて地べたに座り、手を伸ばして震えが止まらない男の大きな手をとり、自分の頭の上に置いた。まるで主人に撫でられるのを待つ小動物のように、男の顔をじっと仰ぎ見て、顔には依然としてあの永遠の微かな笑みを浮かべていた。

阿昌は、彼らの邪魔をしてはいけないと思い、真っ暗な庭を隔てて遠くから見ていたが、急にあることに気づいた。この鎮に様々な出来事が起きた十年後になって……

第二部　多情多恨

第六章

その年の夏、この鎮の精米店の爺さんは、三十年間会うことのなかった末弟が玄関に現れたのを目にした。弟は日本の軍服を着て、家の中に入ろうとはしなかった。その時すでにあたりは暗くなっており、玄関の明かりをつけた時には、そこにはもう人影はなくなっていたらしい。

この話を初めて聞いた時、歳のせいで爺さんが見間違えただけだろうとみんな思った。精米店の爺さんはこの反応に非常に立腹したのと同時に、不安でいてもたってもいられなくなった。弟は自分をあの世に迎えに来たのではないか、と思ったからだ。鬱々とした日々が長びくと、このような不可解な謎に巻き込まれたことにだんだん耐えられなくなって、翌年病に倒れて亡くなってしまった。

日本人に徴兵され南洋に送られて生死もわからなかった身内が、どうして急に吉祥鎮に帰ってきたのだろう。しかも爺さんの説明によれば日本の軍服を着ていたというから、幽霊でなければ何だというのだろう。

鎮の人々もこう考えて、はじめは特に気に留めなかったけれど、続いて確かな証言が相次いだ。曰く、夜中にその日本の軍服を着た人影を路上で見かけた、路地や橋をこんなふうにずっと歩いていたけれど、ちょっと目をこすった間に見えなくなった、とか。

だいぶ後になって、この検証しようもない噂話は、新聞紙上を賑わせることになった。関係当局はこれは共産スパイが幽霊を装って民心を撹乱しているのだとして、噂を広めた者を徹底調査し、全員スパイ容疑で逮捕して尋問するよう命令した。これによってようやく日本兵が夜歩きするという話はもうそれ以上耳にすることはなくなった。

その年、この鎮に起きた出来事は目立って多かったけれど、何はともあれ、結局すべてはここによそ者たちの集団がやってきたことと関係していた。

台湾の映画制作会社が日本人監督を連れてこの鎮へやってきてロケをして、僕たちにも日本映画なのか台湾映画なのかわからない映画を撮影した。けれど、その撮影のせいで、もともと特に面白いところのないこの鎮は大いに掻き乱されて、心が落ち着いていられる日がないほどだった。連中が去ろうとする頃になって、僕の人生も、完成することのなかったあの映画のように、疑問符と読点が延々と続く中で終わりを告げたのだ。

だが、あのときの僕にはわかっていなかった。

植民地時代に日本人がもともと集住していた吉祥鎮は、昼には映画撮影のためのロケ地となり、本物そっくりの植民地時代の台湾の姿を取り戻した。でも、もしも夜に白手袋をして軍隊の長靴を履いた日本兵に出会ったなら、追いかけて、その人または幽霊の顔を確認するような勇気のある人は誰もいないのではないだろうか。

もしかすると、爺さんは確かに自分の実の弟の霊を見たのかもしれない。もしかすると、鎮の他の目撃者も本当に身の毛もよだつような場面に出くわしたのかもしれない。

あるいは、もしかすると、彼らが見たのは生きている人間なのかもしれない。でも、日本の軍服を着たその男については、実は僕だけがその秘密を知っているのだ。

事実がもしも偶然と重なると、真相は二度と取り戻せなくなってしまう。

そして謎になる。

今では、その謎を解こうとしているのは僕一人しか残っていない。


いや、違う、一人ではない。僕はもうこの世にいないのだから「人」ということはできない。

この二十数年の間、毎年一度目が覚めるけれど、それ以外の時は全くの無感覚だ。

死ぬとはこういうことだったのだ。

これについて、生きている人はみな誤解している。みんな死後には霊魂があって、天に昇ったり地獄に堕ちたり、自分の愛するものを見守ってそこから離れられなかったり、恨みを抱えてこの世にちょっかいを出したりするなどと思っている。

本当は、僕らは何もできず、どこに行くこともできない。埋葬された後は、全くの無感覚だ、命日に誰かが気にかけてくれて線香を上げに来てくれるのを除いては。この日だけは目覚めて、自分のために線香を上げてくれる人と自分が埋葬された故郷を目にする。そして日が暮れる前に再び長い眠りに落ちる。ただこれだけのことだ。

最初の命日、僕を起こしにやって来たのは父さんと蘭子《ランズ》だった。

今でも覚えているけれど、目を開けたその瞬間、少しも驚きを感じなかった。熟睡から目を覚ましたというよりは、夢の世界に迷い込んだようだった。

気づけば一面漆喰色の墓地にいた。空も灰色で、暗い霧に覆われていた。

ここは鎮の外れに延びる小道付近の山裾で、以前には隣の鎮に映画を観に行くときに近道をしようとして自転車でここを通り過ぎたことがあるだけだった。そのたびに息を潜めて、中を覗き込もうとはしなかった。中から映画みたいにキョンシーが出てくるんじゃないかとびくびくしていたのだ。でもここは思っていたほど不気味ではない。大きな樹木すら見当たらず、人が手入れをした低木が列をなして並んでいるだけだ。ここは静かだ。視線の百メートル先のところで父さんがマッチを擦る音さえはっきりと聞こえるほどだ。

僕は父さんと蘭子のいる方向へと歩いていった。ところが意外にも足元の砂利は、踏み歩く時に出るはずの摩擦音を発しなかった。僕が踏んだところは足跡すら残らなかった。

このときになって僕はようやく慌てはじめ、もう一度顔を上げて周りを見渡した。さらに遠いところに揺れている人影は、さっきはここの管理人だろうと思って気に留めなかったのだが、この時になってその人の洋服がぱりっとしているけれど時代遅れのものであることに気づいた。

僕は懸命に思い出そうとした。この奇妙な夢を見る前は、どこにいたのだったろう。目を閉じて、意識は頭のなかに最後に残っている残像へと向かった。農薬パラチオンの瓶が僕の手から滑り落ちて、空き瓶がぐるぐる回っていた……

父さん――

僕は泣いて、父に向かって叫んだけれど、父も蘭子も無反応だった。

僕はよろめきながらも向かっていった。

どうしてこんなに馬鹿だったのだろう。こんなにあっさり自分の生命を終わらせてしまうなんて。父さん、すまない……

蘭子の手は父に引っ張られていて、父が渡した線香を一本受け取った。彼女は父に従って、冷たい墓石に向かって焼香と弔いの動作をした。その墓石こそ、この世における僕のわずかな痕跡ではないだろうか。

墓碑には白黒写真が一枚嵌め込まれていた。僕が高校の生徒手帳のために撮った二インチの上半身写真だった。その十七歳の少年はまるで別人のようで、まだいくらか恥じらいも持ち合わせていたが、憂鬱そうな目つきをしていた。家を離れていた十年というもの、僕は家に写真を送ったりはしなかったし、父さんにあまり選択の余地がなかったのは明らかだ。まだ映画撮影時の写真を何枚か持っているだろうけど……

でも僕はなんと幸せなことだろう、父さんは結局この顔写真を使ってくれた。こうなる前には、死ぬことであの夏から永遠に逃げきれると思ったのだが、すべての記憶は相変わらずありありと再現される。しかもそれと同時に、生と死の境目はこれほどはっきりしないのだ。

墓地にまた別の家族が現れた。この鎮にも僕と同じ日に亡くなった人がいたのだ。じっと観察していると、線香を上げる家族たちの横に老人が立って、腹立たしげに一人ひとりを見渡し、なにやらぶつぶつ言っていた。

この時、蘭子が口を開くのが聞こえた。

小羅《シャオルオ》、と彼女は言った。

父さんは頷いた。「そうだ、わしらはあいつに会いに来たんだ……」顔を赤くして、ついにはこらえきれずしゃくり泣きを始めた。僕は出ていってひざまずき、身寄りのなくなった老父に対して頭を地面に三度打ち付け、生前に別れを伝えられなかったことを償った。

小羅、と蘭子はまた言った。

顔じゅうが涙だらけになった父は彼女の相手をしなかった。ともあれ、みんなにとって蘭子は精神がおかしくなって長い時間が経っているのだ。彼女があいまいな単音節の音を続けて発すると、父さんはやむをえず手を伸ばして彼女の背中をさすり、涙を拭《ふ》きながら力なく応答した。……小羅……そうだよ、あいつは今この下で眠ってるんだ……

僕が膝を曲げて立ち上がろうとしていたところに、急に視線を感じた。

小羅。蘭子はもう一度つぶやいた。

僕は驚いて顔を上げ、彼女と向かい合うようにして見つめた。

＊

埋葬することができなかったり、誰にも祀ってもらえなかったりすると、その死者は眠りにつく必要はない。

そのような人の死後は、それはもうむごたらしいものだ！　長年にわたってこのように目覚めたままの霊魂が僕にこう語ってくれた。ずっと目覚めていられると、まるで不老不死みたいにこの世の出来事すべてを目にすることができて、それはそれでよいこともあるだろうと僕は思ったのだが。けれど、その霊魂は首を振った。やっぱり僕のように死の眠りの中にいてごくたまに目が覚めるほうがよい、というのだ。

彼が言うには、生・老・病・死などたくさん目にしても面白くはない、人の世界というものは悔いばかりだ、とのことだ。

この墓を持たない霊魂は敏郎《ミンラン》という。初めて彼と会ったのは僕の最初の命日だった。

蘭子の視線が僕に注がれたのに気づいたあの時、僕が感じたのは驚きなのか恐れなのかうまく説明できない。俺が見える？　俺がわかるの？　僕は慌てて彼女に話しかけた。けれど僕はすぐにがっかりすることとなった。彼女には僕の声は聞こえないのだ。

この時、どこからかプープーとハーモニカの音が聞こえてきた。僕は周りを見渡したが、その憂いに満ちたメロディは明らかに遠くないところから聞こえてくるのに、吹いている人の姿を目にすることはできなかった。

生前に身につけていた、感じたり伝えたりする器官の感覚は、今の僕にはもう役にたたないのだ。あのハーモニカの音は何キロも離れたところから聞こえてくるのかもしれない。

僕はその曲が何であるのかわかった。小学校の音楽の教科書にもある「念故郷」〔「故郷を思う」の意、ドヴォルザーク作曲、日本では「家路」または「遠き山に日は落ちて」として知られる〕だ。音楽の先生が授業で言うには、この曲はチェコの第二の国歌とも呼ばれる世界的名曲で、もともとは「新世界より」と呼ばれる交響曲の中の一楽章とのことだ。

クラシック音楽はよくわからないが、この悲痛な感じがするメロディに僕はすぐに惹きつけられた。新世界というのにどうして少しも楽しそうではないのだろう、とあの頃は思ったものだ……死後のこの新世界を知った今、耳にこの曲が響いてくるとは思いもしなかった。

なんとぴったりで、なんと皮肉なことだろう。

ハーモニカの独特の音色と、リードから絶えず醸し出されるビブラートが、この新世界をいっそう寂しく感じさせた。僕は思わず頭の中から音楽の教科書に記されていた中国語の歌詞を探し出して、ハーモニカに合わせて口ずさんでいた。

故郷よ、故郷よ、本当に愛おしく
風は清らか、夜は寒く、郷愁が次々と
故郷の人よ、今はいかに、いつも忘れることはなし
他郷にあって、一人の身、寂しくうら悲し
願わくは、故郷に帰り、また以前の暮らしを
親戚友人と一堂に会し、団欒を再び得ん

咽《むせ》び泣くようなハーモニカの残響が墓地のうら寂しい空気の中を風塵のように通り抜け、やがて消えてしまった。

蘭子の眼差しの中に何か疑いのようなものが浮かび、それと同時に純真な子供が見知らぬ人を目にしたときのような、興味と恐れが相半ばした表情を浮かべた。

父はすでに持ってきたものを片付けはじめ、帰る準備をしていて、蘭子の反応には気づかなかった。しばらくして僕はようやく蘭子の「見知らぬ人」は自分ではないことに気づいた。彼女と父がゆっくり手を取って墓場を後にしてから、僕はハーモニカの音が聞こえてきた方向に向かって大声で叫んだ。

「よし、もう姿を現してもいいだろう！」

その敏郎という霊魂が僕の目の前に姿を現した時、思わずまた叫んでしまった。

「君は、本物だったのか！」

その青年は藪から棒にこのように大声をかけられて、すぐに慌てふためいて不安な表情をした。「もしかしたらホンマモンかも……」彼は台湾語で僕に答えた。「そやけど、ホンマモンってなんや？」

僕は頭の中の混乱した考えをすぐには整理することができず、彼にどう答えればいいのかわからなかった。彼自身、自分が身にまとっている日本の軍服が僕にとってどれほど衝撃的だったかはもちろんわからなかっただろう。

大正十二年、うちの親父はおじさんたちにくっついてチカソワンを通って花蓮《かれん》にやってきたんや。日本の砂糖工場で働いたんやな。僕は昭和元年生まれの王敏郎《オン・ビンロン》。上に小児麻痺の兄が一人と、姉が一人おったけど、姉はお産の時に死んだんや。昭和十八年に僕は徴兵されて、十九年にフィリピンで重傷を負って意識を失ってん。死体はずっと見つかってないんや。

順興精米店はあんたとはどういう関係だ？

それはうちの兄貴の店やわ。

敏郎さん、あんたは自分が今どこにいるか知ってるの？

長年ずっと故郷に帰る道がわからんかったんや。はじめ、おもたのは親父らも台湾からおらんようになったかもしれん、と。ガキん頃から親父に、うちの先祖の本籍は福建の漳州や言われとったさかい。漳州からまた台湾に戻ってきたんやけど、もとの村落はもう無くなっててん。ほんでずっと山ん中で待っとった、見つかるのが怖かったんで。ほんで十年前のある日、こっそり山をおりてぶらぶらすることに決めたんや、山ん中はもう退屈で。そしたらびっくりしたんは、ここに日本人が現れたんやわ。道も店も家を離れた時の記憶のままの姿にまた戻っとって、映画館まで子供の時に見た『支那の夜』をやるようになって。一本一本道をぶらぶら歩いとったら、思いもせんかったことに兄貴にばったり会《お》うたんや。兄貴の精米店も見た。その時の兄貴はもうすごく老けてしまったように見えて、小児麻痺のあの足を引きずって、出たり入ったり忙しそうにしとった――

君のお兄さんは死んだよ。

知ってるわ。

僕らはその頃、君が帰ってきたのを見たとお兄さんがいうのを聞いて、耄碌《もうろく》したのかと思ってたよ。

僕らを見ることができる人もいてるよ、さっきあんたに線香を上げに来たあの女の子みたいに。でもその人らも見えても聞くことはできんのや。会うことがあっても、兄貴に何も話すことができんのは、辛いわ。

そんなふうにずっと目覚めたままなのは辛くないの?

うん。皆さんみたいにちゃんと葬られとったら、雨ざらしで日晒しやないやろけど。……あ、そうや。あんたの台湾語はなんか変やけど、どこの出身?

僕は、えっと、台北。

ほな、なんでここに葬られてるん?

えっと、僕はここで生まれたんだ。

死んだ時は何歳やった？

二十七。

僕と同じぐらいの歳かと思てました。お兄さん、お名前は？

小羅。

小羅兄さん、二十七歳ちゅうのも早すぎますね。去年あの人たちがここまで兄さんを送りに来た時から気づいてたんですけど、わざとなのか、お墓に生没年が書いてなくて……

それは僕が自殺したからだよ。

もう何年も前のことなのに、あのとき敏郎が僕の返事を聞いた後に浮かべた驚きの表情をまだ覚えている。

まだ人生もほとんど始まっていない十九歳なのに、自分と無関係の戦争のために選択の余地もなく異郷のジャングルで戦死した男子。そんな彼にとって、生きることを諦め自分から死のうとする人がいるなんて、理解することも認めることもできない行為なのではないだろうか。

＊

毎年ゆっくりと目覚め、しばらく時間が経って夕日があたりを照らす頃、また意識を失っていく。このようなサイクルの中で、敏郎と彼のハーモニカの存在があったのは幸いだった。毎回お別れの時間になると、彼は決まってあの「念故郷」を吹くのだった。

僕の自殺について彼にどのように話せばいいのか、というのは難しいことだったが、それだけでなく、彼が死んでから四十年の世の中の様々な変化についても、きちんと説明するのは簡単なことではなかった。年齢からいうと僕のほうが兄貴分だが、生まれ年でいうと、彼は僕の父親の世代なのだ。僕はよく忘れそうになるが、彼は日本の植民地時代に、つまり本や映画で見たことはあっても正確に想像するのは難しい時代の台湾に生まれたのだ。

映画会社が倒産した後、松尾は僕を日本人客専用のクラブで働くよう手配した。それがたぶん僕にとって日本の植民地という言葉と最も近い体験ということになるだろう。

思わぬことに、ほどなくして松尾は僕を残して日本に帰ってしまった。僕を日本に連れて行ってスターにしてくれるという約束は絵空事だったのだ。松尾が初めから騙そうとしていたかどうかはともかく、若くて無知だった僕は、自分が兵役適齢になると台湾から離れられないということも知らずに日本に渡る夢を見ていたのだから、自業自得と言うしかない。

働いていたクラブは七条通にあって、植民地時代は「大正町」と呼ばれていた。店にやってくる中年以上の日本人客はほとんど第二次世界大戦期に台湾と何らかの関わりがあった。彼らは店内で大声で談笑してはカラオケを歌い、付き添ってやって来る台湾の商売人も流暢な日本語で応答した。そのため店員も簡単な日本語をマスターする必要があった。七条通は台北にあるとはいえ、ここは標準的な日本領土なのだ。

僕との会話中、敏郎はいつも台湾語と日本語まじりで話していた。また彼は僕の台湾語が生粋ではないと見破った。もともとは彼と同郷だと言って互いの距離を縮めようと思ったのだが、仕方なく正直に言うしかなかった。

僕の父さんは中国の東北地方から来たんだ、と僕は言った。

敏郎のまだ昭和前期に留まったままの頭にとっては、東北の満洲国というのは色とりどりの華やかなところだった。彼が興奮して当時の教科書で知った満洲国について話すと、東北の故郷に行ったことがないことを僕まで残念に感じるほどだった。

第七章

僕は自分の台湾語は台北なまりだと思っているが、これはでたらめではなく、事実としてそうだ。クラブで働いていた頃、僕は日本語を勉強しないといけなかっただけでなく、台湾語も日本人客にとっては欠くことのできない異国情緒だったのだ。植民地時代の台湾で暮らしたことのある老紳士に至っては、僕たち店員同士が台湾語で話しているのを聴いて、感激して涙を流したほどなのだ。

あの年、吉祥戯院で撮影していたスタッフが誰も知らない秘密が一つあった。松尾は簡単な台湾語を話すことができたのだ。だが、彼は人前では一言も話そうとはしなかった。

初めて彼が台湾語で「台湾囝仔《タイオアンギンナー》」［台湾の子供］と僕に言うのを聞いた時の僕の驚きがどれほどのものだったかは言うまでもない。松尾には非常に多くの秘密があるが、それは僕がいちばんよく知っている。それと同様に、僕は年齢に似合わず、早熟で陰気で欲深かったが、自分ではそれをうまく隠していると思っていたのに、松尾はひと目で見抜いていた。最初のカメラテストの際に、皆が見守るなかで僕がひざまずいて平手打ちをされるよう企んだように。

僕は彼の罠にまんまと嵌《はま》ったみたいだけれど、彼が僕の罠に嵌った、とも言えるのではないか。なんとなくわかっていた。これは僕たちの間のゲームなのだ、と。主人と奴隷の間のゲーム、征服と屈服が絶えず入れ替わる演技ゲームだ。

これは、映画の魅力にやられてしまった、というほど単純なものではない。これは、僕の宿命だった、というほうがふさわしい。

台北では、僕たちには新たな演目が加わった。彼の紹介で、僕は店の仕事以外に多くの臨時収入を得るようになったのだ。それは彼の特殊な友達を接待することだった。

自分は台湾の花蓮から来たんだって言うんだぞ、わかったか？　松尾はこう指示した。儲けは全部君のものだ、やるかやらないかは君次第だ。君の助けになれば、と思っただけだよ。日本では芸能人が成功する前はみんなこうやって稼がないといけないんだよ。

彼はこんなふうに理路整然と話した。

わかります。僕は言った。

僕は疑ったり抵抗したりはしなかった。彼が僕を映画の中の台湾の少年役として選んでからというもの、僕の人生は彼に与えられた役柄から二度と離れることはなかった。

僕はずっと彼の心のなかにあるあの役柄を演じていたのだ。

彼の友達もみな似たような気持ちをもって台湾にやって来る。青春のさなかにある台湾の少年は彼らに奇妙な興奮をもたらすのだ。まるで僕の肌や毛穴からある種の「台湾」の匂いが吹き出していて、彼らの深いところに潜んだ欲望をかきたてるとでもいうように。

ああ、支那の可愛い少年よ……彼らの中には錯乱して感傷的で苦しそうなうわ言を発する者もいて、僕はすべてが倒錯した快楽なのだと思った。

僕の若い肉体ははたして「支那」のものなのだろうか、それとも台湾のものなのだろうか。

彼ら自身もよくわかっていなかったのかもしれない。だが、僕はしだいに慣れていった。彼らが海を渡って得ようとする満足や慰めとは、まだ文明化しておらず純真で、日本語であろうと台湾語であろうと彼らが好むような拙い口調で話す台湾の少年なのだ。

彼らの中には温和で優しい人もいた。僕をそばに寝かせて、その老いた手のひらで愛おしむかのように僕の体じゅうをあちこち撫でまわし、僕の身の上を尋ねるのだ。僕の答えのうちの一つは完全な作り事とはいえない次のような嘘だった。

僕の父さんは公学校［植民地台湾に設けられた台湾人向け初等教育機関］に通ってました（父は満洲国で学校に行ったのでは?）、母さんは本省人と山地人［現在は原住民と呼ばれる台湾の先住民族］のハーフです（この点については僕はずっとそう信じている、父が直接そう証言してくれたことはないけれど）。僕は高校卒業前にバイトしに台北に出てきたんです、父さんが歳をとったから（ここまで話して僕はいつも言葉に詰まって泣きそうになった、すると相手は僕の境遇をいっそう可哀想に思うのだった）。

僕の話を聞くと、彼らの多くは情緒が落ち着かなくなり、またある人は即座に若返り、起き上がって僕をしっかり抱きしめ思い切りキスをした。まるで不思議な力を僕の体内に吹き込んで、置かれた環境から僕を自由にしてくれるかのように……

他の一部の客はまったく態度が違った。偉そうにふんぞり返って入ってきて、ソファに座って足を高く上げると、僕に靴を脱がせるように命令するのだ。そしてお風呂にお湯を入れ、お茶を出し、浴衣を準備することなどを僕に命じる。そして僕がてんてこ舞いになっていると、いきなり乱暴に僕の首を摑んで床に押し倒す。僕はこの時、慌てて小声で、旦那様、誰か来ました、と言う……すると僕の口と鼻を手で抑え、力でねじ伏せようとするのだ。何度もこのようなことをされると、床に押し倒されているときに匂いの違いから彼らのオーデコロンのブランドを判別できるようになった。

僕はこのような凶暴なようだが省エネルギーなやり方をそれほど不快に思わなかった。普通はすぐに終わってしまい、あとは彼らが風呂から出て着替えて寝るまでお仕えすれば、僕の奴隷役の演技はお役御免となる。

こういう人たちはふつう家には妻子がおり、一緒に夜を過ごすことまでは求められないのだ。

どちらのタイプであろうと、チップはかなりはずんでくれた。より嫌だったのは第三のタイプで、松尾も参加しようとする場合だ。嫌だったのは一人多いからではなく、このような場合、松尾と相手の人が親しい間柄であるため僕も身内だとみなされて、貰えるはずのバイト料やチップを貰えないことが多かったからだ。

奇妙なことに、僕のスターになる夢はまだ消えておらず、自分にはいまだに完全には鍛えられていない演技の才能があるのだと、ずっと信じていた。

だがそれも日本へ帰った松尾が台湾にまたやって来て、「江山」という名前でホラー・アクション映画を撮りはじめるまでのことだ。この時、僕はやっと、実は彼は僕のことを育成すべき明日のスターだとは思っていなかったことに気づいた。

そしてこの時、彼は本当は日本では食っていけない二流の監督だということに僕はやっと気づいたのだ。

*

敏郎はずっと僕の育った環境や経歴に興味を持っていた。それは無理もないことだ。知り合って最初の数年は、僕はできるだけその話題を避けてきた。はっきりしているのは、彼は僕の自殺の原因を聞き出したいと強く思っていることだ。

でも所詮は田舎で育った子だ。彼が繰り返し「小羅兄さん」と呼ぶこの僕を前にして、彼はやっぱりいささか萎縮していた。台北の荒波に揉まれること十年、僕はある種のチンピラっぽさを相当身につけていた。昭和初期に生きた純朴で単純な敏郎から見ると、知り合う前の僕はたぶん台北のヤクザどもと同類だろう――少なくともその時には、僕はそう意識した。

話を元に戻すと、僕が自分の体験を彼に話したとしても、彼が理解できるとは限らなかった。例えば、彼が突然目にした植民地時代の光景の復活は、時間が逆流したのでも死人が蘇ったのでもない。それは映画を撮っていたためで、映画の中で目にするものは本当の事件ではない。これを彼に理解させるのにも午後のほとんどの時間を費やした。

思わぬことに、彼のような四十年前の人間にとっては、このようなことを理解するのは難しいのだ。その再会時には映画とは何かを説明するだけのために、午後をまるまる費やした。

「どうしてそんなこと知ってるん」敏郎は問い返した。

僕はしばし躊躇《ちゅうちょ》した。彼に王手をかけられたような気がしたのだ。ついにはゆっくりため息をついて、そして彼に答えてやった。僕は映画の俳優だったからだよ。

「小羅兄さん、映画を撮るのはしんどい？」

「なんでそんな質問をするんだい」

「それは……それは死のう思わはったんは映画撮影が辛いのと関係してるんかと思て……」

彼の推測にはびっくりもしたし笑わされもした。四十年遅れているとはいえ、彼の聡明さと敏感さには影響しなかった。というより考え方が純真な時代から来た人は、四十年遅れているために、かえってたくさんのことを感じ取ることができるのではないか。

「小羅兄さん、何笑《わろ》てはるん」

「君は頭が良くて愛すべき存在だと思ったからだよ」

敏郎は四十年前に散髪したまま、長さが変わらない自分の兵隊刈りを撫で、馬鹿っぽく僕と一緒になって笑いだした。

まるで真っ白な紙のようなこの田舎の青年に対して、僕はどのようにしたら自分の過去を説明できるのだろう。植民者の思想教育を受けて育ったこの子供は、日本が第二次世界大戦中にどのような罪を犯したかさえ知らないのだ。

彼が理解できない「悪」は僕が信じたことのない「善」とよく似ていて、最終的には何も違いはないのではないか。僕と彼は夕日のなかで静かに座り、夜の訪れを待っていた。


ある時、本当に我慢ができなくなって、彼に植民地という言葉の意味を知っているのか、と尋ねたことがある。彼は真剣に反論した。それは古い台湾人の考えで、自分たちの世代になると日本人も台湾の人々を受け入れ、多くのことは以前に比べて公平になっている、と言うのだ……

公平。僕は心のなかでこの言葉をつぶやいた。すでに不公平な扱いを受けているのに、本当に公平だと感じていられるのは何のためなのだろうか。

それとも、自分が手に入れられないものを羨ましく思っているだけなのに、手に入れたと思い込むことが公平なのだろうか。

敏郎に言いたかったけど言えなかったのは、以下のようなことだ。その頃はもう第二次世界大戦末期で、日本は太平洋戦争でことごとく敗退し、加速的に推進した皇民化運動は、国のために忠誠を尽くしたい国民をより多く引きつけるためにすぎず、それによって戦争を続ける拠りどころとしたのだ。松尾と彼のあの友達たちを見ればわかる。当時彼らはまだ青少年にすぎなかったけど、その植民地体験は今の彼らから本当に遠く離れているだろうか。

クラブで苦労しながらなんとか生きていたあのひどい時期にあって、僕は取るに足りないような下層のさまざまな人々と知り合った。彼らは思い思いのやり方で、公平な扱いを得ようとしていた。賭博場のチンピラはボス級の人物が現金なしでもツケで賭けられるのに憧れ、負けを取り返すことを夢見るも、最後には巨額の信用手形にサインすることになり、道を絶たれてしまう。クラブのホステスは誰かの愛人となって、一週間のうち男が自分のところに来て夜を過ごす回数が妻のところに帰るのと同じぐらいになると自分の地位が大いに上がった気がして、仕事の時もとりわけ熱が入るのだ。

その数年は台湾の経済状況は非常によく、台湾ではお金が足のくるぶしまで溜まる、と評されたほどで、クラブもますます繁盛した。「花中花《ファチョンファ》」クラブのオープンは、こうしたクラブの規模を五つ星レベルまで引き上げた。僕もこの世界ではけっこう年功を積んでいたので、もちろん手をつくしてこのような一流店に入り込んだ。チップも貰えるだけ貰い、ホステスが体を売って稼いだ金もピンはねできるだけピンはねした。日本人客と寝るバイト代ももちろん稼げるだけ稼いだ。これでついに大手を振って歩ける気がしたものだ。百貨店に入って買い物をするのに値段さえ見ず、高級ブランドコーナーの女性店員が僕に対して腰をかがめてお辞儀してくれる。これでもう生きていくのに困ることはないと思ったのだが、うまい話のあるところにはヤクザあり、ということをうっかり忘れていた。

僕はこっぴどく痛めつけられた。あまりにも儲けすぎたからだ。その後も奴らに脅かされ、それ以後は連中に台北のクラブにいるところを見られてはならなくなった。さもないと僕に塩酸をかけ、手足を折るというのだ。

結局、台北駅の近くの茶室に雇ってもらって、おじさんの飲酒の相手をするしかできなくなった。これは天国から地獄へ突き落とされたようなものだ。その頃、こういった店はこっそりと営業していて、警察からも隠れ、異性愛者にも面倒を起こされないようにしていた。店の電灯はいつも暗く、絨毯は長年の煙にくすぶられてゴキブリが自由自在に往来していた。

僕の人生の終着駅がこのようなものだったなんて。

もつれた記憶は、根こそぎなくしてしまうことはできず、深く隠しておくことしかできない。

＊

だが、この日は公平とは何かについて話したせいで、僕は思わずゲイの世界で後に知り合った小羊《シャオヤン》のことを思い出した。僕は背景や詳細を隠して、敏郎に彼が思いもよらないであろう話をした。性転換したいと一心に思っていた小羊の話だ。

顔立ちがさほど綺麗ともいえないこの男子は、自分が好きなのは男性なのだから、女性にならないと愛する人と一緒になることはできないと考えた。彼は思った。愛した人は誰も好意に応えてくれない。

彼の恋愛がこれほどまでうまくいかないのは、彼が女ではないためだ。なぜなら彼が愛した男たちはみな他の女性と結婚したからだ。小羊はそれは不公平だと感じた。彼の愛は他の人に少しも劣らないのに、彼はどうして女たちと同じように公平に競争して男や結婚を勝ち取ることができないのだろう……言い終わると僕は深呼吸をした。すぐには顔を向けて敏郎の表情を見る勇気はなかった。だが僕は肩を並べて座っているその小さな隙間に、まるで急に低気圧が立ち上るかのように感じた。

もともと、僕はこの例を挙げることで、多くの人が公平ということについて誤解していて、そのために最後には人生の袋小路に行き着いてしまうということを説明したかっただけだった。小羊は今どうしているのだろう。彼は本当に性転換手術を受けに行ったのだろうか。彼はついに女になって婚姻の権利を得て、どうしても手に入れたかった生活を、愛する男性と一緒に送っているのだろうか。結婚、男女、家庭というものは小羊にとってかくも揺るがし難い確固とした観念なのだ。女になることがなければ、彼がイメージする幸福は実現できないのだ。ううん、小羊——

その後の消息がわからない彼のことを思い、手に入れることができないものはきっと良いものだと思うなんて、なんと単純な考えなのだろうと思った。すると、もうこれ以上自説を述べることはできなくなり、尻切れトンボの間の抜けた終わりとなった。

「ううん……ああ、そういうことやったんか……」

驚きや不安の中で、僕は敏郎がこのような独り言をいうのを耳にした。はじめは彼がいったい何に気づいたのかわからなかったが、この話から彼が「小羅兄さん」の真の姿に気づいたに違いないと思った時、僕はにわかに血が頭に上っていくのを感じた……

もう長い間、このことでびくびくしたりしたことはなかったのだが、突然ジレンマに陥ったような気がしたのだ。

彼に知ってほしいとも思うし、知られたくないとも思う。彼のような友人を失ってしまいたくないし、ましてや幽霊にまで嘘をつきたくもない。

すると敏郎が続けて言うのが聞こえた。「そやから結婚して家庭を持つのは大事なんやな。おふくろがあのとき言うとったわけや。戦争から帰ってきたら嫁の世話するて――」

「ああ――」僕はこわばりながら笑顔を作った。

カミングアウトのチャンスはあっという間に消え去った。そうだ、幽霊にも嘘をつき通すんだ……

「小羅兄さんはなんで嫁もらわんの？　あの線香上げに来る女の子が嫁はんかと思たけど、彼女はちょっと気が触れてるみたいなのがわかって。ははは、勘違いしてましたわ！」

じゃあ、敏郎は好きな人はいるの。

彼は意外にも恥ずかしがって、いない、いない、と繰り返した。「女の子って嫌やわ、事あるたびにからかったり、あれしてくれ、これしてくれって頼んできたり――」

若い敏郎にはそれが愛情表現であるということもわからないのだった。彼は続けて聞き返した。小羅兄さんはなんでそんな友達がいてるん？

僕はしばらく呆然として、やっと意味を理解し、顔を向けてひとこと冷ややかに言った。「この世界にはいろんな人がいるんだよ」
いろんな亡霊もいるのだが。

第八章

僕は敏郎に対してそれ以上日本人に関することを尋ねなかったし、彼も僕の過去や自殺した理由については触れないように気をつけていた。毎年の短い再会がお互いにとって大事な拠りどころになっていたのだ。その頃僕たちは、こんな状態にも深遠な摂理があるということにまだ気づいていなかったからなおさらだ。その頃は、これこそが永遠というもので、終わることがなく起承転結もないと思っていたのだ。

変わらないのは、その日本の軍服を着た男子が僕の心のなかにいつも突然現れて、明かりのない広場を通り抜け、向きを変えてひとつ先のせまい通路に消えていくことだった。あの年の夏、夜に尾行したあの人影は、こうして僕を、運命の次のステップへと導くことになった。

鎮の精米店の爺さんの弟の霊が故郷に帰ってきたという噂はすでに世間を騒がせていたけれど、僕が初めてその人影を見た時、全然恐怖を感じなかった。それは驚きのあまり怖さを忘れたわけではない。むしろこれまで知らなかった強い欲望がむくむくと頭をもたげて、僕の全身をかすかに震わせたのだ。

こっそりと尾行していた僕は、抑えがたい興奮との間のせめぎあいで両膝が何度もぐんなりして、前に進めなくなってしまうほどだった。

どの家も戸締まりをして明かりが消えた路地で、その人影は映画館を通り過ぎ小学校の低い壁を乗り越え無目的にくねくねと進んでいき、決して振り向こうとはしなかった。

彼が僕のペタペタ響く足音に気づかなかったはずはない。

月の明かりだけが道を照らす真夜中、旧暦七月のべとべとした蒸し暑さは夜になって次第にやわらぎ、周りはひときわ静まり返っているように感じられた。まるで膨らみつつある石鹸の泡が声をだすこともうごめくこともできずに、美しくも危険なバランスを維持しているかのようだった。半透明で息継ぎすることも許されないような泡……

窒息しそうになったその瞬間、僕は自分に投降した。酸素不足の肺胞は懸命に空気を吸い込み、まるで溺れ死にしそうになって岸に引き上げられた後に大きく息を吸い込んだ時のようだった。投降だ。僕は自ら手を伸ばして目の前のその影を捕まえたいという衝動をおさえることができなかった……

葬られてからの長い眠りには夢はなかったが、このシーンは夢のようにいつもおぼろげに浮かんだり消えたりしていた。

僕はそれが夢ではないことを知っている。

人が死んだ後、生きていた時の夢が修正されることはあるのだろうか。もし夢でないなら、その影が僕の心に現れる時、どうして振り返ったその瞬間に判明する顔立ちはいつも異なっているのだろう。

＊

五回目か六回目の僕の命日に、敏郎は小さい声で僕に不満をもらした。楽譜がなくて、いつも例のいくつかの曲しかハーモニカで吹くことができない、という。彼が吹ける曲は少ないが、新しい曲を練習したいというのだ。

「小羅兄さん、好きな歌を歌ってくれませんか？　教えてくれたら今度は吹いて聞かせてあげられますやん」

敏郎は手の中のハーモニカを眺めていた。その表情には以前のような明るさはいささか影を潜めたようだ。おそらく何十年にもわたって魂のみが残存する日々のなかで気が滅入ってしまったのだろう。

僕らは墓から少し離れた小さな芝生の斜面に腰掛け、父さんが墓参り用の香炉、花瓶、皿や鉢などを一つ一つリュックの中にしまうのを見ていた。僕はちょっとせつなくなった。自分の父親に毎年こんなに辛い思いをさせるなんて、本当に罰当たりだ。この日、父さんの白髪が前回よりずっと増えたのを目にして、思わずこんな怖いことを考えた。父さんはあと何年僕に会いに来られるのだろう、と。

誰も父のためにお参りに来る人がいない、というその日がやって来るのは悪いことではないかもしれない。必要のない感情の起伏もないし、毎年孤独に目覚めてまた虚しく眠りにつく年寄りになるよりはいいだろうから。父が墓参りにやってこなくなると、僕も死という眠りを続けられ、不満や心配を感じることもなくなるのだ。

だがこの日、敏郎の寂しそうな表情を見て、心残りがまったくないとは思えなくなった。もしも父さんが僕の墓参りに来られなくなったら、敏郎はまた孤独になってしまう。敏郎は普段は墓地にじっとしておらず、彼の言葉によると、昼間は山で鳥を見たり水の音を聴いたりして暮らし、夜は時々町に出てぶらぶらするとのことだ。彼は他の「古い幽霊たち」（と彼は呼んだ）とは交流がなく、もしも僕の最初の命日に、彼が自分のハーモニカに合わせてメロディを口ずさむ人がいるのを耳にしなければ、彼は山から降りて何が起きているのかを見極めようとはしなかっただろう。

おそらく、このような状況に思い至ったのは僕だけではないだろう。いつの日か僕たちは予測不可能なまま、翌年には会うことができなくなるのだ。だから、僕に曲を教えてほしいと言って、記念にしようというのだろうか。

「ほんとに、すぐにはどんな曲も思いつかないよ」僕は笑って言った。「先に教えて。僕がいなかったこの一年の間、何かニュースはあった？」

前年に彼が教えてくれたニュースは、鎮に小さな商業施設ができた、それは吉祥戯院が壊されたあとに建てられたものだということだった。一階には一日中ずっと開いている雑貨店が入ったという。

僕はそれはセブン-イレブンだろうと思った。だが敏郎にとってはこれは本当に大ニュースだった。そこまでがんばって仕事せなあかんの？彼は目を丸くして、信じられないと言わんばかりだった。セブン-イレブンがついに鎮にできた。このニュースは急に僕の心のなかに、温かい波紋を生んだ。その時、僕は急にコンビニの眩しい蛍光灯の明かりが懐かしくなったのだ。

クラブで働いていた頃、一晩中酒の匂いと男女の動物的な体臭を嗅いだあと、毎日朝四時か五時ぐらいに仕事が終わると、僕は必ずそばの路地にあるコンビニに寄り道して、それからバイクに乗って家に帰っていた。その店に入るのは、時によっては本当に何かを買いたいと思ったわけではなく、まっすぐにキラキラと降り注ぐ白い光が好きだったからだ。一晩のうちに積もった堕落と汚濁《おだく》が、たちまちに跡形なく洗い流されるような気がしたのだ。コンビニの中では、人生は急に整然として簡単なものになり、飲食大小便に必要なすべてがきれいに分類されて棚に並べられる。これらのものはみな僕にとって都会のオアシスだ。でも田舎町のセブン-イレブンはどのような雰囲気と外観だろう。もう一度、深夜のコンビニに入る機会があればなあ！……

敏郎がその年に伝えてくれたニュースは、蘭子についてのものだった。


敏郎は言ったことがある。蘭子が僕たちを見る視線はちょっと怖い、と。僕ですら見つめられるとちょっと居心地が悪いことを認めざるを得ないのだから、全くの部外者である敏郎は、あのように凝視されるとどうしていいのかわからなくなるのも当然だろう。彼女の眼差しを見て、子供の頃に持っていた筆箱のシールを思い出した。細かく波打った模様の表面は、角度によって一枚で二通りの絵を映し出す。左の方に傾けると目を見開いた顔で、右の方へ傾けると目を閉じているのだ。

蘭子はまばたきをしなかった。だが、その目は空洞のように虚ろだったかと思うと、次の瞬間には悲嘆で胸がいっぱいであるかのように見える。僕は思わず疑った。彼女は精神異常などではなく、彼女の目の前のこの僕は筆箱のあのシールのように、彼女から見ると異なる角度から別々の姿が映し出されて見えるのかもしれない、と。

左から見ると、無罪。右から見ると、恥知らず。こちらに傾いて見ると、嘘つき。あちらに傾いて見ると、馬鹿野郎。彼女はもしかすると、僕が家を出る前に言ったすべての言葉をまだ覚えているのかもしれない。

僕が自分の人生についてどのようにオブラートに包んで話したとしても、毎年僕の命日には父と蘭子が現れる。そのため、敏郎がこの二人について尋ねるのは避けられないことだった。僕はディテールをごまかしたりポイントをずらしたりして、次のように説明した。蘭子は父が養女として引き取った。結婚がうまくいかず、娘を産んだが事故でなくなってしまい、そのため精神がいささか異常をきたしたのだ、と。

「あの子の旦那、呉おじさんていう人、死んだわ」

「おう」僕は適当に返答した。敏郎が言わなかったら、僕はこんな人のことなんて思い出すはずもなかった。

僕が敏郎に対して出来事の一部始終を修正しなければならなかったのは、僕が虚言癖を身につけたからではなく、僕が父や蘭子の代わりに発言することができないからだ。父と蘭子はこんなに長い間過ごしてきたのだ。懸命にうまく取り繕ってきて、呉おじさんも疑ったことさえなかったに違いない。

僕たち親子には秘密があった。お互いに知っていて、お互いに助けあって他人に隠そうとする秘密が。もしも僕が生前に心残りがあったとすれば、それは父と子の間の長年の無干渉による隔たりを打ち破って、このように言う勇気を持てなかったことだ。父さん、父さんと蘭子の関係はとっくに知ってたよ、僕が他の男の子とは違うって父さんも前からわかっていたように。

知ってたよ、父さんはバレるのが怖かったって。僕も知られるのは怖かった。

父さん、本当はかまわないんだよ。祝福されてしかるべきなんだ。残念だった。

五十歳すぎの外省人の老兵と十七歳で未成年の本省人家庭の養女。どこへ行こうと変な目で見られて後ろ指を指されるのは、もちろん避けることはできないだろう。でも、そのような状況は僕から見ると、僕が直面していた問題よりも受け入れられる可能性はずっと高いんだ。どうしてここから離れようとしないの？　父さんと蘭子は少なくとも僕とは違う。僕はどこへ行こうと、結局は相変わらず真っ暗な片隅へと戻ってしまうだけだ。でも僕は少なくともチャレンジはした。父さんはどうして、試してみようとしないの？

父さんが周りをしばらく観察し、墓地に他の人影がないのを確認すると、安心して蘭子の手を取って、下り坂に向かってゆっくりと歩いていくのが見えた。

父さん、もしもあのとき僕ら二人にもう少し勇気があったなら、今日のようにはならなかっただろうね。僕も黙って父さんをここから眺めるしかないようにはならなかっただろう。

父さん、あの日の晩、蘭子の養母が「娘がレイプされた、誰か捕まえて」って騒いだ時、父さんはどこにいたの？

この時、突然敏郎の声がして、僕の考えをさえぎった。彼は、どの曲を教えてくれるのか思いついたかと尋ねた。僕は上《うわ》の空で振り返った。

敏郎はこの日気分がよくなさそうだった。そのため顔色は特に暗く、青白く黄ばんでいた。

僕の視線は、まだ名残惜しそうに父さんの後ろ姿を追い、次第に遠ざかっていく背中の曲がったその体を見ていたが、次の瞬間思わず長らく放ってあった疑問を思い出した。

「敏郎、君のお兄さんには、誰も墓参りに来ないの？」

「来てますよ。命日は春やから、暖かくなったばかりの頃に。あの二人の娘はまあ親孝行で、毎年来てますわ。子供を連れてくることもありますし、兄嫁が一緒に来ることもあります。でも兄嫁は見たところ身体があまり良くないみたいで……」

「でも、これまで聞いたことがなかったけど、お兄さんと会う時はどうなの？」

敏郎の眼差しはまるで風に揺れる蠟燭の芯のように、ぱっと揺らめいた。「ないんや」

「ないって何が？　お兄さんとは、僕らが今してるみたいに、会っておしゃべりすることはできないの？」

思わぬことに、敏郎は僕の問いに対してうなずいた。

毎年息を吹き返す時間は長くはない。僕はいつもすぐに鎮の動向を知りたいと思い、また敏郎が元気かどうかを知りたいと思った。僕は自分が学校で体験した面白いエピソードを話すこともあったし、敏郎も彼がいなくなった後の四十年のこの鎮の変化について興味を示した。この場所で自分が不在で知り得なかったことをお互いに語り合うというのが、僕と敏郎の最近の五、六回の再会での主な話題となっていた。

墓地にいる他の同類を僕が相手にしようともしないのは、もしかすると自分がこの世にいないのだという状態をはっきりと意識できていないからなのかもしれない。それによって今の自分が別の時空にいるのだという事実に目を向けず、毎年自分が時間どおりに死の眠りから目覚めることができるということを当然のこととみなしているのだ。これは僕の生前の、気ままなその日暮らしの性格そのままだ。

だが、精米店の爺さんの魂が敏郎と接触する機会がないということには、これには何かわけがあるのだろうと思わずにはいられない。

僕はそれから、一年目に初めて目を開けたときに墓地で目にした二人の老人のことを思い出した。一人は時代離れした古い背広を着ていて、もう一人は家族に対してなおも不平でいっぱいの様子だった。だが、いまこの時には彼らは僕の視角の中にはいなかった。彼らは墓地の外へ遊びに行ったのだろうか。

僕はそこで敏郎に尋ねてみた。今日僕が目覚める前に、彼らを見なかったか、と。

「見てませんわ」彼は答えた。だがなぜだかわからないが、彼の語気からは何かを避けているような雰囲気が感じられた。「あの人たちの家族はどちらも朝早くから来てましたけど、もう何年もあの人たちが出てくるのは見てませんわ」敏郎は言った。そして僕の顔色が暗くなるのを見ると、「何かおかしいですか」と聞くのだった。

彼らは僕と同じ日に亡くなったのだが、もしかすると今では完全に消えてしまったのかもしれない。もしかすると敏郎の兄もはじめから現れたことがないのかもしれない。とすると、僕と敏郎の魂も消えてなくなってしまう時があるということになるのではないだろうか。僕らはここで囚われの身となって、その日の到来をひたすら待ち続けるのだろうか。そして、誰がこの余命を取り戻す回数を決めているのだろうか。

「僕は、小羅兄さんはもう何年かしてからこのことに気づくと思てましたわ」

敏郎は僕の疑念を聞くと、あっけらかんと笑うだけだったが、僕はその笑顔の中に疲労の影を見出して、胸が痛んだ。

「ほんまの答えは僕にもわかりませんけど、長く見てきたのでこれだけは言えます。死んだあとの運命もそれぞれ違《ちご》てるんですわ」敏郎は言った。

どうして何度か目覚めてその後消えてしまう人がいるんだろう。どうして敏郎は四十年もここにいるの？ 僕は自分の声がふるえているのを意識した。

「それは小羅兄さんも僕も早死にしたからですわ」

早死に？

「うちの兄貴は死んだ時にもう寿命が尽きてたのかもしれません。小羅兄さんも僕も、死ぬのが早すぎて、神様への借りを死後に返さなあかんのやないでしょうか」

敏郎は言い終わると僕を見つめた。その天真な表情はにわかに憤懣《ふんまん》に取って代わられた。

第九章

今から振り返ると、その日の後半は、僕らは会話も少なくなり、口を開いたとしてもぼそぼそとしか話さなかった。この急に悟りを得たかのような大発見に僕は気持ちが萎《な》えてしまったが、彼の方はちょっと残念なようだった——このもう少し先送りにできると思っていた真相に僕が気づくのが早すぎたことに。

どうして初めに会った時に言ってくれないのだろう。最初は敏郎が隠していたことに対して許せない気持ちもあったが、彼がずっと僕に新しい歌を教えてほしいと言っていたことを思い出すと、また彼を理解できたような気がした。

僕は絶対に彼がこの墓地で知り合った最初の友達ではないのだ。

意気投合する前は、うわべの会話で探りを入れるだけで、相手に期待することなどない。だが相手に対する感情が芽生え、相手を待つようになると、それは別れの始まりでもある。前回は先にいなくなったのが相手だとしても、次回はそれが自分にならないとも限らないのだ。

もしも僕の命日に誰もやって来なかったら、敏郎はその日は待ちぼうけを食らうだけで、別れの言葉を交わすこともできない。僕はかつてはそれだけにしか考えが及ばなかった。だが敏郎は、一度また一度と、終わったこともわからず待ちぼうけを食らって、このような短期間の死後の交遊を繰り返し失ってきたのだ。

だから、一曲の歌でその人をしっかり覚えようとする。新しい歌を覚えて、それを演奏して、会えなくなる運命の前に、忘れることができないようにしようとするのだ。「念故郷」も、きっと僕の前の誰かが教えたものではないだろうか。

なぜだかわからないが、この考えは僕に軽い嫉妬を抱かせた。

今になってやっとわかったが、彼の寿命はまだ終わっていないのだ。彼は死亡した時間の中に凍結されておらず、実際にはもう彼は六十年も生きている。永遠の青春はかえって彼の見えない足かせとなって、彼の四十年も積み重なった寂寞《せきばく》を閉じ込めたのだ。僕は今でも彼を以前のままの敏郎として扱ってもいいのだろうか。

僕が「兄さん」と呼ばれるのは偽りだ。未来の世界のことを何も知らないために、彼は単純で幼稚のように見える。だから僕は彼の十九歳の姿をそのまま簡単に信じてしまった。彼が僕を兄さんと呼ぶのは、僕をはじめから驚かせたくなかったからではないだろうか。この男の子、いやこの老人は。

以前に彼の顔色が疲れているように見えたのは、彼が鬱々としていたためではなく、言うなればそれは彼の魂の本当の年齢が下地として漏れ出ていたのだ。

六十歳、六十一歳、六十二歳、何歳が彼の終点なのだろう。そして僕の終点はどこにあるのだろう。僕というこのクズは自分で命を断ち切ったので、このようにびくびくしながら死後の世界に送られて生きているのも仕方ないだろう。だが、敏郎はどうしてこのような目に遭うのだろう。

僕は国のために身を捧げた英雄なんかやないんや、敵軍に殺されて栄誉の死を遂げたりなんかしてない、と彼は言った。戦争は理性を腐らせる、僕は毎日発狂の瀬戸際にいたんや。

その名も知れぬ南洋群島の小さな村で、蒸し蒸しした湿気が月の形まで変えてしまうような夜に、少年兵はとうとう発狂し野獣と化した。

覚えているのはただこれだけだ。村の女の子が一人で小川のほとりで洗濯をしていた。その二つの豊満でそびえ立った乳房には、童貞男子の心を搔き揺さぶるような原始的な力があり、心拍が高まり、肌は焼けんばかりに熱くなった。そして事後には、彼は月の明かりのもとに立ち、心は異様なほどに落ち着いていた。彼は辱めを受けた地元の女の子がどんな顔立ちだったかは後になってはまったく思い出せないが、自分の裸体が星空に向かって腕を伸ばし、月光が自分の全身にほとばしった瞬間の内心の感動は覚えている。その晩、彼ははけ口を見つけたのだ。大地で狂喜する野獣になってしまおう！　戸惑い苦しむ生活から離脱しよう！　頭の上の月は優しく照らし、足元の川水は清らかで、彼はまるで自分が星空のなかの神仏の洗礼を受けているかのように幻覚した。彼は、永遠に、そして今も依然として神の氏子なのだ！

村民は動じることなく、数日後敏郎が便所で用を足している隙に布袋を頭にかぶせ、野原へ連れて行くと棍棒で半殺しにするほど殴り、そして彼を遠い山間の隠れた岩肌に遺棄した。

瀕死の少年の吐息には口元から流れ出る血が混じっており、視界に裂けて見える空の色はかくも透き通って青く穏やかでまるで海のようで、彼を少しずつ深淵へ引っ張っていった。だが感じるのは眠い、寒い、というだけ、怖いという感情すら間に合わず……

もしあんなことしてなかったら、国に凱旋してたかもしれませんわ、と彼は言った。

敏郎は多分何度も自分の死の真相を話したのだろう。というのも彼の表情にはすでに悲しみや憂いはなく、その話しぶりには自嘲にも似たやるせなさがあり、表情には無理に突き放したような冷淡さがあったからだ。もしかして恐れているのだろうか。彼が受け止めることができないような侮辱を僕が言うのが怖いとでも?

僕に彼の裁判官をするような資格があるものだろうか。僕と彼の間には、どちらの罪が軽いかを競い合って道徳的に上に立つような必要などないだろう。二つの孤独な霊魂は、このような荒涼とした時間にあって、相手の前でいかに真実を隠すのかをまだ二人とも気にしているのだろうか。

ため息が僕の喉をつまらせた。彼は僕が自殺によって命を終わらせた本当の目的を知らないのだ。だが僕にはわかる。彼が山の中に遺棄され、ゆっくりと死ぬのを待つ恐怖と苦しみが。

僕は彼の前まで行って、両手で彼の肩を押さえた。日本の軍服を着たその青年はその虚ろな目を見開いて、じっと僕を見ていた。

僕は自分の心のいちばん奥深いところで、何かが倒れ崩れる音を耳にした……吉祥戯院は跡形もなく消えてしまった……僕はずっと期待していたのだ。いつの日か、僕が目の前の日本軍の青年に対して口を開いて言ったのと同じ言葉をかけられるのを。

「よくわかるよ」

僕は月の明かりのもとで君が急に狂喜したその感覚がよくわかるよ。

小羅兄さんも、同じような変な経験をしたことあります?

うん。

言いたなかったらかまいませんよ。

言いたくないんじゃなくて、懐かしいんだよ。月の明かり、星空、暗い夜……僕が目覚めた時にはこういうものは絶対に見られないから。

僕に教えてくれる歌、思いつきました?

まだだよ……考えてみる……そうだ、漢文を勉強したことある? ない? そうだと思ったよ。

小羅兄さん教えてくれはるんですか?

思いついた歌なんだけど、この歌は中国の古い詞《し》［音楽に合わせて作られた韻文］に現代のメロディを付けたもので、僕が死ぬ前に最後に聞いた好きな歌のうちの一つなんだ。しかも、この曲を歌った歌手は台湾から日本に行って大スターになったんだ。日本人もみんな彼女に夢中なんだ。

李香蘭《りこうらん》みたいに？

李香蘭？

その人も中国人やけど、日本で大人気やったんですわ。

李香蘭は知ってるよ……もちろん知ってるよ……

小羅兄さんは僕が馬鹿やから、その歌を覚えられんと思てはるんと違います？

短い歌だから、きっと覚えられるよ。「無言にして独り西楼に上れば、月、鉤《かぎ》の如し。寂寞たる梧桐《ごとう》の深き院、清秋を鎖す。剪《き》れども断てず、理《おさ》むれどもまた乱るるは、これ離愁なり。別にこれ一般の滋味、心頭に在り」［もとは南唐の国主、李煜《りいく》の詞。テレサ・テン（鄧麗君）の一九八三年のLP『淡淡幽情』（香港ポリドール）に「独上西楼」として収める］……ハーモニカで吹きやすいかな？

ええ歌ですね！　しっかり練習して、来年聞かせてあげますわ！

第十章

来年！

なんと気持ちのいい言葉だろう。まるで晴れた空に凧が高くたなびくようだ。あるいは、まるで金色の日光を散りばめた翼がはためくよう。明るい期待、遠くて近い距離。この幸福な言葉を発するだけなら、とても簡単だ。

だが、もしも来年が限りない未来の代名詞ではなくなったとしたら？　来年は「落石注意」のような警告になってしまうのだろうか。あるいはもしも未来とは同じことの繰り返しの一部にすぎないとしたら？

もしも死んだのが秋ではなかったとしたら、僕は炎熱の太陽のせいで暑さを感じるだろうか。あるいは吹きつける寒風のせいで縮こまっているだろうか。そんなことに思い至った自分に対して、僕自身もいくらか驚きを禁じ得なかった。

空が晴れていたり曇っていたりという違いを除けば、この六年のあいだ目覚めた後に触れた空気には、あまり大きな変化はないようだった。

一度も雨は降らなかった。僕は季節のせいだと思っていた。秋とはもともとこのように静かで爽やかなものだ。梅雨でもなければ、夏の午後のどしゃぶりの夕立も、なかなか止まぬ冬の冷たい雨もない。

だが七年目、永遠に死後の世界に凝結された年月におけるあの「来年」、僕が目を開けると、自分が雨の中に立っていることに気づいた。

敏郎はいつものように僕の墓の前にしゃがんで待ってはいなかった。

それから気づいたのは、着ている服は雨に濡れていないということだった。

だがこの初めての雨は、僕の身体は濡らさなかったものの、自分まで騙されそうになっていた錯覚から僕を呼び覚ました。僕は死亡とは睡眠にすぎず、毎年悠然と目を覚ますのはこの世に戻ってくるのと同じだと信じてしまいそうだった。だが死者は結局はこの世にはいないのだ。この世の雨は肌にちょっとした水しぶきを起こし、舌先が毛穴を舐めるようにくねくねと流れて水路となる。だが僕にはこのような感覚はない。僕の毛穴はすべて死んだのだ。

僕は死んだ。僕は本当に死んだのだ。

僕はその事実を知っていた。だがその瞬間にこの世と永遠に切り離されたことを真の意味で感じ取った。

敏郎が、この衝撃的な天の啓示を僕のために引き延ばしてくれていたのだ。今回父が帰ったあと、僕は初めて一人になったので、もうこれ以上この最後の真相から目を背けることはできない。

敏郎《ビンロン》！――

僕は雨の中、大声で彼の名を呼ぶと、自分の声の中に凄《すさ》まじい勢いでやって来る恐怖と悲しみを聞き取った。

僕は台湾語で叫んだ、途中で日本語のトシロウにも切り替えながら。僕は彼がかつて指さしてくれた山道へと進んだ。俗世の外へと続く、彼がふだん風景を楽しみハーモニカを練習した曲がりくねった小道へと。道中、僕はこっそり期待した。彼は僕に悪ふざけをしているだけかもしれない。僕が初めて雨に体が濡れないことにびっくりして、どんなに困った顔をしているか見てやろう、と思っているのではないか。

山の中に入っていけばいくほど、心がますます沈んでいくのを止めることはできなかった。

僕は、自分があとちょっとで墓地へと帰れなくなるだろうと感じた。悲しみの中に不安な気持ちが混じっていったが、その一秒後、僕は自分のくだらなさと無知をあざ笑った。道に迷ったからどうだって言うんだ。あの墓を自分の家だとでも思っているのか。

ちょうどこの時、僕はハーモニカの音を耳にした。弱々しく虚ろな音調は、あの「独上西楼」だ。音のする方へと岩を越えて斜面の向こう側の河原へと登っていくと、ゴロゴロと積み重なった岩の中で孤独にそびえ立った岩屏風に、彼がぐったりと座っているのが見えた。青ざめた顔が周りの岩の中に混ざると、ひと目では彼だと気づかないほどだった。

心のなかに沸き起こる涙や悲しみをこらえ、深く息を吸ってから僕は小さな声で言った。敏郎《ミンラン》。

以前はそんなふうに呼んだことはなかった。

その時、僕にはわかっていた。今後も、おそらくそのような機会はないだろう、と。

＊

うまく吹けませんわ。

大丈夫、今日は天気がよくないから。

でもホンマに練習したんですわ。

わかるよ。

ホンマは山下りて、待ってよう思てたんですけど、えろう疲れて……

僕のほうが会いに来る、のも、いいものだよ。

もう一回練習して聞かせてあげますわ。

ま、まずは練習しなくていいよ。さ、さあ考えて。僕らが子供の頃、子供の頃の雨の日、何をするのが好きだった？ ……どうしたの。

小羅兄さん、なんでどもってるんですか。おもろいですわ。

そ、そう？

そんな衰えたように見えます、僕？

光のせいかな、こんなに曇った天気だから……

小羅兄さん、来るべきもんは来るんですわ、考えすぎんほうがええと思います、いずれ兄さんにも回ってくることです。

それもそうだね。

これまで年に一回お会いしてきた時みたいに、接してもらえませんか？……ああ、今日兄さんは初めて雨に出くわしたんと違います？

そうだよ。思いもよらなかった。こんなに大雨が降るとは。

僕らは感覚しかない死人で、存在はしてないんですよ。前回、僕らは早死にしたから、そやからまだ天寿を全うできないんやないか、って僕は兄さんに言いましたよね？

もちろん覚えてるよ。

もしかすると天の神様は、僕らがまだ人を許すこととか愛おしむこととかを学んでいないさかい、僕らをこの世に残して、宿題を済ませてから帰してくれるんと違います？

自分を谷間に捨てて死ぬまで放っておいた人を許せるの？　罪なき少女に暴行したとしても、殺すことはないだろう？

そやけど、なんであの時の僕は天皇に忠誠を尽くした台湾人やったんやろうと思いますわ。日本が戦争に負けて、誰に文句を言ったらいいんです？　あの人たちのことは許しました。そうせんと自分も許せませんし。

うん？

こういう考えはおかしいですか。

いや……ちょっと考えただけなんだ。もしも僕が敏郎と同じ時代に生きていたとしたら、こんなふうに友達になれたかな。

なれんわけないでしょう。僕は気を使《つこ》てくれる小羅兄さんが大好きですわ。小羅兄さんは台湾語も日本語も変ですけどね、はは。兄さんも映画をどうやって撮るのかも知らん敏郎のこと好きでしょう？

なんて生意気なんだ。でもそのとおりかもしれないね。

ほんま残念ですわ。初めて鎮まで行った時、小羅兄さんに会えんかったことを。あ、違った、もしそのとき出会ってたら、兄さんのほうが敏郎兄さんて呼ばんといけませんわ。

敏郎兄さん……会ったかもしれないよ、もしもあの時の人が本当に敏郎兄さんだったらいいんだけど。

そんなふうに呼ばれるの、ほんまに落ち着きませんわ。小羅兄さんはしょっちゅうぼうっとしてはるから、今後一人になったら、余計な妄想ばっかりせんといて下さいよ。

さっき自分で言っただろう、そんなことを言ったらダメだって。

違います、これは前から言いたかったんです。今日とか来年とか関係なく。

何が言いたいの？

僕は思うんや。小羅兄さんは以前のことを忘れてしまったほうがええ。僕には話してくれんけど、いったい何が小羅兄さんの表情をあんなに曇らせているんやろう。……なんで自殺なんか、したんやろう……尋ねたらあかんやろけど、でももしも僕が理解できるんやったら……

敏郎の声は十九歳の子供のままだったが、語気にはかつての元気がなくなっていた。復讐されて殺されたことによる陰影が彼を覆っているというよりも、六十年もの長い間の疲労が最後の瞬間にその痕跡を現したと言ったほうが正しいだろう。

雨は降り続いていた。

敏郎は自分が僕を怒らせたのかと思って、うつむいてそれ以上言葉を発さなかった。

もしも彼がさっき言ったことが正しくて、学校に居残りさせられて家に帰れない僕たちは何かを学んでからやっと放免されるのだとすれば、僕はこのあと百年も勾留されて、一人で自分のこのどうしようもない一生に向かい合わなければならない。それは恐ろしい。

自白したくないわけではない。自分でも混乱してきたのだ。この二十七年の短い人生のうち、いったいどのあたりが陳述に値するだろう、と。

自伝や回想録を書ける人に対して、僕は敬服せざるを得ない。ああいう人たちはどうしてあれほどよく把握しているのだろう。自分の人生のどの部分がキーポイントで、どの部分が残り滓《かす》なのか。あるいはどの部分を話すべきで、どの部分が話すべきでないか。そして、本当のところ人生において原因と結果などあるのだろうか。

自分がかつて忠節を尽くした戦争について再評価してもらうことは不可能なので、自分を殺した人を許すしかできない人。そしてこの僕は、自分で死を選んだのだが、僕が許すべきは誰なのだろう。自分自身なのだろうか。この選択には、論理的にしっかりした説明が必要だろうか。もしも人生に論理もないとわかったために、死を選んだのだとしたら？

敏郎の手にしっかりと握られたハーモニカを見て、僕は急に気づいた。敏郎が気にしているのは僕の自白などではないのだ。もしかすると彼が心残りなのは、この最後の曲には必要な感情や音色が欠けていることではないか。

僕が彼に贈ったこの曲は、これほどまで冷たい歌なのだ。

＊

雨が止んだ。

大丈夫、敏郎？

雨は止んだけど、あの立ち込めた黒雲を見ると、気持ちが沈みますわ、ううん。……

敏郎、キリスト教徒には罪の告白っていう懺悔《ざんげ》の方法があるの知ってる？　僕はずっと、すごく嘘っぽいな、箱みたいに小さい部屋に座って、顔の見えない神父に向かって自分の罪を告白するなんてありえないって思ってたよ。

告白する人は知らないだろうけど、告白を聞く姿の見えない人だって、自分と同じように罪人かもしれないんだよ。告白したって、やってしまったことが消えることはないのに、何を変えることができるんだろう。

僕は映画を観すぎたのかもしれない。僕のこの罪の告白に対する印象は、映画だけから得たものだ。もしかすると本当の教会では、あんな芝居がかった懺悔は行われないのかもしれない。僕はクリスチャンじゃないから、映画の中で信者が、話を聞いてくれる神様として神父を扱うのはいったいどういうことなのか、いっそうよくわからないよ。

僕は自分がものを知らないことを知ってる。だから本当にわからないのだけれど、もしもこの人たちの心の中に本当に神様がいるなら、この人たちはどうして罪を犯すのだろう。神父も凡人なのに、彼らはどんな資格で懺悔する人の罪を許すのだろう。本当の被害者はもう口を開くことができないから？

敏郎、僕は君が信用できないとか、子供っぽくて幼稚だとか思ったから、僕の過去についてあまり話さなかったわけじゃないよ。

敏郎、君と知り合う前は、他人の罪を判定したり、慈愛なる神の代役を演じたりできるような無実の人はいないと思ってた。

でも君が僕の考えを変えたんだ。これは他人、人の前で自分の頑固さが溶解した初めての体験だ。公平とは何か、嘘とは何かといった問題に心のなかで絶えず悩み苦しんでいたことから解放されたんだ。でも、僕は自分の醜悪さが敏郎の世界を穢《けが》してしまうのがすごく怖い。君に告白したいと思えば思うほど、ますます口を開きづらくなる。僕の言っている意味がわかるかい？

時には僕も卑劣な考えを持ったこともあったよ。敏郎も堕落させてしまおう、そうすれば自分の秘密を隠すのにこんなに苦しい思いをしなくてもいいって。そのあと、敏郎が自分の不名誉な死に方について話した時、やっとわかったんだ。話しづらいことって光の見えない暗黒だとは限らないんだって。

自分の暗黒のせいで、僕には気持ちの整理がつかず結論も出せないことばかりなんだ。そしてそれをすべて「秘密」と記された毒薬の瓶の中にしまい込んで、永久保存してしまう。

敏郎、僕はまだ自信が持てないんだけど、もしも君が僕と同じ時代に生きていたなら僕らは友達になれたかどうかという件、君は今でも躊躇なく答えられるかい？

君も答えが知りたい？　じゃ、内情を見てもらうしかないだろう……

本当の懺悔は一回きりで、別バージョンはありえないし、修正もできないし、別の人にまた聞いてもらうこともできないんだ。敏郎、僕にもこのチャンスしかないんだ。僕たちがまだ別れの挨拶をする前に……。

僕はもう地獄の審判の瞬間を受け入れる準備はできたよ。

天国は遠すぎるから。

＊

どうして僕は自分の人生を終わりにしようと決めたのか。

この問題に対する答えをどう始めたらいいのだろう。テレビドラマだったら、最初から最後まで観たら、すべてのストーリーに対して最後に説明があるんだろうけど、これはそうじゃない。

あ、テレビドラマっていうのは――

大丈夫。敏郎、それは大事なことじゃないから。僕が言いたいのは、僕にはうまく説明できないってこと。時間の前後とか人物の登場順に従って、僕がどうしてこのことが起こったのかをちゃんと理解しているかのようには。

だから、すぐに思いついたシーンから話そう。

台北の西門町《シーメンティン》、初春だけどまだ少し寒い街角。

その日、僕は休みだった。休みの日はふつう何もすることはなかった、映画を観に行く以外には。

その時観たのは日本の監督が撮った映画だった。興味を持った理由はポスターを見たのがすべてだ。物語の背景は第二次世界大戦中の捕虜収容所だった。ポスターに描かれた二人の俳優は映画スターじゃなくて、彼らは音楽の世界で有名な人たちだった。一人は日本の作曲家で、もうひとりはイギリスの歌手なんだ。この組み合わせに興味を感じたから、チケットを買って映画館に入ったんだ。

映画館の観客のうちどれぐらい僕と同じような人がいたのだろう。

いや、僕みたいに適当にチケットを買って入場した人っていう意味じゃなくて、えっと――話を続けさせてもらうよ。敏郎も後からわかると思うから。

僕は、台湾でもついにこんな映画が上映できるようになったのか、とすごくびっくりした。上映が終わって外に出る時、くそったれ、戦争映画だと思ったのに何やってるんだ、わけがわからんっていう声も聞こえてきたけど。でも、僕と同じように観終わった後びっくりすると同時に悲しみに襲われた観客もきっと少なくなかったと思う。僕らは黙って鑑賞して、できるだけ自分の興奮を隠そうとしながら、貪るように映画の内容を捉えようとしていた。一見すると日本軍が収容所で白人の捕虜を虐待したというストーリーの裏で、密かに現れるわずかな痕跡を捉えようとしたんだ。

それは、僕が初めて映画館で観た、男と男の間の抑圧された愛の物語だった。その当時、スクリーンの主人公の目配せ、台詞《せりふ》の一つ一つが、どれも青天の霹靂《へきれき》だった。

若くてハンサムな日本の士官が、捕虜収容所のような不平等な環境で、軍の命令には絶対服従の男性ばかりの世界で、金髪で背の高いオーストラリアの士官に人には言えないような恋心を抱くんだ。

このような抑圧された関係は、最後に捕虜が虐待され不当な扱いを受けているとしてオーストラリアの士官が立ち上がって抗議した時、ついに崩壊する。日本の士官が彼に対して厳罰を与えられるわけがない。その結果、収容所のすべての目が注がれる中、オーストラリアの士官は前へ出ていって、苦しむ日本の士官を抱きしめてキスをするんだ。表向きは、権力を持った統治者に対する侮辱のようだけど、僕のような観客にとっては、それは絶対に、彼の日本の士官に対する囁《ささや》きなのだ。

あんたの愛は、僕には受け入れられない。

戦争中の僕らみたいな男は、お互いをもっと大事にすべきじゃないか？

あんたは僕に手出しできないだろう、僕もあんたを困らせたりしないよ。日本の士官はその場でへなへなになって、オーストラリアの士官は処刑された。彼が処刑される前、日本の士官はこっそり見に行って、金髪をひとつかみ切り取って記念にするんだ。

僕みたいな観客は、真っ暗な映画館の中に座って、涙を流さずにはいられなかった。そう、僕みたいな観客はね。どういう意味かわかるだろう？

でも、もっと興奮させられたのは、その抱きしめてキスをしたシーンが、僕の記憶の中のほとんど同じシーンを呼び覚ましたからだ。

その日本人俳優はしっかりと僕を抱きしめた。やはり多くの人が見守る中でだ。僕は彼の服の中の肌の輪郭を感じ、暑い気温の中で彼の体から出る汗の匂いを嗅いだ。驚きの中、自分の胸の狂ったような鼓動の高まりにもびっくりして、涙がひとりでにとめどなく流れ出た。

でもそのときは演技のリハーサルにすぎなかったんだ。

もしもすべてが演技のなかで止まっていたら、どれほどよかったことだろう。

＊

今はもうわかったと思うけど、僕らの鎮に撮影に来たあの映画は、僕のその後の人生にすごく大きな影響を持ったんだ。

まだ聞きたいかい？

僕は自分が好きなのは男の人だといつ知ったんだろう。

ある日、あるいはある瞬間に突然「わかった」わけじゃないんだ、そんなのじゃない。

中学の時のある日、男子の同級生が女性の裸が描かれたトランプを持って学校に来た。僕も他の同級生たちと一緒にこっそり回しながら見て、見た時はどきどきしたけど、でも一度見た後は、はじめのときのような感覚は全くなかった。

後になってわかったのは、最初に感じたような興奮は性的な興奮ではなくて、校則を破ることによる単純な刺激にすぎなかったんだ。親父と一緒に線香を上げに来る蘭子は、小学校の頃から仲が良くて、周りの人たちも僕たちをカップルだとか言ってからかったんだけど、でも彼女と二人きりでいるときに何か起きないかなどと期待したこともなかった。

こんなふうに、ちょっとしたことが、何か足りないような気がしたんだ。自分が何者なのかわかったというのとは違う。むしろ、自分が何ではないのかわかったようだった……敏郎、僕が何を言ってるかわかる？

普段の暮らしの中でも、このような曖昧な感覚にはっきりとピントを合わせるような特別な人とか出来事もなく、そんなふうにわけもわからずに暮らしていた。でも変なことが起きたんだ。

ひところ、カンフーアクション映画が流行した。特に中国のカンフーが日本の奴らをやっつけるような映画は人気があった。この手の映画を観ていた時、自分の眼差しの焦点は無敵の主人公男性ではなく、悪役の日本の武術の達人に当てられていることに気づいたんだ。主人公が中国人の鬱憤《うっぷん》を晴らすのにみんなが拍手喝采している時に、僕は教科書が教えている民族の大義などすっかり忘れて、まばたきもせずに悪役の日本人を見つめていたんだ。特に彼らが相手を見つめる時の情事をしているかのような表情を。

野獣が獲物を食べたいと思うように、その眼差しには飢えたような憤りがあり、ずるそうな顔には、怪我を負ったために苦しむ獰猛さが感じられた。さらに悪役に特有の、骨格のラインが特にはっきりした顔立ちに、主人公に引けを取らないがっちりとした体つき。僕にある種の反応を引き起こすような魅力に満ちていたんだ。

愛国抗日のテキストが僕の性の手引となったなんて、敏郎もおかしいと思うだろう。あってはならない期待だったのに、それが本当のこととなった。倉田の体のせいで僕は初めて自分の肉体的欲望と正面から向き合うことになったんだ。

オーストラリアの白人捕虜が日本の士官にキスをするシーンを見て、あの時の倉田に抱きしめられた場面をすぐに思い出したのだけれど、状況は違っていて、僕が涙を流したのは倉田に対して日本人士官と同様の抑圧された愛情があったからじゃない。

あの致命的な呪いのキスを見て、あの時と同じだと思ったんだ。僕は蜘蛛の糸に絡み取られて、もう逃げ出すことはできなくなったんだ。

次のシーン。僕はこっそりと日本軍の軍服を着た俳優の後ろについて、真夜中の町を幽霊のようにさまよっていた。

歩いては、止まり、何度も引き返そうと思ったけど、強烈な欲望に引っ張られて、一歩また一歩と抜け出すことのできない運命へと向かった。

撒かれた餌に、迷子の魚はこうして引っかかったわけだ。

映画館の地下室に入ると、松尾監督がそこで待っていたのが見えた。

月の光が換気口の鉄枠の隙間から入ってきて、カビの臭いと蒸し暑さでいっぱいの密室では、誰も口を開かず、ただ三人の微かな喘ぎ声が聞こえただけだった。月光は水面《みなも》で反射する光みたいで、僕らの息が水面に波紋を引き起こして、細かいほこりが月光の中で舞っていた。その時の僕には少しの罪悪感もなく、彼らがゆっくりと僕の着ているものを剝ぎ取るのに身を任せていた。もしかすると、それも映画の一部みたいで、十七歳の僕には真実と幻をあまりはっきり区別できなかったのかもしれない。まだ覚えているけど、その時の頭の中には監督がその前に僕に演技指導する際に言った声がまだ浮かんでいたんだ。監督はこう言った。君は服従することを覚えないとね、君の役柄は戦争がやってくるのに対して何もできないんだから……。

僕もずっと繰り返し考えていた。この言葉はどうして呪文みたいに頭から離れないのか、と。

松尾の僕に対する好感は、最初のカメラテストの日から感じていた。僕は権威的なように見える監督を実は密かに自由に操縦できたのだ。僕は初めからこのような征服の快感の中に陶酔していた。

どうして彼らとあのような関係になったのだろう。今になるまで、僕はずっとその答えを探している。敏郎、君も当惑しただろう？　じゃあ、僕らみたいな人間にとって、性と愛に違いはあるのかな？　敏郎、痛いところをつかれたよ。僕らを許容してくれない社会では、一回限りの短いときめきを密かに求めるしかないんだ。長い間にわたって、二人でゆったりと、特別な目で見られずにともに過ごすなんてことはなくて、ずっと臨戦態勢、あるいは銃撃戦場にいるようなものなんだ。

戦争中は……敏郎もわかってくれると思うけど、戦争中には過分な幸せは期待できないだろう？　戦争のせいじゃなかったら、敏郎だって一時的な性の衝動で理性をなくして少女を強姦したりしなかっただろう？　もしかすると、君とその子はゆっくり交際して互いを知って、手を繋いで川辺を散歩したかもしれないじゃない？

＊

誰かを好きになったことがあるかって？　この問題はすごく答えづらいな。僕らの愛に対する考えは、敏郎と同じかどうかわからないから。

松尾監督の言葉を使って説明しようか。松尾が言うには、僕らみたいに同性に惹かれるのは、たいてい相手になってしまいたいという強い思いがあるんだって。

もう一人の男性になりたいという欲望は、僕らみたいな人間にとって、遠回りで屈折していて、矛盾だらけだ。いつも征服する側とされる側の間で何度も役割を交換して。自分と彼という二人の人間なのは明らかなのに、鏡を凝視するみたいなものなんだ。鏡の中の人に無精髭やノドボトケや分厚い胸があるのは、自分でもあり相手でもある。お互いの幻想を反転させているかのように。

敏郎は不思議に思うだろうね。

松尾監督はこうも言ったよ。「このような愛は、性行為の中である種の一時的な快楽を得ることはできるけど、男と女みたいに性行為の具体的な結晶を生み出すことはない。だから、逆に言うと相手になってしまうという幸福感はその証拠として子供を産む必要はなく、我々はより単純に相手になってしまうというためだけに生きるのだ」って。

より単純に、相手になってしまうというためだけに生きる……松尾のこの言葉を初めて聞いた時、わけもわからずに感動させられたよ。

もしかすると、僕はずっと認めたくなかったのかもしれない。威厳があって大人っぽい、台湾の中年男性にはめったにないような紳士的な雰囲気の松尾に深く惹きつけられたことを。撮影中優しい気配りをしてもらって、小さいときから大事にされていないと感じていた僕は、次第に彼を信頼するようになったんだ。でも僕は絶えずこのような気持ちの変化を打ち消してきた。認めたくなかった理由は、僕がもう一人の男性に対して特別な感情を持っていたからだけじゃなくて、彼が僕よりずっと年上で、なにより彼が日本人だったからかもしれない。僕の父さんから見ると、彼らは「日本鬼子《リーペングイズ》」［中国語で日本人・日本兵の蔑称］なのだから……。

敏郎、君たちの時代には、完全に皇民化して日本の名前を名乗って日本語を話す台湾人をどのように見なしていたのだろう。日本人は台湾人が自分たちが想像したとおりの姿になることを幻想して、台湾人も日本人の幻想どおりの姿になることをイメージしていた。これもある意味で互いに誘惑し合う関係に似ているんじゃない？

敏郎は考えたことはあるかな。日本人が台湾に植民したのと、西洋の植民政策とはどこが違うのかって。

西洋人は、自分たちと植民地の人との通婚を厳禁したんだ。現地の人の血は劣っているからって。でも日本政府は日本人と台湾人の通婚には反対しなかったんだ。

さっき僕は倉田の顔立ちについては説明しなかったよね。彼の端正な顔立ちとすらりとした体つきは日本人にしては珍しく、ちょっと別の血が混ざっているはずだ。戦後、日本は米軍に占領のような形で統治されたけど、日本が戦争に負けたあと多くの日本人女性がアメリカの駐留兵との間で子供を産んだことを敏郎は知ってる？　聞いたところによると、これは密かに奨励されていたともいうんだ。これは人種をより優秀にする方法だと言って。優生学っていうんだけど、敏郎はこの言葉聞いたことある？

後になって、自分が経験した事件から、松尾の説明は半分しか合っていないことに気づいたんだ。自分が相手のようになったとして、その後はどうなるんだろう。彼はそれについては言わなかったんだ。

僕は、はじめ倉田の外見に深く惹きつけられたことは否定しない。松尾の言葉で言うと、相手になりたいってことだろう。映画の撮影が始まったばかりの時、僕はこの人をまばたきもせずにずっと見ていたいと思った。で、その人が僕の視線を拒絶したり避けたりしなかった時には、まるで鏡の中で自分を見ているかのようになったんだ。普通は男の人は別の男の人にこんなふうに見つめられるのを拒絶するだろうから。そうじゃない？

僕はつまるところ単に倉田の身体に夢中になっただけで、倉田を好きになったわけじゃない。というのも撮影が始まってからほどなくして、この人は思っていたほど優秀でも仕事熱心でもなくて、しょっちゅう彼のNGのせいで撮り直さなければならなかったからだ。本当の主人公は彼なのに、撮影現場でスタッフにいちばん褒められたのは僕だったんだ。この男に対して、僕はすぐに彼になっただけでなくて、彼を超えてしまったのさ。超えてしまう可能性が出てくると、憧れの気持ちは終わってしまう。

松尾が言わなかったもう一つの状況は、もしずっと相手になることができなかったら、という場合だ。あとでわかったのは、松尾があの「君が代少年」の文章が大好きだったのには、理由があったということだ。僕は彼のためにその少年の化身を演じたわけだけど、彼にとってはそれでは不十分だった。なぜだかわからないけど、松尾はあの少年の姿にそれほど夢中だったんだ。彼は僕の身体を通じて、あの少年になろうとしているかのように感じたのさ。

松尾監督の心のなかのあの少年の姿は、こんなふうに僕には理解できないような混合体だ。結局のところ、僕は松尾監督がこの少年の姿を追い求める過程で必要な道具になっただけだったんだ。

もし松尾が日本人じゃなかったなら、僕は自分がこの男を好きになったのか、それともこの決して成し遂げることのできない挑戦を愛したのか、はっきりとわかったんじゃないかと思う。

もちろん、もし後に鎮で起こったあのレイプ事件がなかったなら、僕と松尾の関係もクランクアップ後に終わっていたと思う。僕は家を出て松尾を頼りにすることもなかっただろう――

家を離れてからの日々については、僕は本当に話したくないんだ、敏郎。台北にいた頃は、本当にひどく堕落した暮らしだったよ。

僕は、松尾はずっと僕に夢中のままだろうと思っていた。当時の僕は松尾が僕に対して与えた影響に気づいていなかったから。家を出てから、現実の生活という問題に直面して、松尾は僕が生きていく上で唯一の頼りとなった。そして、心のなかは盲目の自信と幻覚でいっぱいになったんだ。僕の肉体で彼を僕にしがみつかせるんだ、という……

馬鹿らしくて下品な手管だね。必ず失敗することが初めからわかっているだけでなく、ばくちの悪循環みたいだ。賭けの元手が大きくなればなるほど、代償も大きくなるのに、僕はやめることができなかったのさ。ある時はこうも思った。罪悪にはまり込むことで、感覚を麻痺させて記憶をなくしてしまうことぐらいはできるんじゃないかってね、でも……

松尾は帰ると言うとすぐに帰ってしまった。何の後ろめたさもなく行ってしまって、そのまま音信もまったくなかったよ。

僕は自業自得だろう。あのとき僕の頭はどうしてしまったんだろう。僕は後になって自分にこう言ったものだ。僕の頭の中は映画で見たストーリーばかりに侵されていたんだってね。哀れな嫁の陳腐な物語とか、夫に捨てられた女性が苦しみを耐え忍んでついに放蕩者が回心するとか。

でも男性と男性は結婚しない。映画の男女の結婚というのも洗脳にすぎないんだけど。

そして松尾にとっては、僕はずっと生身の人間ではなかった。僕は代替品で、幻にすぎなかったのだ。ここまで理解できるようになった時には、すべてがもう遅すぎた。

＊

僕に故郷を離れさせた本当の原因は、すべては松尾の将来の約束という美辞を信じたためだけではなく、蘭子のせいなんだ。

親父と毎年焼香に来る蘭子だけど、敏郎がずっと気になっていたのはわかってたよ。ごめん、以前は僕についてのすべてのことを君に話したわけではなかったかもしれないけど、嘘はついたことがないよ、ただし蘭子のことは例外だ。

彼女はうちの親父の養女なんかじゃない。

ああ、それは君もとっくにわかっていただろうね。

親父は惨めな一生だ。単身で台湾にやって来て家族もおらず、おふくろにまで捨てられたんだ。性格がひねくれているのも不思議はないよ。僕に対するしつけは厳しすぎたけど、親父が僕のことを考えてくれているのは疑ったことはない。どうやってそれを表現すればいいのか知らないだけなんだ。僕の人生で親父に楯突いたのは映画を撮ることだけだったけど、今にして思えば親父が正しかったかもしれない、なんて言うのは、自虐でしかないね。

何と言っても、親父は僕の唯一の家族なのに、僕は親父の心をひどく傷つけたんだ。映画を撮っていたあの一月《ひとつき》のうちに僕はやけになって親父の家を飛び出して、スタッフと一緒に町の旅館に移り住んだのさ。

倉田、松尾と僕は情事を終えてからは、普通はそれぞれ別の道を通って、何事もなかったかのように旅館に帰っていた。翌日の撮影現場で顔を合わせても何事もなかったようなふりをした。だけど、あの日の晩、映画館の地下室を離れて頭がぼうっとしていた僕は、最初に性のタブーを犯したときのような興奮はもうとっくに感じないようになっていて、むしろ虚しさのようなものでいっぱいになっていた。僕はどっちの道を選べばいいかもわからぬような孤独感に覆いつくされて、急に家に帰って覗いてみたくなった。

僕は、寝床を敷いた客間の人工大理石や、親父がどこへ行こうとついて回って消えることのなかった新楽園ラベルのタバコの臭いを懐かしく思った。でも小さな家屋の入口まで行くと、家にたった一台しかない自転車の姿が見えなかった。僕は竹の垣根をぐるっと一周して、親父が家にいないことを確認した。

親父は自転車に乗って、真夜中にどこに出かけたのだろうか。にわかに意識がはっきりした僕は、思わず近くをあちこちぶらついた。

親父の自転車を見つけたのは、阿好アイス店の路地の外だった。僕は映画スタッフがひそひそとアイス店の秘め事を話すのを聞いて、すぐさま一種の不潔な感覚が喉を塞いだ。それは苦い生臭さを伴っていた。

おかしいよね。自分がさっき他人様《ひとさま》に顔向けできないようなことをしていたというのに、自分の父親が性欲を解決しようとしているということを受け入れられなかったんだ。子供というものは、自分の両親が性交している姿など、想像するのは難しいものだろう。しかも親父は普段は見たところものすごく真面目な人間なのだ。とりあえず今言えるのはこんなことだ。僕は童貞を失ったとはいえ、身体の奥底はまだほんの子供だったから、一人で僕を育ててくれた親父、一人の成熟した大のおとなが独身で長い年月をどのように過ごしてきたかなど、考えたこともなかったんだ。

でもアイス屋の明かりはすべて消えて、入口も板戸で閉ざされていた。僕は振り返って親父が自転車を停めたところまで戻ろうとすると、アイス屋の裏口で、蛇口から水が滴り落ちる音が聞こえたんだ。

阿好おばさんがこんなに遅くなっても蘭子を休ませないとは。

蘭子の本当の身分はアイス屋の阿好おばさんの養女だ。養女が継母に虐待されるようなことは、敏郎は僕よりもたくさん聞いたことがあるだろう。僕は思った。じゃあ蘭子を見に行こう、ついでに彼女の手伝いをできるかも、と。僕が狭く暗い小路を入っていくと、蘭子の姿を見る前に、先に親父の声が聞こえたんだ。

わかってる、と親父は言った。まだ金策中だ、もうちょっと我慢してくれ。

その後に蘭子の声が反応した。老羅、急いで。継母に客を取らせられるようになったら、もう隠せないんだからね。私が処女じゃないってことはきっとばれるから。

僕はすっかりあっけにとられてしまった。数秒間ぼうっとして、結局は振り返って、さっと走り去った。どうしていいかわからずにひたすら走って、映画館まで来ると、僕の生命のうち最も暗黒なものとなっていたあの密室へと逃げ込んだ。

親父にとって僕は邪魔者なんだ。この考えが僕の心を押さえつけた。

親父は別の人と新しい家庭を築こうとしていると直感した。しかもその人は他でもなく、なんと僕と一緒に育った蘭子なのだ！　蘭子が僕の親父を奪った！　どうしてそんなことができるのだろう！

僕は、騙され、捨てられ、最も近い人間に裏切られたと感じた。たったひと夏の間に、僕の人生はすっかり姿を変えてしまったのだ。

当時若かった僕には、なぜこんなことが起こるのか、どうしてもわからなかった。僕は、親父が僕を捨ててしまうことが怖かったし、僕に隠してこんなことをしていたことを恨んだ。もっと辛かったのは、もうあの元の生活には戻れなくなったことだ。こっそりと補習学校の学費で映画を観に行って満足していたあの僕には、もう戻れないのだ。

僕は早く大人になろうと決めた。未来のいつの日か、親父と蘭子の新しい家庭の外に放り出される前に、自分から先に離れて自立したかったのだ。物知らずの僕は、心のなかで親父と松尾を比べ、僕を発掘して育ててくれる松尾のほうが僕を気にかけてくれていると思ってしまった。

こっそりと家を出ていくことを決めた僕だけれど、親父とはこんなに長いあいだ頼り合って生きてきたから、何もかも構わずに出ていくなんてできなかった。心のなかではなおも親父を気にかけていたし、毎日親父のためにびくびくしていた――もしも親父と蘭子のことがバレたなら、あの悪辣さで有名な阿好おばさんのことだから、親父を放っておくわけがないだろう、と思ったんだ。

＊

やはりついに事件が起きた。その晩は蒸し暑く、そよ風すら吹かなかった。こんな気候だったから、鎮の多くの人が眠りにつけなかったのかもしれない。阿好おばさんが大声で通りを叫び歩くと、みな申し合わせたように寝床を出て何が起きたのかを見ようと思った。ほどなくして路地の入口に多くの野次馬がやって来た。

阿好おばさんは後ろに人ひとりを引っ張っていた。むせび泣きをしている蘭子だった。

僕は旅館に戻ったばかりで寝ようとしていた。一週間あまりの間の落胆と不安でいっぱいの気持ちを性交によって麻痺させたばかりだった。だが窓からこの光景を目にして、びっくりして靴も履かずに建物を駆け下りた。

阿好おばさんは声を張り上げて皆に賊を捕まえるよう頼んだ。さっきうちの店の裏口でうちの蘭子にコソコソ悪さしていた男がいて、わたしゃその場をたまたま見つけたんだ！

どこの悪いやつがうちの蘭子をいじめたんだい？　子供は物事をわきまえないから！　こんなことをして生まれた子供はろくな姿で生まれてこないよ！　こんなに長いこと育てたのに、あの恥知らずにむざむざと奪われたのさ、この子はこれからどうすればいいんだい！

阿好おばさんの叫び声は空にも届くようなけたたましさだったけれど、彼女の下手な演技ではその目の奥の貪欲で腹黒い本性は隠しようもない。派出所の警官もほどなくしてやって来た。みんなは阿好おばさんと蘭子の周りをぐるりと取り囲んだ。僕は蘭子が縮こまって震えているのを目にした。泣いてばかりで頭を上げることもできない。自分の養母にこんなふうに公衆の面前で恥をかかされて、今後どうやったら他人に顔向けできるのだろう。想像すらできない。

もっと考えられないのは、自分と松尾、倉田とのことが万一バレたなら、生きていくことなどできるのだろうか、ということだ。

阿好おばさん、それが誰だかはっきり見たんですか？　警官が質問を始めた。私が出てきて叫んだら、そいつはすぐ逃げたんだよ、真っ暗ではっきり見えるわけないだろう？　阿好おばさんは口をへの字に曲げて、怒った様子になった。

もう終わりだ！　親父かな？　それが僕が最初に思ったことだった。

阿好おばさん、あんたもはっきり見ていないというのに、どうしろと言うんだい？　誰かが口を挟んだ。阿好おばさんの二本の眉は急に逆さに挿した箸みたいに斜めになった。「この子に自分でそれが誰なのか言ってもらおうさ。このクソ養女、泣くことしかできないでさ。見てごらん、この鎮で知らない人なんていないだろ？　目が見えなくなったのかい？　それとも気持ちよくて目も閉じてしまったのかい？」——

彼女はしゃべりながらビンタを蘭子の頬に振り落とすと、蘭子はふらふらと地べたに正座するかのように座り込んだ。彼女が口を開こうとしなければしないほど、僕の心のなかの焦りはますます高まり、その男は親父じゃないかとますます疑った。親父の自転車はまだ近くに停めてあるだろうか。僕はすごく不安になって、背伸びをして人混みの中を覗いた。親父はそこにはいなかった。もしも本当に親父だとしたら、自転車はもう動かしてしまっただろうか。僕の頭のなかはさまざまな想像でいっぱいだった。やがて阿好おばさんがまた大声で叫ぶのが聞こえた。「言わないっていうんだね？」

人々はおばさんが蘭子を蹴ったり踏んづけたりし始めたのを見ていたが、出ていって制止しようとする者は誰もいなかった。

この時、倉田が道の端っこに姿を現したのが遠くから見えた。

一瞬のうちに、先に草稿を練るまでもなく、自分が口をついて叫んでいるのが聞こえた。「僕は誰がやったか知ってるよ！」——

彼らは僕を信じないわけがなかった。一つには僕が蘭子の幼馴染の友達だったこと、もう一つには、僕が倉田と朝も晩も生活を共にしている仕事のパートナーだったからだ。でもこの肝心かなめの時に、僕はひたすらどうやってあり得る危険から親父を遠ざけるかばかり考えていて、自分の心の中に潜んでいて自覚すらしていなかった復讐心がこのチャンスにうごめこうとしていたことなど気づきもしなかった。嫉妬、恐れ、傷心、驚き……様々な入り混じった感情が、僕が口を開いた時にこのような言葉になったのだ……

倉田だよ！

僕はこの二人がしょっちゅう色目を使ってるのをだいぶ前から見てたんだ！

当時の僕の無意識のうちの復讐心が、倉田に汚名を着せることで蘭子から親父を僕に返してもらおうと企んだとすれば、それは幼稚な考えで完全に計算違いだった。

意外なことにこれは倉田にとっては弁償すれば片付くことで、本人に何ら損害はなかった。彼はもちろん自分の以前の行動や僕たちの間の恥ずかしい関係などを供述するわけもなく、かえって阿好おばさんの黒い腹を満足させることとなったのだ。その後、彼女は周りの人に嬉しそうに語ったものだ。日本人でよかったよ、他の人だったらこんなお金を弁償するなんてできないからね！

だが、僕のこの言葉は、蘭子と親父の後半生を台無しにしてしまったのだ。

人々が散り散りになった後、僕は旅館の向かいの街角で暗いところに立っている親父の姿を認めた。僕らは長い間見つめ合って、どちらも口を開かず、どちらも足を動かそうとしなかった。

そもそも僕は親父と蘭子を祝福すべきだった。だけど僕がすっかり事態をおかしな方向へ変えてしまったのだ。

松尾、倉田とこっそり快楽にふけっていた僕は、完全に自分勝手な腐った人間になってしまい、親父と蘭子が愛し合っているという事実を見ようとしていなかった。肝心な場面で、狂った考えに覆われて、彼らの発言権を奪い、もう自分たちの愛を公《おおやけ》にすることができない状況に追いやってしまったのだ。

阿好おばさんがあの晩見たのは実際に誰だったのか、それはもう重要ではない。この鎮は、その瞬間から馴染みのない縁遠いものへと変わってしまった。

もうお前には、家から出ていくこと以外に選択肢はない……あの当時警鐘のように耳に何度も響いていたこだまが、今でも時折聞こえることがある。

家を出ることは簡単だ。だが家に帰る道のりのなんと遠いことか……敏郎、僕が自分で人生を終わりにしたのは、過去が重苦しすぎてそれに向き合うことができなかったから、じゃないんだ。

むしろ、やって来る未来に対して、なんの期待もできなかったからだ。僕はもう未来のない人間なんだよ。

第三のシーン。

あの日、あの映画。映画館から出ていく人の群れ。

よく知っているようで、前世の記憶のようにも思える人影。

このような偶然に、僕は驚愕した。再会の喜びもなかったけれど、心の準備も全くしていなかった。

彼は僕を捨てたあと日本へと帰り、七、八年も連絡をよこさなかった。僕の方も、もはや当時の彼の目を輝かせるような十七歳の少年ではなくなっていた。本来はもうこれらすべてにピリオドを打つべきだった。僕は以前から心のなかで自分に、やつは自分のことなど本当に気にかけたことなどないのだ、と何度も言って聞かせていた。だが、彼が実際にまた目の前に現れた時、もう放っておくことはできなくなってしまったんだ。

映画館から出たのはもう夜だった。人波に紛れて、口も開《ひら》かずに後をつけた。その情景は、まるであの頃倉田の後をつけた時のようだった。違うのは、僕らは静かで人のいない田舎町の路地を歩いたのではなくて、波のように人が流れる台北の繁華街を往来したんだ。

再び松尾と出会ったことで、十年間ずっと逃避していた自分と向き合うことを余儀なくされた。僕はいまだかつてこんなに冷静に目を見開いて自分の人生を一通り見つめ直したことはなかった。その時、もう自分は生きていけないということはわかっていた。ただ望んだのは、自分が死んだ時に親父に恥ずかしい思いをさせないということだ。少なくとも、息子が潔白で罪のない人間だと親父が思えるようにしなければ。

僕が本当に罪を償いたいんだということを表すにはこの方法にまさるものはない。

とりわけ、蘭子の死んでしまった娘は、僕と同じ血が流れていた本当の妹かもしれないことに思い至った時には——

*

僕はもうこれ以上話せなくなってしまった。涙がたちまち決壊したかのように流れた。

敏郎は小さく「わかった」と言ったきり、声が聞こえなくなった。

死を待つ原点へともう一度帰ってきた。

頭の中は真っ白だったが、手の甲には温度の感覚が戻ってきた。

最初は水滴に濡れた微かな触感のようで、自分の涙かと思った。温もりが次第に手の甲の上に広がっていき、うつむいてはじめてわかった。敏郎の手が僕の手を上から触っていたのだ。

僕らは始終互いに触れたりすることはなかった。すでに体温を失った二人の幽霊は、死んだということを思い出す機会をわざとずっと避け続けてきたのかもしれない。存在するとはいえないモノ同士が接触すると、どんな悲しむべき、あるいは驚くべきことが起きるのか、試したことがなかったのだ。

彼が手を伸ばした時、僕の知覚反応が遅すぎたのだろうか、それとも二人の幽霊は本当に互いに接触するのを感じ取れないのだろうか。でも僕は最後の別れの時には、間にある暗い影を越えて、敏郎を丁重に抱きしめようと思ってはいたのだ。

もうチャンスはなくなってしまった。

敏郎はいつから僕の手を上から触っていたのだろう。「家に帰る道のりのなんと遠いことか」と言い終わったときからだろうか。

彼は僕に何か言いたかったのだろうか。

チャンスはなくなった。

でも彼の手のひらから伝わってきた温度は、彼が離れてからも消えなかった。重なって一つになった僕らの手が、ゆっくりと、半透明の容器のようになって中から蠟燭のような光を発しているのを、僕は驚いて見ていた。

僕は温度が上昇しているとさえ感じた。もう長い間感じたことのなかった、冬に手を電球の上に置いて暖を取った時のような感覚――

僕は敏郎の手をしっかり握ろうと思った。見たかい？　敏郎、あわてないで。もう一度見てごらん。僕たちが生きていた頃、帰り道で遠くに自分の家の窓ガラスに映る明かりが見えた時みたいじゃない？

その後、果たして微かな光源はますます高い温度を発しはじめ、二つの重なった手のひらは発光体のように、暗い夜の山林で、暖炉の火が暖かく部屋を照らすようなイメージを作り出した。明るい灯火が僕らの帰りを待っているよ、敏郎――

僕の手は急に宙を摑んだ。

わずか数秒間の静寂。

魂の光は周りの木々や河、岩へと溶けていった。天地の間には、そよ風がさらさらと漂う音が残るのみだった。

第三部　君への思いを絶たん

第十一章

『多情多恨』の撮影を計画した映画会社のあったところは、もうとっくに取り壊されて新しい建物になっていた。健二は西門町《シーメンティン》を二日間歩き回ったが、全く進展はなかった。カリフォルニアの広々とした環境のもとで育った健二は、広い道路、明るい日差し、ゆったりと歩くスピードに慣れていた。だが台北の町を二日間ぶらぶらすると、健二はこの都市の混雑ぐあいとけたたましさで目にくまができてしまった。

縦横無尽に走り回るバイクは、地面いっぱいの機械昆虫のように、彼の周りから永遠に消えることがなさそうだった。それから、いたるところで目にする手押し車の行商人は、飽きることもなく警察と鬼ごっこを繰り返していた。もっと見ものだったのは、夕方になるとゴミ袋を持ってゴミ収集車を待つ民衆が路地いっぱいに立っていたことで、この光景に健二は目を丸くするばかりだった。

ゴミ収集車はこの都市にふさわしい慌ただしいスピードで行ったり来たりして、民衆は走る巨大ゴミ箱にあたふたと小走りで追いつき、隙間を見計らっては一袋ずつ投げ入れる。走行中のゴミ収集車にはさらに残飯や生ゴミをいっぱいに詰めた桶が載っていて、車が揺れるとすぐにもこぼれて散乱しそうなのを目にすると、健二は吐気がするのを禁じ得なかった。だが民衆はそれでも車を追いかけて残飯や生ゴミを桶に入れ、そして汚いものが身体にかからないようにぱっと逃げる。その姿はＣＮＮが世界中継するにふさわしいと言える。

だが、アメリカ人の健二の目から見て劣悪で遅れた環境に対して、ここの人たちが表す忍耐力や落着き、さらにはある種の無関心は、健二はどうしても理解できなかった。

大きな道路を渡る時すれ違う通行人は、互いに譲り合ったりする手間をかけず、ぶつかりそうな一秒前になってようやく身体を半歩ずらすのだ。まるで人体に必要な基本的なプライベート空間などは余計なもので、人体は荷物のように積まれ縛られ投げられてもいいのだ、と言わんばかりに。店を構えずに道端で野ざらしになっている軽食屋台には、相変わらず長い行列客がいて、清潔を重んじる現代の科学を完全に見くびっているとしか言いようがない。

健二はアメリカ式の巨大ショッピングモールやファストフードチェーン、画一的な町並みなどにはかなり反感を持っていた。人間的でなく単調で表面的な近代というものは、まだ大学生だった健二にとって、アメリカ白人の主流社会のイデオロギーを告発する際の有力な罪状の一つだったのだ。だが、健二は台北に身を置く今ほど家に帰りたいと思ったことはなかった。彼はカリフォルニアにまだ彼に懐かしく思わせるところがあるとようやく知ることになったのだ。

川崎が予告もなしに急に姿を現したのは、ちょうど彼が頭痛と発熱でベッドに一日中横になっているときだった。彼はなんとか服を着て、エレベータに乗ってホテルのロビーに出向いた。病中とはいえ、健二は警戒してこの相手を部屋に入れようとはしなかった。彼にはこの女性が何か良い知らせをもたらすとは思えなかったのだ。

台北の天気まで彼に歯向かっているようだった。到着して最初の二日間は太陽が高く輝いていたのに、次の日になると冷たい雨がしとしとと降り注いだ。健二はエレベータを降りると、白いウインドブレーカーを着た川崎が目に入った。彼の着ている分厚くて重いコートに比べ、その姿はいささか薄着に見えた。

彼らは一階のカフェに座った。「私はお詫びに来たんじゃないのよ、これが一つ目」

川崎は愛想笑いは浮かべていなかったが、健二を観察する眼光は相変わらず鋭く、依然として彼に対して興味津々の様子だった。「もしもあなたがほんとうにしっかり自分の研究をしたいんだったら、大学の中でじっとしていたらだめよ、これが二つ目」

「どういうことかわからないな」

「あの日、私がなんで食事会に登場したのか、あなたには不思議でしょうね。本当はね、私はあなたが来るって聞いたから、自分からお願いしたの」

川崎の物腰はあの日よりは明らかにずっと穏やかになっていた。今日は、よりジャーナリストらしく見える。健二が彼女を観察していると、彼女がてきぱきと革のバッグからひとかたまりの資料を取り出すのが目に入った。

「いいわ、正直に言うわ。あなたの研究テーマは、私がこの二年ほどやってる特集記事と似ているの。私はね、ここのところちゃんと文章を書いていないんだけど、でもこのテーマは、すごく気になったの」

「あなたは記者で、僕は研究者だから、安心して下さい。あなたの舞台を奪ったりしませんから」健二も単刀直入にいくことに決めた。

「領域が違うんだから、競争する必要なんてないし、協力もできるのよね。しかもあなたにとって協力は必要よ。本当にここの人脈に入っていこうとするのは実際難しいと思わない？　私にはわかるんだけど、特にあなたはここの微妙な文化的な環境に慣れてないから、もし内側の真相を知って研究で大きな成果を得たいなら、私は手助けできると思うわ」

「すごくありがたい話に聞こえるね。僕らに同じ民族の血が流れているのは事実だし、互いに面倒を見るべきだ。そういうこと？　だけど、僕にはちょっと信じられないんだけどな、あなたが本当にそう願ってるとはね」

川崎は二秒沈黙して、そして手で額の前髪をかきあげて、大声で笑いだした。「あなたは私を悪い女だと思ってるのね、健二さん」

私は人から認められたいと思ってるのよ、健二さん。

私は青春のさなかに中国と台湾を行ったり来たりしてて、他のどんな人よりも政治動向には敏感だと思ってたわけ。だから、中国と台湾の関係が発展する中で、ニュースの世界でいちばん有利な立場をゲットできるって思ったの。でも私はうっかりしてた。中国も台湾も日本とおんなじで、女性を差別するのよね。私は自分の身体を使って取り引きして、そうすることで読む人を刮目《かつもく》させるようなトップ記事が書けるだろう、って思ったの。でも、もしもあなたがここの政治状況をちょっとでも知ってるんだったらわかるでしょうけど、この数年来、舌戦とかデマとかが飛び交っていて、いろんなレベルでの利益をめぐるいざこざのせいで、真実の言葉が届きにくいのよね。何度も間違ったニュースを流して、私は同業者の笑いものになってしまったってわけ。私もついには嫌になったの。十年経ってみると、旅行とかグルメとかスキャンダルとかばかり書くようなライターに落ちぶれてしまって、自分でも恥ずかしいわ。

健二さん、あなたが声も出さずにそこに座ってると、私はあなたを日本人だと思ってしまうわ。こんなふうに心の中に溜まったものをあなたに吐き出してしまうなんてね。だけど本当は気をつけなくっちゃね。あなたは所詮アメリカ人なんだから。わかるわけないわ。私が日本人として頑張って中国語を勉強して、その後台湾に来る道を選んで、二つの文化に対してどんな気持ちを持ってるかなんてね。

日本人が中国や台湾に対してしたことって本当に恐ろしいわ。私が言えるのは、初めて南京大虐殺とか満洲でやった細菌の人体実験とかについてのことを読んだ時、小さかった私は眠れないぐらい怖かったっていうことだけ。そんなことをしたのがそのあたりの路地で食堂をやってるおじさんだったり、学校で花を植えてるおじさんだったりして、戦争で中国に行った後、日本に帰ってきて普通の人と同じように生き続けているっていうことが信じられなかったの。

台湾は、っていうと、それはまた別の話ね。台湾人っていうと、古い世代の人にとっては台湾語を話す支那人のことで、皇民化運動で多くの台湾人がもとの姓を変えたとは言っても、台湾人は本当の日本人にはなりようがないの。支那とは永遠に切り離されているっていうだけ。植民主義の目的っていうのは、たぶんこういうことでしょうね。

あのとき私があなたに本省人と外省人の違いについて尋ねたのは、探りを入れていたのよ。私はここではよそ者だけど、いつも空想しているの。くだらない旅行エッセーばかり書いているこの涼子も、この人や日本人を感動させるようなことができるんじゃないかって……

私が言いたいのは、あなたは私の質問に対して郭鎮華《クオ・チェンファ》さんの映画会社のことを持ち出したじゃない。私はびっくりしただけじゃなくて、これは言いようのない運命のようなものの導きなんじゃないかって思ったの。

いいわ、回りくどい言い方はやめるわ。健二さん、うんざりしたような顔をしてるものね。でも、私が言ったあとで笑っちゃだめよ。さっき言ったとおり、この涼子にも人に認められるようなことをしたいっていう時もあるんだから。

私は数年前から日本と合作したことのあるここの映画人たちへのインタビューを始めてたんだけど、もちろん当時「長河公司」に勤務していた人にも出会ったわ。中国の東北地方で育った郭さんは、満洲国で暮らしていた関係で、日本語が流暢だった。こういう背景の知識は言わなくてもいいわね。台湾の映画産業を成功に導きたいとばかり思っていた郭さんは、大した経済力もないのに日本から重要な映画監督を連れてきて、台湾で台湾語映画を撮ってもらったの。こんな映画の夢は、最後には元手もすってしまって終わるんだけど。

でもこの当時にはこういう馬鹿な人たちがいたわけね。日本人に虐《しいた》げられた中国人が、台湾で日本人と協力して、中国語のできない台湾人のために彼らが鑑賞できる台湾語の映画を撮ろうとしたのよ。そして陸続と台湾に撮影にやって来た日本人監督は、どのような思いでかつての植民地に戻って来たんでしょうね。

みんな映画を撮るだけのためなのかしら。それとも無意識のうちに、私と同じように、戦争の記憶から逃れようとして、映画を共同制作することで、過去を水に流すような善意を示そうとしたのかしら。複数のカメラマンや技術スタッフは、その後も台湾に残って国語映画を撮り続けたそうよ。

わかったわ。あなたの表情を見ると、自分が私にとってどういうメリットがあるんだって聞きたいようね。

私はここの人たちに「台湾通」って呼ばれているけれど、心の中ではわかってる。本当に尊重されているわけではないって。私はしたいことがあるの。台湾の学術界で大事にされている松尾さんの助けが必要なの、みんなに私の発想には価値があるって知ってもらうために。

ここの人はもうほとんど誰も覚えていないわ。あの当時、外省人と本省人と日本人が一緒になって台湾映画のために奮闘した歴史をね。私はまだ存命のあの世代の映画人にもう一度集まってもらって、フィルムをリマスターして、その人たちのための映画祭をやりたいのよ。健二さんは私のこのプランを笑ったりはしないでしょうね？　私は諦めの悪い女なのよ。少なくともこの件を片付けてからじゃないと、胸を張って日本に帰ることはできないからね……

あなたの目を見てると、どうやらいろんな考えがあるようね。何を考えてるの？　言ってみて！　包み隠さずに言っていいから。断ってもいいし訂正してもいい。このプラン全体が現実離れしてるとか、そんな映画は私が思ってるような価値はないとか言われても気にしないから。ずっと黙ってるけど、なにか言ってくれない……

健二は川崎の言うことに対してたくさん留保をせざるを得なかった。

あの昼食会の後、彼はネットで川崎の書いた文章を検索したが、彼女が言ったようにくだらない旅行や穴埋めの駄文ばかりというわけではなかった。

このように言ってもいいかもしれない。生活に密着した題材のように見える文章でも、健二から見ると川崎はいつも特定の密かな政治的なメッセージを忍ばせているようなのだ。

あの日の川崎の社交術を目にした健二にしてみれば、今日の態度の変化も彼女の芝居ではないとは言い切れない。彼女の本当の姿は、もしかすると、あの言葉の端々に傲慢さが垣間見えていた日本人のほうで、目の前にいて他人から軽視されていると自称するこの女性ではないのかもしれない。

健二は覚えていた。台湾から日本に行って成功を収め、一九八〇年代には中国でも一世を風靡した女性歌手の逝去一周年を記念する文章の中で、彼女は急に話題を変えて以下のようなことを書いていたのだ。「テレサ・テン、龍応台《りゅうおうたい》［一九五二―、外省人女性作家、中華民国文化部部長も務めた］、侯孝賢《ホウ・シャオシェン》たちが話す言葉は、馬英九《ばえいきゅう》市長［一九五〇―、中華民国総統に就任する以前、台北市長を務めた］と同様の台北風の国語《グォユー》［標準中国語、マンダリン］なのだ」「テレサ・テンはすらりとした体つきで肌は白く、見かけは外省人そのものだ。台湾の本省人が小柄で浅黒いのとは異なっている」「テレサ・テンの父は国民党と共に台湾にやって来た軍人で、そのため彼女もしばしば軍隊を慰問した。国民党政権時代には「軍中情人」［軍の恋人］という称号もあったほどだ」……。

台北の居酒屋文化を紹介する際には、店内で酒を飲んで熱唱する若者たちを目にしたことにかこつけて、以下のように記していた。「彼らが歌っていたのは中国でも人気の任賢斉《リッチー・レン》［一九六六―、台湾の男性歌手・俳優］がスターダムに躍り出ることになった「心太軟」［心が優しすぎて］で、台湾土着のスター江蕙《カン・フイ》［一九六一―、台湾語歌謡を代表する女性歌手］や蔡小虎《チョア・シウホー》［一九六二―、台湾語で歌う男性歌手］らの台湾語の歌ではないのだ」「自分たちの声を持たないエスニックグループは、声を合わせて歌えるような歌を見つけることも容易ではない」……

健二はここ台湾の政治状況に対して深くは研究していなかったが、文字の中に隠れているメッセージを解読することにはもちろん敏感であった。これは長年積み重ねた訓練の成果だ。民族学者でなくても誰でも知っていることだが、この二十一世紀にあって、純粋に肌の色や身長で国民の身体的特徴を指摘できる人などいないだろう。

川崎はそこまで無知ではないはずだ。ではどうしてこのように大まかに台湾の本省人の外見をまとめたのだろう。そして、文字に記されたこのような見解に対して、ここでは議論や反論が起きなかったということが、より興味深い。

健二は失笑してしまった。彼のような台湾のエスニシティをめぐる政治性に全く興味のない人間でも読み取れる。彼女の描く「台湾人」とは本省人でも外省人でもなく、自分が何の歌を歌うべきかわからない人なのだ。中国と切り離されてはじめて台湾が授与する血統証明書を受け取ることのできる流浪の民だ。純粋な台湾人だって？　それは、お高くとまったロマンチックな幻想にすぎないのではないだろうか。

それはそれとして、正直言って健二は川崎の政治的立場がどうであるかには関心がなかった。というのもそれは彼の今回の訪台の目的とは無関係だからだ。

これは彼女とこの地の政治状況とのデュオダンスだ。彼女の踊りに合わせて一緒に踊る。頭のいいこの女は、ここの政治的な風向きが変わる前に、急いで機に乗じて態度表明をしようとしているのではないだろうか。

だが、健二はやはり慎重にならざるを得なかった。川崎は本当に自分の助けになるのだろうか。一方、このまま一人で模索した場合の困難もわかっている。

でも自分にとって何も悪いことはないのではないか。健二は川崎が提案した協力案を吟味した。彼女の本省・外省・日本・台湾の大団結映画祭のために自分が監修を務めれば、彼女は祖父の台湾での足どりを速やかに見つけることに協力してくれるだろう……

だが、川崎は根っからの日和見《ひよりみ》主義者だ！　これは彼の文化研究者としてヘゲモニーに異議申し立てする立場と激しく抵触する。

今回の件は、これが自分を裏切る取引になるかもしれないことを憂慮すべきだろうか。健二は悩んでいた。ちょっと大げさに考えすぎなのだろうか。

彼は川崎のことが好きではない。だが、もしも本当に川崎が言うように、彼女が四十年前の台湾映画界についてすでによく把握しているなら、彼女の付き合いの広さから、きっと効率よく調査を進められるだろう。だがそうなると、自分と松尾森との関係を明らかにせねばならず、家族の醜聞も他人に知られてしまう……

健二は父の涙を思い出した。

彼が出発をひかえたある日、父は連絡なしに彼の住むマンションに現れた。

夕食の後、彼らは床に座っていた。二人の間の床には大吟醸の酒瓶が置かれ、猪口《ちょこ》の代わりに丸くて長いガラスコップの中に日本酒を一杯ずつ注ぎ入れた。このような気ままな酒であったが、父のノスタルジックな興奮を解きほぐすことはなかった。

「この床が畳だったらいいのにな」父は何度も言った。

「僕が台湾から帰ったら、しょっちゅうこんなふうに飲めるといいね」

「ほんとかい？　でもお母さんに知られたらだめだよ。ははは」

「そうなるとなんとかして畳を特別注文しないといけないね！」

次第に酒の力に勝てなくなったのか、それとも、もともと思うところがあったのかわからないが、酒瓶が空になろうとする頃には、父は無口になってしまった。しばらくうなだれて呆然としたあと、赤くなった目が上に向けられるのが見えたが、その姿はかなり朦朧としているようだった。健二はようやく気づいた。父の目が赤いのは酒のせいではなく、涙のせいなのだ。

「俺は自分の親父と、一生で一度も酒を飲んだことがなかった……健二、自分の父親に全く愛されていないっていうのが、どんな感じだかわかるかい？」

健二、俺はほんとはすごく嫌なんだけど、お前が映画を専攻することを認めたのは、お前にいつの日か恨まれるようなことになってはいけない、と思ったからだ。息子が父親に対して恨んだり許せないと思ったりしたら、それはどんな対立よりも解決することが難しいってことをよくわかっているから。

俺は親父に失望したり恨んだりして、一生苦しんできた。大学を卒業してまあまあいい仕事にありついて、お母さんと東京で結婚して、他人に後ろ指を指されるような子供の頃のつらい思い出からやっと解放されるかと思ったよ。そんな時に親父は急に現れたんだ、二十年近く経ってね。もっとわからなかったのは、おふくろがどうして俺の住所を親父に言ったのかだ。おふくろは俺よりも深く傷ついたはずじゃないか。この男はおふくろの人生を滅茶苦茶にしたけれど、少なくとも俺にはまだ新しい人生が待っているはずだ。後になって、おふくろは一言だけ言ったよ。どうあろうとあの人はあなたのお父さんなのよって……

女っていうのはこういうふうに愚かなものだ。でも、もし女がいなかったら、男ばかりの世界はどんなふうになってしまうんだろう。よく女は了見の狭い生き物だとか言うけど、俺はそうは思わない。自分の親父に対する態度からわかるのは、男こそ恨みを根に持ちやすいということだ。女は細かいことにこだわって、男が詳しく話を聞こうとしないと、ますます意固地になって、最後には死ぬとか殺すとか一緒に死ぬとかまで口にするようになる。だけど女はどのようにして生き続けていくのかよくわかっているんだ。

男の愛や憎しみというのは盲目的だ。女の愛は愚かに見えても、実は理知的なんだ。おふくろは親父に対してずっと愛情を持っていて、俺にはそれがどうしても理解できなかった。だけど、敬意は持ったさ。子供の頃、馬鹿にされたりすると、行方不明の親父を恨んだものだ。でもおふくろは言うんだ。あなたのお父さんに感謝しないとね、こんな可愛い子ができたんだからって。

どうして男と女の愛について話すのかって？　もうちょっと話したらお前にもわかるだろう。お前たちの世代は俺よりも知識もあるから、社会のちょっと普通じゃないことも理解できるかもしれない。我々の世代が育った頃はこういったことはおおっぴらに議論できなかったから、俺は一人でゆっくりと噛みしめるように考えたんだ、どうしてこんなことになったのかって。もしかすると俺が考えたことは全くの間違いなのかもしれない……ああ、お前の祖父《じい》さん、俺の親父は、こんなふうにすごく他人を悩ませる男なんだ。とっくに過去のことになったと思っていたのに、今は親父が求めた答えのために健二が頭を悩ませるんだからな。

一九八一年、お前の祖父さんは急に連絡してきたんだ。俺は結婚したばかりの女房を連れて、銀座の騒々しいハンバーガー屋で祖父さんに会った。こういう場所を選んだのは、長い時間になるのが嫌だったのと、賑やかな場所にいるとその場にふさわしくない話題を避けられると思ったからだ。祖父さんは五十歳過ぎというところだろう。でも健康状態はいいようで、体格もお前が見たあの写真と変わりなく、痩せて背が高い割にがっちりしていたけど、違っていたのはたぶん軍人のような五分刈りにしていたことぐらいだろう。俺は単刀直入に遠慮せずに聞いた、なぜ俺に会おうとするのかって。祖父さんは直接質問に答えずに、まずは映画の仕事の状況を話したんだ。

記憶の中の親父は、ずっと冷淡な中に少し傲慢さを持ち合わせているような印象だったけど、この時の親父は明らかにかなり温和になっていて、自分はずっと二流の商業映画の監督にすぎないけど、日本の新しい世代の映画人の考え方やスタイルは伝統的な日本映画とは全然違うようになってきているなどとまで言ったんだ。親父は俺が大して興味もない映画界の状況をあれこれ説明した後、ようやく本題を切り出した。だいたいこんなことだ。日本で生活するのはますます辛くなってきたけど、台湾の映画のレベルはそれほど進んでいないから、まだコネがあるうちに台湾に移って映画を撮ろうと思う、ってね。

あんたがどこに行こうと知るもんか！　俺はそのとき親父が本当につまらない男だと思って、怒りがこみ上げてきた。この二十年あまりどこで何をしていたのかまったく俺たちには関係なかったのに、今になってそんなことを言ってどうするんだ？　親父はちょっとバツが悪そうになって、しばらく経ってから答えたんだ。今回は違うんだ、もう帰ってこないつもりだ、って。

またなんかやらかしたんだろう？　逃げるんだろう！　すごく馬鹿にした口調でこう答えたのを覚え

ている。

健二、お前の祖父さんは訴えられたんだ。これは本当に口にはしづらい恥ずかしいことだ。お前ももう大人だから、言ってもいいだろう。十七歳の少年と正常じゃない関係を持ったとして訴えられたんだ。どういうことかわかるかい？

最終的に罪になるような証拠は見つからなかったけど、あの頃のあんな保守的な雰囲気の田舎じゃ、天地がひっくり返るような大事件だったんだ。親父はもちろん田舎に居続けることはできなかったし、俺はずっと変態の息子だって呼ばれてた。わかっただろう？　俺がどうしてこんなに親父を恨んでいるかって。

一人の男性にとって、自分の親父がこのような普通じゃない行為をしたってことを知るのは、自分の血液の中にウイルスが潜伏しているかのように恐ろしく感じられることなんだ。祖父さんは俺の軽蔑に対して、俺にこう言ったよ、それは本当じゃない。彼は未成年の少年に対して猥褻な行為はしていないって。じゃあなんで逃げたんだ、どうして他人ではなくてあんたがそんな恥ずかしい訴えをされたんだ？　俺は聞いたんだ。

お前の祖父さんは、猥褻を認めるよりももっとひどい返事を返したよ。彼が言うには、自分とあの少年は相思相愛だったんだって。

健二、こういうことは、こういうことはお前に想像できるかい。単にある少年に悪いことをしただけの場合よりも、俺はずっと傷つけられたんだ。

あのとき俺はまだ幼かったから、事件の印象はおぼろげだ。いろいろ噂を聞いた気がするし、親父が家を出ていってから間もなく、村のある家族も引っ越していったので、その二つの出来事は記憶の中で繋がってるんだ。親父の話すのを聞いて、その引っ越した家の少年の顔立ちも思い出したよ。

親父——あの男と言ったほうがいいだろう——は、村で小さな食堂を経営していて、近所の人たちは行ったり来たりするたびにいつも顔を出していた。その男の子はまだ中学か高校かな。背は高くなくて大きな目をしていて、いつも制服を着たまま授業が終わると麺類を食べに来ていたのを覚えている。その頃、我々家族はその木造の家屋に住んでいて、母が奥の厨房で料理や洗い物を担当していた。いつも他人に距離を感じさせる亭主と比べても、母は応対するのが不得手な伝統的な妻だった。両親がお店をやっている時、俺は道端で同級生たちと遊ぶか、食堂の片隅の油っぽい机の上で、大嫌いな宿題をするかしていた。あの男はよく怒鳴ったものだ。座るならちゃんと座りなさい、片付けも手伝わないで、などと。

その少年はきまって夜六時か七時頃に姿を現した。店はあまり忙しくない時間帯で、亭主はタバコをくわえて一人でカウンターに座っていた。でも覚えているのは、その時にはどんなに悪さをしたり、言うことを聞かなかったりしても怒られなかったんだ。たぶんそれで、この少年が店に来たのを特によく覚えているんだろう。

そして、起きたことと自分の記憶には大きな開きがあるんだ。すべてはペテンだったんだ！　もしもあの男の言うとおりだとすると、あの二人は恥知らずだ、俺の目の前で大胆にも露骨に目配せしてたんだ、母がカーテンの向こうでお盆に溜まった食器を脇目も振らずに洗っているうちにだよ……その時ようやくわかったんだ。自分の母が結婚生活でどういう経験をしたか、俺に何を隠してきたか、ということに。俺は自分の身体にこの男の血が流れていることが恨めしかった。

どうして母さんと結婚したんだ？　他の言葉が思いつかず、馬鹿みたいに尋ねることしかできなかった。あんたは本当に俺の父親なのか？

わしはお前の父親だ。それは絶対に疑ってはいけないぞ、お前の母さんに対して大いに失礼な話だからな！　あいつはそう言った。

でもお前は母さんを騙した、そして母さんは今でもお前を守ってるんだ！

人が絶えず行き来するファストフード店なのに、俺は我を失って大声で叫んだ。自分の家庭を愛したことがあるのか？　俺のことを気にかけたことがあるのか？　俺と母さんを道具としか見なさなかったのに、なんで俺がお前を人間扱いすると思うんだ？　それでも人間か？　父親みたいな顔ができるもんか！

お前の母さんが力を込めて制止しなかったら、俺はきっと飛びかかっていって引っ張り倒して殴ったり蹴ったりしたことだろう。テーブルの隅を両手で握りしめた彼は、俺に対して懸命に頭を下げて、咽《むせ》び泣くように繰り返し言った。すまんすまん……でも俺は全く何も感じなかった。

松尾森という名前は、その時から記憶の片隅に消してしまうことに決めたんだ。その面会以前は、彼の家出に対して色々な理由や解釈を考えたこともある。湾生《わんせい》の親父は我々には想像もできないような戦争の残酷さを見たのだろう、などと。お前の母さんもそう言ってなだめたんだ。俺のこの件に対する不安を解消しようと思ってのことだ。母さんは今でもお前の祖父さんは強い刺激を受けたんだろうって信じている。でもすべてを戦争のせいにするのは、あまりにも無責任じゃないか。時々思うんだけど、逆に考えるべきじゃないかな。人間の異常さというものが理解できないからこそ、この世の中に戦争が生まれるんじゃないかってね。

ああ、お前に、俺の知っているあの男の最後の消息を伝えようと思っただけだったのに、出来事のすべてを話してしまったよ。

ずばり言ってしまうと、あの男は自分の体が腐敗臭を発しているのにそれに気づかない人間なんだ。

あのとき親父に会って、ひと目でそんな感じがしたんだ。そして親父が話し終わってようやく悟った。親父は異常な「愛」の中に溺れていて、表面的にはおしゃれに着飾っていたけれど、気づかぬうちにゴミのように汚れた気配を漂わせていたんだ。俺は自分に対して言ったものだ。このような病的な臭いは俺の代までで終わりにしようって。二年後に海外勤務のチャンスを得て、まったく迷うことなく会社の指示を受け入れたよ。それもお前をこのような醜い家庭の話に巻き込みたくなかったからだ。ところが思わぬことに、お前は結局あの男が残した手かがりを見つけてしまったんだな。

行ったらいいさ！　もしあの男に会っても俺のことは言わないでくれ。もし死んでいても、連れて帰って来るなよ。縁起が悪いんだ、関わり合うと不幸せになるだけだ。

これだけは了解してくれ。今度帰ってきたら、もうあいつのことは話題にしないって。

過ぎたことだ、終わったんだ。お前は今ではアメリカ人だし、俺もとっくにあいつを父親とは認めていない。

俺が言いたいのはこれだけだ。ちゃんと聞いてくれたかい？

もしも松尾森が本当にまだ生きているなら、この島にいるのだろうか？……健二の今の気持ちは、やるせなさと淡々とした哀傷という言葉でしか表すことはできない。

「川崎さん——」何も手がかりを得られない最初の一週間が過ぎて、健二は祖父が台湾に留まった原因を明らかにするのは思っていたほど簡単ではないことに気づいていた。

「涼子って呼んで」

「いいですよ、涼子さん。あなたには僕にはないような忍耐力はあるかな？」

「またテストするのね？」

「もしも協力し合うなら、あなたに隠す必要はない。僕の祖父も、台湾に来て映画を撮った日本人監督の一人なんだ。彼は姿を消した、この台湾で……」

川崎涼子は眉をちょっと上に動かした。あたかも二人の間で秘密を共有したかのようだった。

健二は長い溜息《ためいき》をついた。すでに話してしまった以上、後悔はなかった。

皮肉なことに、彼はこのときようやく、祖父、松尾森という男の生まれた土地、唯一の故郷に上陸したのだということを真に感じたのだった。

第十二章

昭和十六年一月十三日。

朝早くから使用人たちは、林《リム》家の旦那様が遠出をするというので出たり入ったり慌ただしくしていた。朝食を用意する者、荷物を運ぶ者、自動車担当は車体を洗ったりガソリンを入れたり……それぞれが自分の職責をこなし、怠けている者は誰もいなかった。

もともと茶の製造を生業としていた林家は現在三代目が家業を引き継いでおり、今の主人は大稲埕《だいとうてい》の商人の世界でも顔が利き、かなり羽振りのいい人物だった。彼の父は保守的で、ひたすらまじめに商売に励むばかりで、日本の政商ともあまり付き合いはなかった。今の主人が引き継いだ後は、性格によるところもあり、またちょうど台湾博覧会［一九三五年、台湾総督府後援による日本の台湾統治四十周年を記念するイベント］という百年に一度のイベントと重なったことも相まって、日本が資金を集めて準備するのに積極的に協力し、自身の商売もこれを機に急速に発展した。事業が拡大すると、宮前町《みやまえちょう》［現在の台北MRT双連駅東側付近］に土地を買って工事を始め、三代にわたって住んだ建成町《けんせいちょう》の旧宅から、台北でも珍しかった西洋式の庭付き建築へと一家で移り住んだ。

　簡単に朝食を済ませた後、主人は書斎に戻って書類の整理をした。このとき日本人の女中のお春が応対に出ていったかと思うとまた客間に戻ってきて、一通の電報を掲げて、ダイニングで食事をしていた奥様と若旦那に向かって声を張り上げた。「お嬢様からの電報です！」

　先代が亡くなってからというもの、家族構成は単純なものだった。上の娘万水《バンツイ》は中国に留学してかなりの時間が経っており、唯一の男子である江山《カンサン》は台北帝大に入学したばかりの一年生だった。

　他の家庭の多くは娘を日本へ留学に送って、貴族的なお嬢様学校に入れていたが、万水の祖父は彼女を中国の復旦大学［上海で一九〇五年設立、日中戦争中に重慶に移転するが日本の占領下の上海でも存続した］に進学させた。孫娘は小さいときから弟よりも勉強ができ、祖父は時代は変わったから女子にも良い教育を受けさせるべきだと思ったのだ。だが実はこれは理由付けにすぎない。家族はみな知っていた。祖父は孫娘を溺愛していて、生前最も心配したのは彼女が日本人に嫁ぐことだった。そこで中国に送ればより安心だったのだ。万水は果たして同じ大学のアメリカ留学帰りの若い先生と良縁があり、清明節［四月初頭の節日、墓参りをする］の前後に、この彼氏を連れて台湾に帰り両親や家族に引き合わせることになっていた。

　奥様は電報を読み終えると、その手で傍《かたわ》らにいた息子の江山に渡した。電報には二人が台湾に帰る日が早まって、旧正月の前には着く、と記されていて、江山は笑って言った。姉さんはほんとうにせっかちなんやから、二ヶ月すら待てんなんて、どうやらこの人とは絶対に結婚せなあかんな。

「あんたが姉さんみたいに自分で相手を見つけてくれるなら、気を揉む必要もなくて、幸せなんやけどね」母親は息子をじろっと見たが、表情は変わらず愛情に満ちた笑顔だった。「今日は何するつもり？冬休みになったら、一日中姿が見えんようになったな。なんとかあんたを帝大に合格させたと思たら、勉強してる姿全く見んようになったわ」

「母さん、一緒に李香蘭の公演を見に行くん忘れたん？　場所は大世界館〔西門町にあった劇場〕やけど、昨日の初日はすごく話題になってるで」

「そうやった？　ああ、ちょうどお父さんがお出かけやから、叔母さんとこに麻雀打ちに行く約束してもうたんや。お父さんが家にいたら、私はそんなことできんし――」

「聞いたぞ」林家の主人は書類かばんを持ってまた食堂に現れた。「麻雀しに行くのに、負けるのが怖いんか、俺のせいにするんやないで」そして息子を指さして、「数日俺が外出している間、あんじょう家におるんやぞ。あんな日本娘の歌なんか、どこがええんや。切符は中村社長んとこにあげるんやな。最近の出荷ではお世話になったからな」

「お父さん――」林江山は即座に叫ぶように抗議した。

「こんなに大きなってってまだ子供みたいに駄々をこねて、恥ずかしくないいん！」母は彼に目配せをした。父親を相手にしなくてもいい、彼が出かけてからまた相談しよう、という合図だ。「ほら、森《しん》さんかてあんた見て笑《わろ》てるわ」

皿を片付けに入ってきた新米の使用人は、あたふたと奥様と若旦那にお辞儀をした。林江山は椅子から飛び起きて、つるつるに剃った森の頭を叩いて言った。「僕を見て笑うんかい？」

父親はこの有様を眼にして、また一喝した。「何するんや！　森をいじめるんやない」

お盆を持って身を翻して厨房に戻る途中で、誰も見ていない隙に森はこっそり笑みを浮かべた。

彼は林家に来てまだ三ヶ月だ。もともと建成町の日本人がやっている食堂で見習いをしていた。林家の女中のお春はしょっちゅう自転車に乗って付近の古い市場に来て野菜を買っていたが、食堂の前を通るといつも中に入っては出来合いの小皿料理を一品か二品買って帰っていった。実のところ、食堂の人はみなわかっていた。お春はそれにかこつけて森とおしゃべりしに来ていたのだ。

お春は森よりも一歳年上で、今年十八歳になる。丸々とした顔立ちで、裏表のない性格だ。同じく貧しい日本人移民家庭の出身者として、彼女は森を仲間と思って、辛いことや、本当は話すべきではないような雇われ先の噂話まで、顔を合わせるやいなや森に対して喋り続けるのだった。

彼女が森に好意を示しているのは明々白々だったが、森はあまり話さなかった。十七歳にしてすでに背は高く、見たところ大人のようだったが、実際のところはまだまだ子供だった。食堂の主人はお春に仕事にもっと集中するようにこっそり忠告した。彼女はしょっちゅう小銭を忘れたり、買うべきものを買い漏らしたりしていたからだ。

林家は家族の人数は多くなかったが、屋敷に出入りする政財界の人々は少なくなく、運転手、庭師から料理人、執事に至るまで、すべて一定の水準が要求された。もともと李ばあさんが林家二代に仕えてきたのだが、最近はほとんど仕事をしなくなり隠居状態だった。お春は人柄は真面目だが、手先は器用ではなく、掃除や来客の応対には問題ないものの、台所の仕事となると難があった。ネギを切ったり鍋を運んだりするような仕事は傍《はた》から見ていてもハラハラさせられた。だがお春は諦めなかった。李ばあさんが奥様に使用人をさらに二人ほど雇いましょう、と提案するのを聞いて、面《つら》の皮を厚くして森を推薦したのだ。

森は力仕事も細かい作業もこなせ、食堂での仕事の経験もすべて活かしきり、すぐに林家の家族や使用人から称賛されるようになった。

森を推薦してここに連れてきたのは、本来はお春にとって生涯でいちばん嬉しい出来事だった。だが、自分の立場を利用して勝ち得た喜びは、最近微妙に変化しつつあった。森と話をしても、かつてのような和やかな感じがないのだ。例えば、さっき若旦那がふざけて森の頭を叩いたのを眼にすると、なぜだかわからないが、心の中は何とも説明できないような憂鬱さに覆われるのだ……

夕方になり、使用人たちは早々に夕食を済ませていた。旦那様は遠出をして、奥様は麻雀に行き、若旦那もうきうきして例の李香蘭の公演を見に行った。この日の屋敷内はいつになく気楽な雰囲気になり、まるで休暇をもらったようだった。一月の空気は寒く、みな食後は自分の部屋にこもっていたが、森は一人裏庭のザクロの木の下へとやって来た。

ここからは二階の若旦那の部屋の窓が見える。彼は夜にすることがないとここにやって来て立つのだった。夏には窓が開いて、若旦那の部屋の蓄音機が知らない外国の曲を奏で、風に乗って庭へと送られてきた。冬には窓ガラスはぴたりと閉ざされ、机のランプがガラスの向こう側を照らし出し、天井に長い人影が伸びているのが見えた。深夜には若旦那はいつも部屋の中を動き回ってなかなか寝ようとしなかった。今晩、その部屋は暗かった。森は部屋のランプがいつ照らされるのか、ずっと待っていた。

お春がいつの間にか近くに来ており、彼にみかん半個を手渡した。「ねえ、若旦那って勉強サボってばかりだから、奥様は今回お嬢様が帰ってくるのを機に、若旦那も上海に連れて行ってもらおうって考えてるみたいよ」お春はしゃべりながら種をザクロの木の下に吐き出した。

「どういう意味？　サボってる？」

「変な友達と付き合ってるってことよ！　奥様が舞台を見に行っていいというが早いか、髪をとかして着替えて、あっという間に家を出てくの見たわ」

「ふうん」森は曖昧に返事をした。

彼は若旦那の肩を持って何か言いたかったのだ。彼も若旦那の友達たちを見たことがある。ちょっと離れて通りの入口に立って若旦那が出てくるのを待っているのだ。彼らはこの島の人間ではなく、みな日本人で、年齢は若旦那より少し上のようだった。

彼が言いたかったのは、こういうことだ。若旦那はまだ若いのに、あの人たちはその若旦那に取り入ろうとしている。いったいどうしてこの家にはこんなに金や権勢があるのだろう。日本人でもそんなに簡単に社会的地位のある人と知り合う機会があるわけではない。聞くところによると、若旦那は中学の時、国語の成績がいつも悪くて、学校ではしょっちゅう日本人に馬鹿にされていたらしい。けれど、校長や学年主任や担任の先生は若旦那を特別扱いしていた。林家に取り入りたいと思ってのことだ。だけど、若旦那はいったいどこでこんな遊んでばかりの友達と知り合ったのだろう。彼もうまく説明がつけられなかった。

「朝、若旦那はどうしてあんたの頭をぶったの？」お春は尋ねた。

「ぶったんじゃないよ、ちょっと触っただけだよ――」

「ちょっと触った？　じゃ、もっと不思議だわ。どうして私の頭には触らないのかしら」

森はまるで嘘がバレた時みたいに、どのように弁解すればいいのかすぐにはわからなかった。しばらくして彼はやっとゆっくりと返事をした。「どうして、若旦那に頭を触られたいの？」

「だって、森くんが笑ってたから。あんたがあんなふうに笑うのなんて見たことがなかったから、若旦那に触られたらどんな特別なことがあるかと思って」

「で、でたらめ言うなよ！」

森は残ったみかんをまとめて数房ずつ口に入れると、すばやく自分の小部屋に戻った。彼は自分の顔が赤くなったのをお春に見られるのが怖かったのだ。若旦那が自分に触れた時の感触を思い出すと、どきどきするような感覚があった。

このような反応を感じたのは初めてではなかった。若旦那は確かに彼をからかうのが好きだが、一種のもてあそばれるような感覚は、食堂で見習いをしていた時に年上の店員からいたずらをされて困った時の悔しさとはまったく異なっていた。若旦那は彼をくすぐったり、彼に水をかけたりする。さらにはこんなこともあった。彼をじっと立たせ、毛虫を彼の喉のあたりに置いて、そして毛虫が胸の方へのろのろと這っていくのを二人で見つめるのだ。二人の呼吸が虫のうごめくリズムとゆっくりと調和していく。視線はその小生物の軌道に集中していて、お互いの眼差しは交錯してはいなかったが、彼らは同時に笑いをこらえきれなくなって、声を上げて笑い出したのだ。

森は若旦那が彼をいじめているとは感じなかった。若旦那は子供っぽいな、家で初めて雇った日本人湾生の雑役夫に対して好奇心を隠しきれないのだろう、と彼は思った。あるいは、若旦那は奇妙な方法で森を受け入れているのかもしれない。森が一人ぼっちで雇われている寂しさを知って、わざと彼を楽しませようとしているだけなのだ……

だが、どうしてそんなことがあるだろう。ここまで考えて彼はすぐに首を振った。日本に統治されている台湾人とはいえ、若旦那はずっと身分が上なのだ!

彼は知らないうちに眠りにつき、奇妙な夢を見た。

夢の中の場所はいったいどこなのだろう。

夢の中で、森はなんとか目を見開いて見ようとしたが、はっきりとは見えなかった。ある時は彼が寝ているこの狭い部屋のようであり、埃《ほこり》まみれで朦朧としていたが、ある時は若旦那の部屋のようであり、塵一つ落ちていなかった。だが彼は若旦那の部屋には入ったことはないのだ。若旦那は彼の汚れた仕事着を脱がせて、タンスから自分があつらえた背広を取り出して森に着させた。「一緒に李香蘭を観に行こう！　早く！　間に合わないよ」——

若旦那が渡す衣紋掛けを受け取ったかと思うと、次の瞬間また場面が変わった。彼は暗い小道を通り抜けていた。パリッとした新しいシャツを着ていたが、手足が言うことをきかず、ぶざまな姿で歩みを進めていた。すると突き当たりに赤々と照らされたロビーが現れた。そこは彼が以前料理を習いながら勤めていた「千島屋」だった。

若旦那は彼と同じデザインの毛織の背広を着ており、レストランの中央に立って彼に手を振っていた。若旦那の両側には店員が立っていて、みな笑みを浮かべており、かつて働いていた時に「おい、この新米！」などといつも呼び立てられたのとはまったくの変わりようだ。彼は不思議に思った。もしかして若旦那の背広を着ているので誰も自分が森だとわからないのだろうか。

夢の中で彼は、自分の姿を映すことのできる鏡をすぐにも見つけたいと思っていた。だが、右を見ても左を見ても同じ顔ばかり。若旦那の催促がまた聞こえた。「一緒に李香蘭を観に行こう！　早く！　間に合わないよ」言い終わるとどこかへ消えてその姿は見えなくなった。

彼は慌てて頭を上げて探すと、場面はすでに台湾東部の故郷の実家へと変わっていた。眼の前にあるのは虫歯のようにガタガタの、曲がりくねった路地だった。狭くて暗い路地には、右にも左にもちょっとかがまないと入れないような木造の貧民窟がひしめいていた。

森は慌てた。足を引きずった酔っぱらいの父が路地の向こうに現れたのを目にして、慌てて背を向けた。父に見つかりたくない。いや、見つかってはいけないのだ。だが、父の手はもう彼の襟を摑んでいた。夢の中の森は、自分の着ているのが高価な背広であることがわかっていて、彼はそれが父の乱暴のせいで汚れてしまうのが心配だった。果たして、父はすぐに彼の着ている服を剝ぎ取ろうとしながら恐ろしい声で威嚇した。これは値打ちものだろう！　お前はこの何年もの間どこに行ってたんだ、知らせがないばかりか一銭だって送ってこないんだからな！　お前を十五歳まで育てたんだから、みすみす放免するわけないだろう。ハハハ、捕まえたぞ！　どこにも逃げられるもんか！……

ダメだ、親父に捕まってはいけない！　この酔っぱらいに今の住処《すみか》を見つけられるわけにはいかない！　若旦那はどこに行ったのだろう。若旦那と李香蘭の公演を観に行くことは、なおさら親父に知られたらダメだ――逃げようとして、酔っ払った父に上着を剝ぎ取られてしまった。あとで若旦那に上着はどこに行ったのか聞かれたらなんて答えればいいだろう。こんなに簡単に取られてしまって、あれは若旦那のものなのに――

「早く、間に合わないよ！」泣いていた彼は、誰かが自分の頭を叩くのを感じた。彼はその手の感触が誰だかわかった。けれど、どうして若旦那の声しか聞こえないのだろう。その姿は？　急に目の前が暗くなり、建物が崩れ落ちた。青い単衣《ひとえ》の支那服を着た男たちが、慌てて瓦礫の中から重傷の男の子を引っ張って助け出した。若旦那は傍らに立って眺めていたが、振り返って森に視線を注いだかと思うと、彼が反応する間もなく救出された男の子を担ぎ運ぶ男たちにくっついて行ってしまった。行かないで！――森は叫んだが、若旦那は相手にしなかった。この災害後の光景――

夢はあっという間に学校の記憶へと飛んでいった。クラス全員が教科書の「君が代少年」、昭和十年に台湾で起こった大地震のなかで死んだ少年についての文章を読んでいた。彼は小学時代に戻ったのだ。眼の前には臨時に救護室になった教室が並んでいて、廊下では怪我人が絶えず緊急搬送されており、医者や看護師が慌ただしく行ったり来たりしていた。若旦那、入るのはやめませんか？——「早く！　間に合わないよ」若旦那は依然として楽しそうな口ぶりで、森は夢の中でも奇妙に思った。突然ある教室から多くの人が出てきて、彼と若旦那をぐるりと取り囲み、押し合いへし合いして彼らを廊下の一番端にある教室まで連れて行った。

誰かが、「いらっしゃった！　いらっしゃった！」と叫んでいた。若旦那は彼のそばから引っ張られて、隅の机を併せて作られた即席の寝台に行くように案内された。「先生、子供たちが待っていますよ！」森は人垣の外に追いやられ、人の頭が動く隙間から覗き込むと、若旦那が机の上に横たわっている全身血まみれの男児の方へ向かっているのが見えた。「これはダメじゃないかな！」誰もはっきりとは口を開かなかったが、耳元でひそひそと話す声があたりで聞こえた。若旦那は男児の手を握りしめて言った。「先生が見舞いに来たよ」あちこちでひそひそ声が響いた。森はなんとかして若旦那のそばに近づこうと思った。夢の中では、見守っている人たちの肩はサンドバッグのように柔らかかった。押し分けて押し分けて押し分ける。だがサンドバッグはいくら押し分けても、きりがないようだった——若旦那はもう眼の前にいる——

急にバランスを失って机の前に倒れ込むと、彼は叫び声を上げそうになった。

即席の寝台に横たわって若旦那に手を握られていた少年は、彼自身とそっくりの顔をしていたのだ――

びっくりして目を覚ますと、お春がベッドのそばにいて、必死で彼を起こそうとしているところだった。「若旦那が帰ってきて、あんたを呼んでるわよ。あの人たち脇の客間にいるわ」お春は厳しい顔をして命令した。

あの人たち？　森は慌てて服を着ると急いで向かった。

客間では若旦那が部屋にいるたくさんの友達と杯を交わしているところで、洋酒の瓶も半分以上なくなっていた。若旦那は酔っ払っていて、彼が入ってくるのを見ると抱きしめて、「森、お前の得意な薄焼き卵の巻寿司を作ってくれ、早くな。みんなにお前のことを絶賛したんだから、恥をかかせないでくれよ！」森はお辞儀をして「はい」とだけ言って、またそそくさと部屋を出た。寿司用の米がそんなにすぐに炊けるわけはない。彼はすぐに台湾人が食べるビーフンを一包取り出して、鍋に水を入れたあと、その中に浸した。ちょっと別の形ではあるけれど、焼きビーフンの卵巻きを作ろう……彼は若旦那をがっかりさせないため、一分たりとも無駄にしようとはしなかった。だが、お湯が煮えたぎった鍋のふたを取った瞬間、お湯がいきおいよく彼の手の上に飛び散ると、なぜだかわからないが虚しい気持ちに襲われ、涙が溢れた。

さっきの夢がまだ頭の中に残ってぐるぐる回っていた。どうしてこんな奇妙で悲しい夢を見たのだろう。

林家の大邸宅はこの時とりわけ広々としているように感じられた。ただ遠くの客間から喧騒が伝わってくるだけだ。奥様はまだ家に帰っていないのだろう。屋敷のその他の人はきっとみな怠けて眠りについているのだろう、お春すら手伝いに現れない。若旦那と友達たちは李香蘭を観終わってなおも興奮冷めやらぬ様子だ。森はこれほど酒をたくさん飲んだ若旦那を見たことがなかった。夢の中では彼は若旦那と一緒に李香蘭を観に行くことになっていた。夢とはいえ、興奮していた感覚は本物で、目覚めた今でも思い出せるほどだ。では、夢の中で自分が瀕死の君が代少年になっているのを見たのはなぜだろう。もしかして何かの予兆なのだろうか。

彼は完成した夜食を持って気乗りしないまま客間へ歩いていった。彼はあの数名の若旦那の友達が好きではなかった。さっきちらっと見た際、例のいつも通りの入口で若旦那を待っている、用もないのにいつも胸にカメラを掛けている長髪で真ん中分けの男がいるのが見えた。あの男の目つきはとりわけ偉ぶっている。身なりを見ると貧乏そうなのに、どうしてあんなに威張って旦那様秘蔵の洋酒を飲むのだろう？

足どりを緩めて、歩きながら客間の中から聞こえてくる騒がしい音に聞き耳を立てた。なんと、先ほどよりももっと騒々しくなっている。

ドアを開けると、森は今まさに進行中のお祭り騒ぎに仰天した。

若旦那はさらに酔っ払っていた。

その友達たちは円を作って、彼を真ん中にして囲っていた。

若旦那の背広やワイシャツ、ズボンは脱ぎ捨てられて、片隅の床に落ちていた。おそらく奥様の部屋からくすねてきたと思われる単衣の支那服は、森も大稲埕の街角で若い女性が着ているのを見たことがあった。襟が高くて、裾の横側に切り込みが入ったタイプだ。若旦那はこのような女性用の支那服を身にまとっているのだ。ちゃんと立つことさえできず、ぐらつきながら、投げキッスの動作までしていた。彼を取り囲んだ男たちは拍手しては野次を飛ばした。「李香蘭！　李香蘭！」首にカメラを掛けたあの男はこれぞチャンスだとばかりに女装した若旦那の写真を撮り続けていた。若旦那は呼吸ができなくなるほど笑い続けた。そしてグラスを持つと、また一口飲んで喉をすすぎ、大声で歌いだした――

君がみ胸に　抱かれて聞くは
夢の船唄　鳥の歌
水の蘇州の　花散る春を
惜しむか　柳がすすり泣く……

森はお盆を持ったまま、呪いをかけられたかのようにその場に動けなくなった。若旦那の歌の抑揚はでたらめだったが、彼はそれでもその歌声に震撼させられたのだ。
それは聴いたことのない歌で、彼の知らない場所から来たものだった。
それでも彼の頭には山や水のある光景が浮かんだ。

若旦那の歌声がこれほど悲しげで、顔にぼんやりとした表情が浮かんでいたのは、酒のせいなのか道具や衣裳のせいなのかはわからない。一秒前に思い切り溢れていた笑顔が、全く姿を消して、どこに身を寄せればいいのかわからないような不安が見てとれるほど、彼は歌詞の中の情感に没入していた。

彼は思った。できることなら、輪の中に突入して若旦那をその悪魔が乱舞する祭典から救い出し、その酒宴の喧騒から抜け出して、彼を担いで歌の中に出てくる小舟に乗りたいものだ……

＊

その晩に初めて聴いたこの曲だったが、それからというもの、ある人の影が心の奥底に隠れていて、彼とかくれんぼをするかのように、しばしば予期せぬ時に瞬間的に記憶の片隅に現れるのだった。

もしかすると、それは彼が台北の七条通の日本式クラブにいた時かもしれないし、街角でどこかの少年とすれ違った時かもしれないし、あるいはよく知らない安ホテルの中だったかもしれない。ふしだらな行為を終えた後シャワーを浴びて、あたかも黄ばんだ皮に覆われながらも枯れずにいる老木のような自分の醜い身体を見た時に、あの晩の、あの人が歌った柔らかく悲しい声が、思いがけず彼の胸を襲うのだ。

長い年月を経てから彼は知ったのだが、この曲には中国語版と台湾語版がそれぞれ存在した。

落ちた花が水の流れに乗り　水は長く流れていく　明日はどこへ行くのか　君よ知るやと問いかける
二人の影が水に映り　半ば喜び半ば恥じらう　あなたとともに　願う永劫に情が続くことを
［中国語版、一九四〇年代上海で白虹が吹き込んだものがオリジナル、作詞は滌亜］
蘇州の景色は美しく河のごとし　春の花が落ちるのは天の定め　握った花を谷川の上から流すと　水とともに流れていき前途を探る［台湾語版、紀露霞が一九五〇年代後半に吹き込んだものがオリジナルと思われる、作詞者不明］

中国語の歌詞は軽やかすぎ、台湾語の内容は情感がほとんど失われてしまっている。西門町の中華商場［一九六一年から九二年まで存在した大型の店舗・住居からなるビル］にあるコロムビアレコード店にやって来て、李香蘭の歌ったオリジナルの「蘇州夜曲」を探そうとしたのだが、昭和時代の台湾で聴くことができたのは渡辺はま子という歌手の歌ったもので、満映スターの歌ったものではなかったのだ。記憶というものは、往々にして調べた事実にはかなわないものだ。李香蘭の「蘇州夜曲」は戦後になって初めてレコードが発売されたのだった。

戦後になってこの曲をまた録音するのは、まったく余計なことだと彼は思った。白黒写真に人工的に着色されると、その色彩はいつも奇妙で俗っぽく見えるのと同様に。現在の録音は、新しくて豪華な伴奏が付いているけれど、あの当時映画で大ブームを巻き起こしたあの時空との間には、レコードの針飛びのように埋めることのできない記憶のギャップがあるのだ。

彼は思った。一体どんな理由で当時映画の中でだけしかこの曲を歌わなかったのかはともかくとして、彼女の「蘇州夜曲」は戦前だけのものなのだ。あの、中国、日本、満洲、台湾がまるで四つ子のように、互いに妬《ねた》みながらも依存しあっていた特殊な時代だ。

しかし、この女優が初めてレコードを吹き込んだ時には、「山口淑子《やまぐちよしこ》」という名前に戻っていた。だが、日本の芸能人である山口淑子の「蘇州夜曲」は、どうして中国で育った李香蘭のこの曲と同列に論じられるだろうか。

だからこそ、芸能人の山口淑子は政界に転じて参議院議員山口淑子とならざるを得なかったのではないだろうか。だが女優李香蘭は未だにその輝きを失わず、いまでも李香蘭の影が傍らにあって彼女を引き立てているのだ。戦争によって作られた神話を絶えず包み直して新鮮さを失わずにいられる人は、この満映スターをおいて他にはいないのではないだろうか、と彼は思った。

戦争が終わった後、名前を変え、人生のルーレットが再び始まる。

誰が今回は正しい数字に賭けたと断言できるだろうか。

「李香蘭」の戦前の音を購入して故郷の雰囲気を取り戻したいと思って入店したのに、不満げにレコード屋を出るしかなかった。ややがっかりしながら中華商場の騎楼《チーロウ》［台湾に多く見られる一階部分がアーケードになった建築］の下を歩きながら、彼が少年の頃ここは安価な軽食の屋台が並んでいる場所にすぎなかったことを思い出した。

列車がガタンゴトンと、長い龍のように通り過ぎていった。

鉄道が都市の中心の道路を走り抜け、そこから四方に環状の商業道路が広がり、手書きで書かれたカラフルな広告看板。西門町の景色は、まるで原宿と同じ設計図によって作られたかのようだ。これは彼が三十歳で初めて東京に行った時、驚いて望郷の涙を落としそうになった発見だった。

今、自分を導いてくれる李香蘭の歌声がなかろうと、湾生の日本人である彼は自分のために新たな舞台を見つけなければならない。

江山が彼の新しい名前だ。

また台湾に帰ってきた。もしかするとこれが、貧しい少年時代から抱き続けて離れられなかった恨みや怒りから抜け出せる、人生で最後の機会かもしれない。

第十三章

川崎涼子が書いてくれた住所に従って、健二はタクシーに乗って市民大道、金山南路を通り抜け、窓の外の景色は斉東街《チートンチエ》という名の迷路のような路地に入っていった。その瞬間、まるで異なる時空にある台北の片隅に入り込んだように彼は感じ、驚くと同時に不思議にも思った。

このわずか三百メートルにも満たない湾曲した路地には、ほぼ完全な形で日本建築が三、四棟残されていた。近くでは新しいビルがちょうど建設中で、現代と歴史の対比が浮き彫りになっている。

住所を頼りにたどり着いた建物は、まったく外来文化の混じっていない生粋の日本式古屋で、この百年近い台北の変化から隔絶されたかのようだった。健二は周りを一周して見ただけでもこう思わずにはいられなかった。もしも自分の日本の住宅に関する基礎知識が間違っていなければ、東京でもこのような古建築を見つけるのは難しいに違いない、と。

大戦中の空襲で根こそぎ燃えてしまったのではないか？

このように寂れた路地の奥深くに潜んでいた古屋が、百年前の趣きのまま完全に修繕されて新築同然の姿で保存されているのは、まるで時間の扉が目の前にあるかのようだった。日本の植民統治が始まった頃、どのような人々が船を降りて台北にやって来て、この土地に故郷と同じような豪邸を建てようと思ったのだろう。そう考えると健二はぞっとして鳥肌が立つような感覚をおぼえた。

というのも、明らかにこの邸宅は彼が台北で目にした他の日本建築とは異なっていたからだ。他の建物はこの台湾の四季の気候をある程度は考慮に入れ、この環境に合わせて設計を調整していた。だがこの建物は、設計者がこの土地に対して全く何の知識もないまま、いきなり工事に取り掛かったか、施工主が極めて強い望郷の念を抱いていて、この建物によってそれを振り払おうとしたかのどちらかだろう。

門をくぐると、健二は遠くに川崎涼子の姿を認めた。玄関のところに立っていて、当地の記者と思しき人たちと議論を交わしている。彼女は彼の到着に気づくと、手を上げて彼に向かって熱烈に振ってみせ、そして建物の右側の砂利道を指し示して、そこに行って待つよう合図した。

この屋敷はおそらく当時の高級官僚が住んでいたところだろう。健二が右側の通路にたどり着くと、和室の障子が開かれていた。室内は客に茶をもてなす茶室になっており、畳の上には低い机と座布団が置かれていて、隅には勢いよく咲き誇る蘭の花が花器に生けられていた。

健二は靴を脱いで畳に上がり、席につくと両足を「人」の字のように伸ばしたが、周囲に人がいないのを見ると、思い切って畳の上に横になった。アルバイトらしき若者が急須に入ったお茶を持ってきて、しばらく待つように告げた。

涼子が今日の約束をしたのは、確かな基礎的資料を手に入れたからだった。あの松尾森という男性が台湾で映画を撮った経緯についてだ。涼子との協力の約束に基づいて、健二は彼が準備中の「川喜多長政［一九〇三―一九八一、国際的映画人として活躍、特に日本占領下の上海で国策映画会社の運営にあたった］と中国、香港、台湾映画」というシンポジウムの準備状況について話すつもりだった。

シンポジウムのために、彼はわざわざ香港まで行き、現在香港で教鞭を執っている博士課程時代の同級生に会った。この白人の同級生は中国の第五世代監督［文化大革命終結直後に北京電影学院に入学し、一九八〇年代にデビューした映画監督たち。陳凱歌、張芸謀ら］について博士論文を書いたが、このテーマは今日ではもう人気がない。論文を出版しなければならないというプレッシャーを感じている数多くの若い助教授と同様、この健二の同級生は十分な運営資金があると聞くと、川喜多長政の名前すら知らなかったというのに今回合同でシンポの発起人となることを即答で引き受けた。こうしてこの満洲国時代から中国の映画人と密接な関係にあった日本人プロデューサーについて香港でシンポを開くこととなったのだ。

香港で開くというのは涼子のアイデアだ。土地の便がよく、中国の学者が台湾に来るときのような煩雑な申請手続きは不要だ。だが彼女には健二には言っていない別の計画があった。彼女は二日前に会う約束をした際にようやく彼に興奮気味に伝えた。曰く、台北に最高の場所を見つけた、そこに「台湾語映画記念館」を設立するのだ、と。

このまだ人々に知られていない古い日本住宅は、政府機関が修繕を終えたばかりで、ROT方式［政府が古い建築を民間業者に期間限定で貸し与える方式］で涼子が借り受けたのだ。健二はいま未来の映画記念館に身をおいて、この建築の稀なる佇《たたず》まいに心の中で賛嘆していたものの、彼の気持ちは先ほど門のところに立って鑑賞していた時よりも重苦しくなっていた。彼はもともとここの面積がこれほど広いとは思っていなかった。そうすると涼子の言う「台湾語映画記念館」は決してただの一般人の募金でまかなえる規模ではない。彼女の力量に対して健二は再び驚いた。彼女のバックにいるのはいったい誰だろう？

彼女は自分のことを、馬鹿にされ異郷に流れてきたちっぽけなライターと形容していたが、健二は端《はな》から信じていなかった。涼子は健二には全貌が見えない網を仕掛け、いま一歩一歩それを収穫しようとしているのだ。シンポジウム、映画記念館以外に、まだ健二をびっくりさせるような動きはあるのだろうか。

今になって後悔したり手をひこうとしたりしても、もう間に合わない。彼はただ早く祖父の行方を知ることを願うばかりだった。この女の素性については、知らなければ知らないほどいいのかもしれない。すべてのことがもともと思っていたほど単純ではないと気づいた以上、今は涼子が約束した結果を早く手に入れることを願うばかりだ。

だが、どうして初《しょ》っ端《ぱな》から涼子の罠にかかってしまったのだろう？……彼は台湾に来て祖父の行方を探ろうと思っただけなのだ！……父は、汚れた気配の男、縁起が悪い男、関わると不幸になるだけだ、と言った……果たして本当にそうなのだろうか……

「健二さん寝てるのね、気持ちよさそうだわ！」涼子の声が障子の外から聞こえてきた。「どう？ 私が言ったとおり、本当にいいところでしょう?」

「もう全然わからないね、自分がどこにいるのかさえ」健二は姿勢を変えて、顔を上に向けて腕枕をして、とりあえず涼子と面と向き合うのを避けた。「ここが日本だとしたら、不思議じゃないんだけど」

「面白くない? 台湾で、より純粋でより古い日本が見られるのよ」涼子はしばらく思案して、独り言をいうような語気に変わった。

「日本という国家はどこに向かうのかしら。経済での影響力もぐんと落ちて、文化的にも落ち込む一方。太宰治とか夏目漱石みたいな作家はもう現れっこないし、黒澤とか小津とか市川崑とかみたいな監督だってそうじゃない。今の若い人たちは知らないけど、日本の文化は外国に深い影響を与えていたものね……だから、多くの日本人、特に若い人たちに台湾に来てもらって、ここに私たちがどれだけいいものを残したのか、見てもらいたいわね――」

「私たち?」健二は話を遮らずにはいられなかった。

「また忘れてたわ、健二さんはアメリカ人ですものね、あはは」

涼子は笑いながら健二の傍らへやって来て、身をかがめて彼の顔を覗き込んだ。「健二さんはまだ自分と台湾の奇妙な縁を感じていない? あなたのお祖父さんはここで生まれたのよ! もしも日本が戦争に負けてなかったら、健二さんも流暢な台湾語を話して、大学で母国の映画について講義してたかもしれないわね。あはは」

「あなたの偉大な事業は僕とは関係ないけれど、でも礼儀上、おめでとうと言っておくよ。ここは見たところいい場所みたいだし」健二は涼子が注いだお茶を受け取ると、身を起こして座った。

「あなたが「いい」って言うのは、環境がいいだけじゃないんでしょう？」

「もちろん僕にもわかったよ。涼子さんが環境がいいっていうだけでここを選んだんじゃないことは」

「これは私のえこひいきじゃないわよね。この国で古蹟って言えるものは、十中八九は日本人が残したものだしね。もしも国民党政府が台湾にやって来てすぐに建設に着手していたなら、あと三十年もすれば百年ものの文化財として認められたはずよ。でも残念ね、台湾以外に行くところがないって気づいた時には、もうチャンスを逃していたんだから。その人たちが私たちのために、あっ、私たち日本のためってことだけど、大正時代の景観を再現してくれたことに感謝しなくっちゃね」

「そう言うのは構わないけど、歴史っていうのはもともとこのような矛盾に満ちているものなんだ。もしもあの頃日本映画の輸入額が制限されずに、中国語がわからない台湾人の見る映画がなくなっていなかったなら、台湾語映画が発展せずに、みんな昔と同様日本映画を見てたらよかったんじゃないかな」

「今日は健二さんとお話しできて楽しいわ。ますますテーマの中に入ってきたわね」

涼子は口では楽しいといいながらも、笑顔を引っ込めて、「いつかあなたもわかるわ。私が今頑張っていることは日本の血が流れる同胞たちを感動させることになるのよ。もしも血の繋がりがなかったら、健二さんもアメリカから台湾にやって来ることもなかったでしょう？　あなたは絶対にその最後のひとりじゃないわ」

健二は返事をしなかったが、急に台湾に来る前に父と交わした約束を思い出した。

帰国したら、彼は自分のロサンゼルスの小さなマンションに畳を敷いて、父に暇がある時に酒を飲みに来てもらうのだ。

そうしてあぐらをかいて飲み交わすのは、父の故郷の思い出と、祖父が父の人生において不在であることへの無念の思いなのだ。

健二はすでに予感していた。このような体験が、自分と父との最も親密な思い出になるだろう、と。

*

健二さんのためにお祖父《じい》さんの行方を調べていて思ったんだけど、これは絶対に重要な仕事だわ。これは私があなたにお礼を言わなければならないわ。

健二さんまた鬱陶しそうな顔してる。あなたが焦ってて、知ってることを早く言ってほしいって思ってるのもわかるわ。でも資料は資料にすぎないから、大事なのはそれをどういうふうに読み解くかよ。それには反対しないでしょ？　学問の世界のやり方もそういうものでしょう？

でも、日本人の台湾での状況は、あなたは結局は私ほどはわかっていないから。だから私がこれから言うことは、健二さんは訳《わけ》がわからない、私がでたらめを言ってると思うかもしれないわね。あなたのお祖父さん、松尾監督が家庭を捨てたことは、家族にとっては例外的な出来事かもしれない。だけど、民族全体やその歴史から見ると、彼には別の意味があるんじゃないかしら。だから、ご自分のお祖父さんに対して急いで結論を出さないでね。そうじゃないと、私はあなたに言わないほうがよかったって後悔するから。健二さんも私をそんな気持ちにさせたくないでしょう？

松尾森、ええ、たしかに面白い人物だわ。

私が見つけた、彼が戦後にまた台湾にやって来たことについてのいちばん早い資料は、一九六四年に助監督として日活と一緒に台湾にやってきた時のこと。そもそも日本の映画会社の台湾における影響力はだんだん衰えていく状況にあったわね。というのも当時の香港の二大映画会社、キャセイ［国際電影懋業有限公司（電懋）、ショウ・ブラザーズと共に五〇年代から六〇年代の香港映画をリードした］とショウ・ブラザーズが中国内部の状況がますます混乱して不安定になると見て、スタジオを台湾に移す計画を立ててたのね。もしもこのような合作計画が成功してたなら、台湾は本当にアジアで最も大きな映画王国になってたでしょうね。日本の松竹や日活や東宝も敵《かな》わなかったでしょう。

でもちょうどその年に、映画史でも有名なアジア映画祭［一九五四年に東南アジア映画祭として始まった映画祭、現在のアジア太平洋映画祭］の飛行機墜落という謎の事件があったの。香港の会社の社長が台北にやって来て、その年に台湾で主催されたアジア映画祭に参加して、それから台中に飛んで未来のスタジオ予定地を調査に行って、さらにまた飛行機で台北に戻ろうとした。その結果、不幸にも離陸後間もなく台中の上空で墜落事故が起きて、乗員は全員亡くなったの。

なぜだか私に聞かないでね。さっきも言ったとおり謎の事件なの。人為的な事件かもしれないとも噂されているわ。つまり、犯人は台湾にいた共産党スパイってわけね。あなたはどう思う？

この出来事と私がこれから話すことと、どんな関係があるかだけど。松尾が台湾に来て映画を撮ることができたことと、フィルムが完成しなかったことは、どちらもこの墜落事件と関係しているの。

考えてもみて、幾つかの映画会社の社長がみんな同じ墜落で亡くなったのよ。中国語映画の製作にどれほど衝撃を与えたことか！　キャセイは数年後に潰れてしまったし、ショウ・ブラザーズもこれを機に完全に組織替えしたわ。もっと大事なことは台湾映画が発展するという夢は、一気に泡となって消えてしまって、日本との技術協力は維持し続けないといけなかったし、台湾語映画の製作も中断することはなくて、しかもずっと中国語映画よりもたくさん作られていたってこと。でも香港の技術や資金が一旦入ってくると、中国語映画は圧倒的な主流になっていくことは明らかだった。松尾森が台湾に来たのは、そもそもは日台合作映画の終末に近かったんだけど、意外にも再ブームに出くわしたわけね。

この再ブームで、松尾はついに正式な監督に昇格したの。それは007の真似をした日台合作の産業スパイ映画で、日本での売れ行きは悪くなかった。映画のレベル自体は普通だったけど、松尾監督の算盤勘定は悪くなくて、その後は文芸もののラブストーリーを撮ったけど、どれもそこそこの売れ行きだったらしいわ。松尾監督は当時「恋愛ものの早撮り王」って呼ばれてて、二枚目俳優も育て上げたの。その俳優を紹介しておくと、倉田一之助っていって、松尾監督が最後に台湾に来て撮った映画の主役でもあったのね。

そう、『多情多恨』っていう映画。実はこの映画はもともと全部日本で撮影する予定で、台湾の配給業者もコネを使って、当時は取るのが難しかった日本映画の配給権も取って、お金儲けを待つばかりだったの。でも時代の変化はいつもいたずらなものね。日本で半分撮影が終わった時、台湾と日本の断交のニュースが飛び込んできたの。

台湾の配給業者は頭を絞って考えた結果、この映画を作り変えて、国内で製作した映画に偽装しようとしたのね。そこでなんとか脚本を書き直して、一部のシーンを台湾に来て撮影するように松尾監督に頼んだってわけ。当時は台湾の観客はまだ倉田一之助のことを知らなかったから、彼らも倉田一之助に中国語の芸名を考えたのね、林非凡《リン・フェイファン》って。台湾の新人俳優に仕立て上げたの。まだネット検索もビデオテープもない時代だったから、うまくいきそうだと思って、松尾監督はこのアイデアにオーケーして、一九七三年に制作スタッフと台湾にやって来たの。

この頃には台湾語映画は衰退していたわ。チープな映画を粗製乱造したのも原因の一つだけど、もし誰かに尋ねられたなら、私はやっぱり政府の陰謀があったんでしょうって答えるわ。あの飛行機墜落のあと、台湾ではいたるところに「スパイを防げ、誰にも責任あり」っていうスローガンを見ることができたし、映画界に共産党のスパイがたくさんいるっていう噂もあちこちで立って、政府の映画に対する検閲もますます厳しくなったの。多くの台湾語映画も社会の風紀にそぐわないとか、幽霊などの迷信を助長するなどの理由で上映が禁止されたわ。松尾森たちは台湾の東部の田舎で撮影して、情報は漏れていないだろうと思ってたんだけど、やっぱり目をつけられたのね。

映画が完成しなかった理由は複雑だわ。同業者との競争もあって、匿名の密告があったらしいってことも撮影中に時折囁かれてた。表面的なこととしては台湾政府が突然新しい法律を発布して、すべての芸能人は俳優証を取得すべしっていう規程ができて、ついに日本の俳優に台湾俳優のふりをさせるっていうやり方はボツになったわけ。

この新しい規程がこの映画のために作られたのかどうかは、誰にもわからない。でも俳優証の難癖をつけられる前から、映画の撮影はそれほど順調じゃなかったみたい。幽霊が出たみたいな噂まで広まったらしいわ。こういう内部の問題の多くは、門外不出のはずだけど、そこでね、私は神通力を使ってね、人づてに日本でまだ存命の倉田一之助を見つけ出したのよ！

やっと健二さんの目が丸くなったわね？　さあさあ、まずはこの写真のコピーを見てくださいな。ベストを着てブーツを履いてるのが松尾お祖父さん、この頃いくつかしら。まだ魅力的な中年紳士に見えるわ。この隣に立っている日本の軍服の衣裳を着ている人に全然負けてない。この軍服の人が倉田さんよ。ええ、私は中年の男の人が前からずっと好きなの。うっかり言っちゃった。健二さん気にしないわよね？　だってお祖父さんは私に興味があるわけないから。何のことかは、後でわかると思うけど。一番前でかがんでいるこの男の子を見て、あなたのお祖父さんが台湾で発掘した新人俳優よ。リライト後の脚本では、この羅《ルオ》っていうハンサムな少年は重要な出番がたくさんあったの――

どうしたの、健二さん急に変な顔して。まるでこの男の子のこと知ってるみたい。何か変かしら……先に言っておくけど、これから私が言う話は、倉田一之助が思い出したことをそのまま伝えるだけだからね、怒らないでね。健二さんの顔を見てると、なんだか言い出しにくくなっちゃったわ、どうしましょう。

いいわ、じゃあ仰せに従って話すわね。

まず、この倉田っていう人は、今では落ちぶれてしまったしがないおじさんなの。この人が言うことはちょっと割り引いて考えたほうがいいと思うけど、まずは彼がなんて言ったか聞いてね。あ、そうだ、それから倉田一之助っていうのは本名じゃなくて、松尾と関わりのある人とは連絡を取りたくないってわざわざ断ったの。健二さんもこの人には会いたくないでしょう？……ほら、私はやっぱりあなたのことをよくわかっているわよね。

この倉田っていう人、もともとは新宿の町を闊歩《かっぽ》してた不良だったのね。健二さんのお祖父さんに発掘されて映画界に入ったの。本人の話によると『多情多恨』はもともと彼に合うように作られたものだったそうよ。幾つかの映画で脇役を演じた後、松尾監督はついに彼を主役として選んだのね。選んだっていうか、違うわね。倉田が言いたかったのは――ううん、言いづらいわね。ええっと、じゃあはっきり言うわね。この人と松尾監督はその前からずっと同棲してたの。

ねえ、こんなの映画界では実際何も驚くことじゃないわ、アーティストって普通の人とだいぶ違うでしょ？　でもこの倉田は私の友人と話した時にこう言ったそうよ。彼本人は普通のストレートな男の人で、そのときは単に松尾がちょっと名の知れた映画監督だったから、自分の成功のために我慢したんだって。この人の話はまあ聞き流すことね。だって私の友達は二丁目のゲイバーで倉田を見つけたって言ってたんだから。彼と松尾は三作の映画を一緒に撮ったんだけど、アル中とドラッグの問題もあって、活躍期間は短かったらしくて、その後はずっとバーの仕事で何とか生きていて、自分でお店を出したこともあったらしいわ……

いいや、そんな話じゃなくて。大事なことは、『多情多恨』の台湾で撮ったフィルムはすべてボツになってしまったわけだけど、倉田はそのことを思い出しては、ほんとに残念だって繰り返し言ってたそうよ。特に、その羅っていう若い俳優にはすごく申し訳ないって言ってたらしいわ。この少年に対してはとてもよくないことをしてしまって、未だに自分を許せないって。

健二さん大丈夫? あまり細かいことは言わないことにして、早く大事なことを言ったほうがいいわね。

倉田が言うには、松尾はこの羅っていう少年が大好きで、それで出番を増やしたらしいのね。湾生の松尾監督は台湾の少年に対して奇妙な愛着があったの。これは倉田が漏らしたことだけど。主役の倉田は、撮影現場で何度もNGを出したけど、反対に新人の彼はしきりに褒められたので、気恥ずかしくなって彼を妬《ねた》むようになったのも無理はないわ。そのとき倉田はまだ二十歳そこそこで、その幼稚な頭で考えたのは、松尾にこんな恥をかかされないようにするために、この少年も悪の道に引きずり込むことだったの。松尾は倉田にそそのかされて誘惑に耐えきれずに、一緒にこの羅少年を誘惑して、そこで三人プレイが始まったの――

＊

その後は、自分がどうやって斉東街を後にしたのかも覚えていない。また、涼子が『多情多恨』の撮影中止の内幕についてどんな話をしたのかも覚えていなかった。

又聞きの物語のうち、どれほど事実に反する細かい点があるのかは、もはや問題ではない。祖父が同じことをめぐって繰り返し過ちを犯したことを耳にして、それは疑いなく起きたことだと彼は確信した。

湾生の松尾監督は台湾の少年に対して奇妙な愛着があった……

健二はこの点に関しては留保していた。単なる童貞男子に対するフェティシズムではないだろうか。松尾森という男は、植民の歴史という大きな風呂敷で彼の病的な部分を包み隠しているだけではないのか。

その倉田という男は、少なくとも繰り返し後悔の念を表明している。松尾森は？　彼は臆病にも永遠に逃げるだけなのだろうか？

数日後、健二はやっぱり涼子に電話をかけて謝ることにした。自分が衝動的に出ていくべきではなかったと詫びて、彼女に弁解した。自分は彼女が伝えてくれた内容に何ら不満があるわけではない、と。

涼子は受話器の向こうで、珍しく沈黙した。

なに？　彼は尋ねた。

彼女は、知り合いに頼んで『多情多恨』の撮影地の東部の町に聞き取りに行ってもらった、と言った。

そしたら？

その羅っていう男の子ね、自殺したって。死んだの。彼女は言った。

第十四章

もう一度自分が眠っている墓地を目にすると、目に映る景色と記憶の間には大きな落差があった。もともと小さかった木は天にも登る勢いで、墓地にはセメントの歩道が敷かれ、低い塀は、花柄を彫りつけた鉄柵になっていた。

僕は今回、いったい何年間寝ていたのだろう。

僕の墓碑の前に立っているのは、白髪交じりの中年男性だった。

このとき気づいたのだが、僕の墓も修復されていて、白と青のタイルが交互に貼られた低い欄干が作られ、つつじの花も一列に植えられていた。

墓碑の写真も高校の時の白黒の学生写真ではなく、髪を長く伸ばした台北にいた頃のものになっていた。ちょっとはにかんだ笑顔を浮かべ、あまり気乗りしないままレンズの方を見つめている。この写真を撮ったのはいつだろう。

よく見るとわかった。この写真は切り取られたもので、隅には別の人の肩が写っている――

阿昌《アーチャン》だ！　僕は急いで振り返って僕の墓の前に立っている人を観察した。

本当に阿昌だった。

ほとんど誰だかわからなくなっていた。見たところ五十歳あまりの、白髪としわのある見知らぬ人なのだ。顔色は黄ばんで、いささか背中が曲がっているが、平地人［台湾で主に山地に住んでいた原住民に対して漢民族を指す］にはない奥深く輝く大きな目は、記憶の中のものと一致していた。

彼は以前からずっと言葉を心の中にしまっておくタイプだったが、しっかりと彼の目を観察すると、その考えていることの一端が窺えるのだ。彼はずっと負けん気が強かった。台北で暮らしていた頃、我々は次第に疎遠になって、最後に彼の映画館に会いに行った時も、彼はあまり尋ねもしなかったし話もしなかった。彼から見ると、僕はもう救いようがないように見えることはわかっていた。願わくは、僕の心の中では彼は常に親友だったということはわかってほしい。そうでないと、里帰りの前にわざわざお別れを言いに行ったりはしないだろう。

彼の今の様子を見ると、腕にはロレックスの時計をつけ、小指には一元硬貨ぐらいの大きさの翡翠《ひすい》の指輪をしていた。きっと商売がうまくいっているのだろう。今では僕はもう一つの世界から子供時代の仲間だった彼を観察することしかできない。

もしも僕がまだ生きていたなら、まだ付き合いはあっただろうか。どちらも五十すぎになって長い間会っていなかったら、街角ですれ違っても気づくだろうか。もし僕に歳をとっていくことがあったなら、僕はどのような中年になっていただろうか。

僕は子供の頃の記憶の中の父を思い出した。東部に引っ越してきて吉祥戯院で看板を描くようになったばかりの父は、もう五十近かったはずだ。僕には父と同じような目尻のしわや目のくぼみができただろうか。

顔が老けていくというのは、僕にとっては一種の憧れだ。それは僕には永遠に体験することのできない幸せなのだ……

すぐに僕は気づいた。これほど長いあいだ僕が目覚めなかった原因に。父はもう僕に会いに来ることはできなくなったのだ。

父は死んだ……?

僕は悲しみに襲われながら墓地の中を行ったり来たりしたが、父の墓は見当たらなかった。

気を静めてまたあれこれと回想した。もしも阿昌がいま五十すぎだとすると、僕が最後に父を見てから、少なくとも十年近く経っていることになる。

どうして阿昌は急にここに現れたのだろう。

*

「ここにはとっくに「吉祥戯院」なんてありませんぜ。全部取り壊されたからね」

「しばらく一人でゆっくり考えさせてくれないかな」

「じゃあこうしましょう。五時に直接空港で待ち合わせましょう」

「うん」

「健二さん、映画記念館の開館イベントのこと、もうちょっと考えてみて。私はそんなに複雑に考えなくてもいいと思うけど」

両側に新しい一戸建て住宅が並ぶ大通りをゆっくりと歩きながら、健二は頭の中で川崎が別れ際に言った言葉を反芻していた。

ついに祖父が生まれた集落の跡地にたどり着いた。だが、目の前にあるのはもともと想像していたものとは全く違っていた。

自分も川崎と同様に、日本人の当時の痕跡が完全に残されているのを見たいと思っていたのだろうか。それはそもそも自分勝手な考えに過ぎない。

今の自分には二つの選択肢しかない。祖父の過去を包装して歴史のケースの中にしまい込むか、あるいはもっと冷ややかに事実を掘り起こし続けるか。

前者は川崎の提案だった。台湾語映画記念館の開館イベントのためだとはいえ、今回の出張調査で終わりとしてしまってもいいのかもしれない。

「私たちはオープンの日に台湾語映画貢献賞を授けようと計画してるの」と涼子は言った。「松尾監督は現存する貴重な存在よ、早くから台湾に映画撮影に来た日本人監督で、ここ二十年はずっと台湾に住んでて、私たちのオープニングのために必要なトップニュースとしてぴったりよ。どう？　このアイデア最高でしょ？」

家庭を捨て去った少年愛者の老人が、最後にはステージに上って表彰されるというのは、ちょっと皮肉が過ぎる、と健二は密かに思った。ましてや、彼は後には「江山」という名前を使って国語映画を撮ったのではなかったか。

「健二さんに賛成してもらう必要はないけれど、辛いのがわかってるから、特別に知らせたの」涼子は言った。「でも私たちは、招待するっていう大事な仕事を健二さんのために取っておいたのよ、台湾に来たからには、お祖父さんと会うべきじゃない？」

健二は自分がびくびくしていたことに気づいた。どうしても祖父と孫との対面の場面を想像することができなかったのだ。健二は、祖父が自分に妻子がいたことも認めないのではないかとさえ思った。温かい涙の抱擁などあるわけがない。だが、対面する際に祖父に対して厳しく問いただし、老人にもう一度自分の人生を見つめ直させて悔恨の溜息《ためいき》をつかせることなど、本当にできるだろうか。

川崎はもしかしてまだ自分には言っていないことをたくさん知っているのだろうか？――自分は彼女との条件付きの協力をうまく履行できると思っていたのだが、今では不平等な関係に陥っているとますます感じるようになっていた。

僕に招待の仕事を担当させるなんて。彼女が祖父の現状を把握しているのは明らかだ。

僕が話に行くことで、いったい何か違うことがあるというのだろうか。

川崎がこのような計画を立てた理由はすぐにはわからなかったが、はっきりしているのは、これらすべては彼女が細かく段取りを考えて計画したものであることだ。

資料を交換するという簡単な提案に始まって、川喜多長政のシンポジウム、そして今また映画記念館という大きな組織が登場した。健二が無防備の状態で——あるいは自分がわざと逃げていることを認めたくない状況のもと、川崎の指揮のもとで、彼はゴール前のシュートばかり任されているような感じなのだ。

香港に行って博士課程の同級生のウィリアムとシンポの準備について相談した際、ウィリアムの言った言葉は健二にとって後々まで深い印象を残した。


僕は取り急ぎ、にわか仕込みで資料の山に目を通したんだけど、川喜多長政っていう人は本当に掴みどころのない人だね！　日本が中国を侵略していた頃に日本政府、満洲国政府、汪兆銘政府の間を自由自在に往き来できる日本人がいたなんて。日本人としてこの時期の中国映画の発展を推進する役割を果たして、満映のスター李香蘭の成功を後押しして、中国映画『萬世流芳』［一九四三年、アヘン戦争を描いたこの映画で李香蘭は阿片窟で飴を売る娘を演じた］で彼女を上海映画界へと導《みちび》いたし、中国映画『木蘭従軍』［一九三九年、卜万蒼監督、陳雲裳主演］を日本へと持ち込んで上映させた。さらに、李香蘭が主演した東宝映画『支那の夜』が台湾で大ブームを巻き起こしたことも加えれば、この川喜多長政は、絶対にもっと大きな目には見えない野心を持っていただろう。李香蘭がいたから、これほど順調に事を運ぶことができたんじゃないかな。ねえ、彼はわざと日本と中国の間の差異を混乱させようとしていたんじゃないかな。李香蘭の才能や美貌は、ともすると彼女が混淆の産物であることを忘れさせてしまう。日本人は中国人で、中国人は日本人、これこそ川喜多の本当の目的じゃないかな？　中国人はずっと彼を「中国の友人」として見てきたけれど、これも本当に面白い現象だね……

当時はウィリアムの言ったことをあまり気には留めず、心では彼は香港に長く住んでいるから政治的な問題に敏感になっているだけで、中国映画を研究しているとはいっても、結局は白人で、見解はそれほど見るべきものはないだろう、と思っていた。

だが先週ウィリアムが送ってきたEメールを見て、彼は起こっていること全体に対して急に認識を新たにした。「君たちは二〇〇八年にシンポをやって、それから台湾語映画記念館もオープンするって？これは偶然の一致かな？　僕の知る限り、ニューヨークのリンカーンセンターでも、東京やロンドンでも川喜多夫人生誕百周年記念の映画イベントが行われるんだけど」

これは偶然の一致だろうか。

健二は疑わずにはいられなかった。川崎が彼を利用するのは、もとより彼の学術的知識のためではないのではないか。

生まれた家庭のためなのだ！

もしも川喜多が李香蘭の日本か中国かはっきりしない身分を利用して何らかの目的を果たしたとすれば、日本人でもありアメリカ人でもある健二には、さらに台湾に長く暮らしている湾生の祖父もおり、映画というテーマによってこのすべてを関連付けたなら、いったいどのような効果が現れるだろう。

彼は困惑した。

祖父に映画記念館の開館イベントに出席するよう要請し、それに際して彼に「終身栄誉特別貢献賞」を授けなければならない、というのは本当に悩ましい課題を与えられたものだ。

健二は今では、もう祖父についてこれ以上詳細を発掘するのに忍びなくなっていた。会ったとしても何を知ることができるというのだろう。「僕のお祖父さんは映画スターだったんだ」という自分をも他人をも欺《あざむ》く嘘はとっくに崩壊していた。もしも可能なら、祖父をこのまま神秘的な遠い存在にしておこう！　川崎に協力することは、祖父との血の繋がりが二度と断ち切れなくなることだし、部分的に言うと、祖父の過去に対して、子孫として免れようのない恥を背負い続けなければならないということだ……

ここで終わりにできないだろうか。「終身栄誉賞の祖父」と「少年を誘って性行為を行った祖父」との間で、必ずどちらかを選ばないといけないのだろうか。

＊

君のために新しくしたお墓、気に入った？

もう君がいなくなってから二十年あまり経つね。二十年あまり……俺はすっかり老けたよ。君の自殺についてはずっと自分に責任があるように思ってるんだ。もしももう少し早く――

ああ、久しぶりに会ったのにね、こんな話はよそう。

先月、ある人が訪ねてきたんだ、あの君の完成しなかった映画について質問されて、びっくりしたよ。もう三十数年前のことだからね。君のことを思い出して考えたけど、君のためにできることはこんなことぐらいだね。

君が死んでから何年もしないうちに、母さんと姉さんを台北に連れて行って、それからずっと古い実家には帰っていないんだ。今回帰ってきて初めて知ったのは、老羅《ラオルオ》――君の親父さんは、もう死んで十年になるってことだ。遺骨の灰はずっとここの「栄民の家」［正式には栄誉国民之家、主に外省人退役軍人にサービスする組織］に預けられていたんだけど、俺が納骨塔を建てる場所を買ってそっちに埋葬し直したから、君も大いに安心していいよ。

俺の今の仕事は映画館チェーンの経営だよ。台北にも桃園にも中壢にも映画館があるんだ。「星光影城」っていうんだけど、覚えてる？　これはいつか君が付けた名前だよ。

まあ、お金は持ってるって言えるかもしれない。だけど俺も今では身体が悪くなって、やっとわかった。お金で買えるものは本当に少ないって。二十年あまり必死でやって来て、今では映画館を七軒持ってる。だけど親父が死んだ時には側《そば》にいることはできなかった。君が死んだときにも、俺は――ああ、どうしてまたその話になってしまうんだろう。

たくさんのことが起きて、全部過ぎていったよ。

そうだ、蘭子《ランズ》のことだけど、あの子はその後ずっと君の親父さんと一緒にいたよ。思いもしなかっただろう？　俺は陳店長に聞いたんだよ。あの以前の映画館の主人の陳さんの息子だよ。蘭子はその後誰のこともわからなくなって、君のお父さんしか認識できなくなったんだって。君の親父さんが死んでからは、彼女は省立療養院に入ったそうだよ。

何日か前に会いに行ったんだけど、案の定、俺が誰なのかわからなかったんだ。彼女は精神が朦朧《もうろう》としてしまって、良くなったり悪くなったりっていう状況だけど、それ以外は身体はすごく元気で、見たところ長生きしそうだ――これは運がいいのかな、悪いのかな。君も心配しなくていいよ、俺は全部必要なことは処理したし、彼女のために昼間の介護も手配したんだ。

お金っていうものは使うものだけど、俺にはそれを使う時間はあまりないかもしれない。このことを考えるのはつらいんだ。死ぬのはすごく怖いよ、どうしたらいい？　死んだ後は、何もわからなくなるの？　それとも、相変わらず過去のことから解放されないのかな？

俺はあの頃いったいどうしてたんだろう。金を稼ぐことを第一に考えて、妹がストリップ小屋で踊っていても全く平気で。俺は本当に、郷里を離れたらもう帰ることはない、過去に囚われたくないとばかり考えてた。心の中は苦しいのに、何とも思っていないふりをしなければならなかったんだ。君が最後に姿を現した時、俺の当時のあの西門町の小さな映画館で、君が大変そうなのは見てわかったけど、あれこれ尋ねることはできなかったんだよ。

あの日君が帰ったあと、俺はあの古いフィルムを捨てようと思ってた。もしも君が訪ねてこなかったら、この使い物にもならないものをまだ持ってたなんて、思い出すこともなかっただろう。

でも、よかった。捨てなくて。

報告するよ。あれ、リマスターされたんだ。嬉しいかい？

台湾語映画の記念イベントを、確かある映画記念館のオープンに合わせてやるみたいで、で俺を見つけたってわけさ。オープニングセレモニーでこの断片を上映するから、映像をリマスターしただけじゃなくて、もともと音のなかったフィルムに台湾語の音声を付けたんだ。でも記憶では、あの時は日本語で会話して撮影したんじゃなかったかな？

完成した部分を何日か前に見たけど、君が生きて眼の前に現れた時、俺は感動して泣いてしまったよ。

君はあの頃ほんとにハンサムだった、あの頃どれだけ羨ましく思ったか知ってるかい？

ああ、どうしてしまったのかな、泣きたい気分と笑いたい気分がぐちゃぐちゃで……

小羅《シャオルオ》、君と松尾監督の間には何か言いたくないようなことがあったのは知ってるよ、それは構わない。でも、映画の中の少年時代の君が、まるで今で言う人気アイドルみたいなのを見た時、心の中で思ったんだ。その後何が起こったにしても、君があんなにハンサムで、あんなに才能があったってことは、記憶されるべきだし見てもらうべきだって。

完成しなかった映画だけど、でも小羅の姿はみんなを驚かせたよ。フィルムの編集担当は、もしも君が生きていたら前途洋々だっただろうって繰り返し言ってた。

心残りがあるのはわかるよ。でも君は間もなくたくさんの人に見てもらえるんだ。今ではパソコンでいろんなことができるって知ってる？　後で君の映画をパソコンに入れるよ。そしたら多くの人がクリックして見られるんだ。君は俺たちのところからいなくなってはいないんだ、本当に。

俺が言いに来たのは、君があの頃注ぎ込んだ心血は無駄ではなかった、やった甲斐があったってことなんだ。

俺が死ぬ時には、何を残せるって言うんだい？

でも、もう一つ言うことがあるんだけど、了承してほしいんだ。

松尾監督のことだよ。

君が監督に対して怒っているのはわかる。君は死ぬ前に言ってたね。監督がまた台湾に帰ってきた、あいつを許さないって――だいたいそういうことだったと思う。それでも、俺は何とかして監督を見つけて、君が死んだことを知らせたよ。

俺が映画会社に入ったり、映画の配給業者と知り合ったりしたのは、あの頃松尾監督が助けてくれたおかげだ。そういうことは君には言ったことがなかったね。特別面倒を見てもらったとかいうわけじゃない。監督は俺のために電話を何回かかけただけで、彼にとっては何でもないことだけど、でもそれは俺のその後の人生を変えたんだ。

本当に矛盾してるね。俺も自分の親友を裏切ったような気がしてね。君にすまなく思って、だからあの頃ずっと君を気遣うことができなかった。幼稚すぎるよね、許してくれるかい？

松尾監督はあれからずっと台湾に住んでて、晩年はまあ惨めなものだ。でも監督は俺に助けを求めてきて、俺も完全に見殺しにすることもできなくて、っていうのは監督に助けてもらったこともあるからね、だからここのところは俺の援助に頼って生活してるんだ。人として、完全に生き殺しにするようなことはできないし、過去のこともいつかは忘れるべきなんだ。

小羅、わかってもらえるよね……

＊

阿昌が一生懸命腰をかがめて手に持った花を供えようとする姿は、依然として僕の頭の中から去ろうとしない。

どうやら彼は本当に病に冒されているようだ。もしも立場を入れ替えて、彼の心情を思えば、映画の中で永遠に死なない僕を目にすると、長年の病が治らない自分の体と比べてしまって、あのような驚きと興奮を感じるだろうことは、僕にも理解できる。

でも、どうして今日になって僕にそんなことを言いに来るのだろう。

すでにこの世にいない僕にとって、理解できるかどうかはもう重要ではない。彼には自分の矛盾した心のしこりがわかっているだろうか。

僕たちが最後に会った時のことや、彼が『多情多恨』の未編集フィルムを取り出した時の僕の驚きを振り返ってみよう。本当に彼がさっき言ったように、あの時の彼は自分がまだフィルムを持っていたことを忘れていたのだろうか？

松尾はまだ生きている……三十年後にこのようなことになっているとは、運命は人それぞれ、世の中は不思議なことだらけだとしか言いようがない。もしも松尾に間違った期待をしなければ、有象無象の関係のない一人の人間にすぎなかったのだ。運命が僕らを出会わせたために、僕らは互いを利用して温もりを感じ、後には裏切り傷つけるようにまでなったのだ。これは、彼、あるいは僕が一人でこのような結末を作ったなんて言えるだろうか。

阿昌、君はどうしてずっとそんなに面白くなさそうなんだい。

父さんや蘭子に対して君がしてくれたことには感謝するよ。でも俺の墓が古かろうと新しかろうと、俺には何の違いもないんだ。本当に何が気になるのかと言われたら、俺はただあの未完成の映画は、公開してほしくないということだけだ。

自分の過去に向き合うことができないということではなくて、すごく単純な理由からだ。もともと全力で頑張ったのは作品を完成させるためだったから、未完成の作品は語る必要はない、ということだ。優れた俳優になることはとっくに実現できない夢になってしまったけど、この程度のこだわりは、まだ無くしてはいないんだ。

今日になってやっとわかった。僕にとってずっといちばん身近な友達だと思っていた阿昌は、僕に対して常に僕には理解できない嫉妬を感じていたのだ。

スクリーンに出て重要な役を演じるのは、少年時代の彼にとっても夢だったのだろうか。だからこそ、このフィルムが保存されて世間に公開されると、人生にも甲斐があったことになるって考えるんだね。そうなのか？

あの時は、偶然のなりゆきで映画の撮影に参加しただけで、自分でもあれはいい演技だったとは言えないよ。だって俺はすべて監督の指示のもとで彼の欲しい表情や動作をしたまでで、自分に役柄を解釈する能力があったなんて言えっこないからだ。

どうやら松尾自身も、あの年の夏に撮影外で起こったあれこれについては口にはできないようだ。彼は阿昌に対して、僕と彼が最後に会った時に起こったことについても言えないのだろう。そうでなければ、彼が阿昌に援助を求める勇気などあるはずがない。阿昌だって、僕のことを羨ましいなんていまだに思うはずはないだろう。

阿昌、君が持っているいろいろなものを、俺はあの夏に一瞬にしてすべて失ったんだよ、わかるかい？

*

車輛がガタゴトと通り過ぎていく音がして、物思いにふけっていた彼は我に返った。目を上げると、いつの間にか商店街から人通りの少ない旧市街へと入っていた。

いきなり目に飛び込んできたのは、さほど遠くないところにある古い鉄道駅だった。健二が幼い時に両親に連れられて四国の田舎に祖母を訪ねて行った時に見た鉄道駅と同様のものだった。小さな待合室が道路脇に佇《たたず》んでおり、立派な入口もなく、プラットホームはひと目で端から端まで見渡せる。祖父はかつてここから汽車に乗って家を離れて台北に出たのだろうか。

駅前の、枝葉《えだは》が生い茂った大きなパンノキの方へと歩いていく。晩秋の午後はややひんやりとした日光が葉の間から漏れてきていたが、想像していたような南国の息吹がたちまち生き生きと感じられるようになった。健二は階段を上がって、小さな待合室に入った。

壁に貼ってあるごく簡単な時刻表は、ここが旅客の多い駅ではないことを物語っており、待合室はひっそりとしていた。駅員はホームに立って、遠くの山を眺めてぼうっとしていた。

プラットホームはわずか百メートルほどのセメントの通路にすぎず、まるで浮島の砂州のようだった。長いあいだ都会から離れたことのなかった健二は、張り詰めていた気持ちから急に解放されたように感じた。ここは、密封され混み合った地下鉄の駅とも異なり、長距離バス乗り場の騒々しい人声もなく、台湾を一周する路線上にあるほとんど忘れ去られそうな場所にすぎない。プラットホームに立つと、列車が遠い山の向こうから揺れながら走ってくるのが見えた。いったいどんな人がここで列車を降りるのだろう。ここから乗車して去っていくのはどんな気持ちなのだろう。

健二は駅員とすれ違い、相手に対して会釈をして、ここから台北に行く列車はあるかと尋ねた。駅員の黒ずんだ顔には驚きと怪訝《けげん》な表情が浮かんでいた。

「ここからは台東《タイトン》に行って、高雄《カオシオン》を通らないと北には行けませんよ」駅員は言った。「花蓮駅に行ったらどうですか。そこからは北回り線があって速いですよ」

「すみません、ここは、日本人がいた頃から鉄道があったんですか」

「ありませんよ。その頃は鉄道は蘇澳《スーアオ》までですから」

「その頃は台北にはどうやって行ってたんでしょう」

「船じゃないかな」ロマンチックな想像は夢と消えてしまった。

健二は深呼吸をし、水肥か泥が生臭さをほのかに帯びたような見知らぬ臭いを感じていた。当初はこう思い込んでしまっていたのだ。もしかすると会ったことのない祖父と最もリアルに繋がることができるのが、今ここ、田圃《たんぼ》の中の小さな駅と、ホームの百年間途絶えたことのないそよ風かもしれない、と。

むしろ台北のほうが、祖父の過去についてまだいくらかは把握することができるなんて。彼の生まれ故郷はすっかり姿を変えてしまったのだ。

失望した健二が踵《きびす》を返して帰ろうとしたその時、ふとプラットホームのもう一方の端にある人影を目にした。

列車を待つ乗客ではない、というのも荷物は持っていないからだ。浮浪者でもなさそうだ、身なりは素朴で清潔だから。この女性は同じ姿勢を保ちながらあそこにどれくらい座っているのだろう。およそ五十すぎで、顔には少しやつれが見られ、髪の毛はほとんど白くなっていた。顔の表情は、ボケてしまったというようなものではなく、むしろ一生懸命に何かを考えているようだった。

彼女の服装は時代遅れの上に薄着すぎたので、健二は思わずじろじろと見てしまった。このような秋の冷ややかな気候の中、彼女は綿の花柄のロングスカートだけで、昔ながらのデザインで色はすっかり落ちてしまっている。スカートの裾《すそ》にはほつれも見え、長い糸が風の中で揺れていた。その人影は、何とも言えぬもの悲しさを醸し出していた。

健二はそこから視線を移すと、祖父と分かち合えると思い込んでしまったこのプラットホームから足早に立ち去った。

＊

僕の人生物語は、未完成の『多情多恨』の断片を観たところで終えるべきだろうか。それとも鎮に帰って壁が崩れてずたずたになった吉祥戯院を見た日で終えるべきか、それとも松尾森と最後に会った時だろうか。

「俺は松尾を許さない」というような強い言葉を阿昌に言ったなんて、もう記憶は曖昧になっている。松尾にばったり再会した時の精神的な苦しみのせいだろう。

でも結果として、運命はあの男を無罪放免してしまった。運命を前にして、僕が手出しできる余地なんてどうしてあるだろう。

目を閉じると、少年の姿が頭の中を流れては消え、そして現れた人影は街角に立つ痩せこけた青年になっていた。

断片的な映像が、ほこりを被った古い映写機を起動させた。

この実際には上映されることのなかった映画こそが、彼の代表作なのだ——

冒頭の字幕、「十年後のあの夜」……

僕は知りたいんだけど、あんたの心の中にいる君が代少年とは、いったい誰なんだ？

青年の目は涙でいっぱいだ。彼は目の前に立っている男を許したくない。自分はもっと凶暴な言葉遣いをして、もっと偉そうな表情をしてもいいと思う。だが、男がついに自分の目の前に立って顔を突き合わせると、青年は六月の深夜なのに身震いするほど寒く感じる。

俺は松尾森じゃない、今の名前は「江山」だ、と男は言う。

青年はわかった。君が代少年は男性が最も愛する自分自身なのだ。男は自分の前では恥ずかしそうに罪を詫びるだろうと青年は思っていたが、かえって彼のほうが男の前では身の置き場がないように感じる。

男は自分の名前すら認めようとしない。

すべてを帳消しにしてしまったのだ。

……

もしもあのフィルムが自分にとって何らかの価値や意義があるとすれば、それは全く加工されていない未編集の状態であるべきであって、音声を加えられ編集され、はっきりとしたストーリーのあるショートフィルムになったものではない。

あるいは、それは映画の予告編のようなものなのかもしれない。すべてのストーリーを語る必要はないが、なんでもありうることを暗示し、曖昧な濃度とバランスに調合して観客を誘惑するのだ。映画の全貌を見る前に、我々は予告編から理由を見出して、これが自分の観たい映画かどうかを判断する。これは、我々が人生について想像して、人生の類型や様相を摑み取ったように感じるのに似ている。また、未知の人や事物に対しては、私たちは自分がそうだと信じたい側面しか見ないものなのだ。阿昌や編集技師のような、本当にその場で自ら体験していないような人こそ、それを期待に合わせた形に簡単に変えられるのではないか。誰が自分の人生の物語を見事な予告編に編集できるだろう。また、誰が自分の人生が他人から見ると予告編にすぎないのを喜ぶだろうか。

でも、僕に何が変えられるだろう。死人には、発言権はないのだ。

音声を加え編集された『多情多恨』は、失敗した日本映画から、利益を当て込んだ中国語映画へ、そして今では古典的台湾語映画になった。どのみち僕にはもう関係のないことだ。

記憶の中の足どりをたどって、僕は墓地の後ろにある丘に登った。かつては生い茂っていたが今では枯れて黄色くなった木の茂みを通り抜けると、渓谷の石畳が目の前に現れた。

敏郎《ミンラン》と最後の別れをした地点へやって来て、あの岩にもたれかかって座った。あの時の不十分な懺悔《ざんげ》を思い出し、すべてを語り尽くしてしまう機会がない無念に思いをはせて、ようやく気づいた。人に対して寛容であることを学ぶ最高の方法は心の平静であり、すべてを沈殿させていくことなのだ。

敏郎がいなくなってからの数年間、僕は父と蘭子を見送ると、一人でまたこの場所に帰ってきた。懺悔も必要ない。というのも話しかける相手ができると、記憶を始まりから終わりまでのストーリーに整理してしまうからだ。

どうして生きている人はいつも解決できないことを我々死者に委ねるのだろう。我々に許しを求めたり、我々に理解を求めたり、我々に加護を求めたり。

だからこそ、僕らは死の眠りから呼び起こされるが、感じるのはやるせなさだけだ。僕はできればもう目覚めたくない。目覚めても父の顔を見ることもできないし、敏郎のハーモニカの音も聞こえない。残るのはもう味気のない記憶が繰り返し再現されるだけなのだ。

敏郎がこのように孤独な状態で長年存在していたことを思うと、今になって彼が言っていた寛容ということがより理解できる。寛容が必要なのは悪例を作った者や自業自得の者だけではない。他にも物語中にいろいろな形で登場する幸運児、火事場泥棒、ペテン師、道を踏み外す者、後から慌てて対策を取る者……

敏郎がかつて教えてくれた、水の流れのメロディーや様々な禽獣の鳴き声による感情の違いは、もう聞き取れるようになった。ここに帰ってくると、ただ静かに座っているだけでいいのだ。

もしも雨が降っていたなら、敏郎が帰ってきたと思い込むのも悪くない。

そして雨の中で、大声であの「念故郷」を歌うのだ。

＊

万華区［台北市西部の下町エリア］の狭い裏通りには、街灯の光さえ射し込まなかった。旅館のアクリル看板の「星光賓館」の四文字は、剝がれ落ちた部分もあれば、色落ちした部分もあった。カウンターの後ろに座っている中年女性は、テレビを見るのに夢中で、すべての電灯をつけることすら面倒なようだ。狭い玄関はおどろおどろしく、精神病院を思わせた。宿泊客は鉄柵の監獄に監禁されているのかもしれない。健二は躊躇《ちゅうちょ》した。旅館の入口に来たというのに、目の前の景色はまるで一口で飲みきれないほど苦いコーヒーのように、彼を先へと進ませないのだ。

想像もしなかったことに、祖父はこのようなオンボロで汚い五階建ての長屋式旅館に生きていたのだ。

冬の日の夜、道に面した窓はみなぴったりと閉められていた。このとき三階の一つの窓が急に開けられ、腫れぼったいハゲ頭が外を覗き見た。その老人の目は分厚いまぶたにほとんど隠れていて、愚鈍で横柄ともいえる表情は、まるで邪悪な太った子供のようだった。彼はなんと、腕を伸ばすと残ったお茶を宙に向かって撒き散らし、そしてただちに窓を閉めてしまった。

まるで、階下に様子を窺っている人がいるのを知っていて、その動作はある種の警告を意図しているかのようだった。健二は入口のガラスのすでにまだらになったペンキの文字を眺めた。「宿泊二百元、月極は応相談」。住む家のない単身の老人たちはどうしてこのようなところに住む代わりに、同じようなお金を払って台北市外の綺麗で広いところに住まないのだろう。都市の片隅に隠れ住むことが、かえって彼らに安心を与えるのだろうか。祖父はつまるところ落ちぶれても台湾に住むことを望んで、日本には帰りたくないのだろうか。それとも彼は現在の環境を何とも思わないのだろうか。

このような生活は一歩一歩、一日一日ゆっくりと零落していきながら形成されたのではないか。人が老い衰えるように、あるいは言葉の訛《なま》りのように、自覚できず後戻りできない変化なのだろう。

祖父が慣れ親しんだこの生活空間から彼を引っ張り出して、もう一度監督として大衆の前に姿を現してもらうのは、残忍なことではないか。

彼はにわかに思い至った。

川崎が意図したのは、祖父と孫の再会などではない。健二に自分の実の祖父がこのように落ちぶれているのを見せた目的は、健二をもう後戻りできない難局へと引きずり込むことなのだ。そうすればもしかすると健二はこの島に留まり続けるかもしれない。

表彰を受けた後の松尾森は、またここに帰ってこの薄暗い生活を続けることができるだろうか。その場合、健二は三ヶ月後に台湾を離れて、目の前の光景をそれっきり忘れ去ることなど可能だろうか。

健二は、台湾に来る前にこのようなことに考えが及ばなかったことを後悔した。もしも彼が直接松尾森をイベントに招待して、老人のその後の生活に万一のことがあったなら、それは彼の責任ということになる。

父から言われたことがまた耳元に蘇った。お前の祖父《じい》さんは汚れた臭いのする人間だ、関わり合うと不幸せになるだけだ……できれば今このまま立ち去って、川崎にゲームオーバーだ、僕はもう祖父のために台湾に居続けたりはしない、と言うのがいいだろう。

だが、この十数年の間、彼の胸につかえていた「松尾森」は、今すぐそばにいるのだ。

健二は一歩退くと、踵《きびす》を返してあちこちに水が溜まった暗い路地を歩いて大通りへと向かった。何かよくわからない力が急に彼にブレーキを掛けた。彼はこらえきれず立ち止まり、振り返ってまたあのオンボロ旅館の方に視線を向けた。

第十五章

狭くて暗い階段を登るのに、午後の暖かな屋外の日差しはここでは完全に遮断されており、彼は慎重に手すりを握って一段ずつ登らなければならなかった。

階と階の間の踊り場で彼は足を止めて大きく息を吸った。旅館は静まり返っているわけではなく、あちこちで咳き込む声や、スリッパの擦れる音や、便器に水を流す音、ラジオかテレビのコマーシャルの音などが、それぞれの階で、長い廊下のぴたりと閉ざされたドアの向こうから絶えず聞こえてきた。

だいたいは無職ですることもない老人だろう。では、彼は部屋にいるだろうか。

カウンターは支払いを受け付ける以外には、部屋の鍵や人の出入りには関知しなかった。午後の係員はあの日の夜に見た化粧の濃いおばさんではなく、彼女と同じような上を向いた獅子鼻の青年に代わっていた。もしかすると彼女の息子か孫だろうか。彼はひたすらオンラインゲームに夢中で、電話を取るのも面倒臭そうで、彼に自分で上に行くように言った。「511号ね！」

思わぬことに、祖父が入居の際に使った名前は「江山」だった。

わざわざ真っ昼間を選んで来たのは、初めて路地に立った時に、この建物が夜の闇の中で無人島の精神病院のように見えた衝撃的な印象を洗い落とすためだった。今、五階の階段口に立ったが、想像に反して彼の心臓はやはりどきどきと脈打っていた。

彼が心配なのは、これからドアの奥からどんな神話中の魔物が登場するのかではなく、自分が必要な距離を保って破綻を見せないでいられるかということだった。

511。

そっとドアをノックした。彼は言った。江山監督はおられますか。

「ここには住んでへん!」正確ではない台湾語の発音の枯れた声だった。

彼は一口息を大きく吸って、二秒おいて、日本語で尋ねた。「松尾さん?」

しばらく静まり返ったままだった。まるでドアの奥の世界が彼が声をかけた後、煙のように消えてしまったかのようだった。その後、椅子が床の上で引きずられるような音がかすかに聞こえた。

次の瞬間、ドアの隙間から顔が一つ現れた。彼は事前に鏡に向かって練習したような、好意的な笑顔を作るのを完全に忘れてしまった。

この男か……この人なのか?

予想に反して祖父は背が高かった。

顔中が小汚いしみでいっぱいということもなく、両目が白内障で混濁して奇異な目つきになっていたりすることもなく、この老人、彼の祖父は、依然として三十年前のプロフィール写真のままの角刈りだった。

先入観のせいか、八十歳の老人はきっとしわくちゃでやせ衰えているだろうと思っていた。また、以前の古い写真に惑わされたのかもしれない。祖父を見た最初の印象に、彼はいささか驚かされた。

筋肉は今ではたるんでいるものの、かつて鍛え上げられたことが見てとれる体つきだ。彼は蛍光オレンジのジャージの上下を身にまとっていた。腕と脚の外側に二本の白い線が入ったものだ。顔にしわを浮かべた老人が身につけると、若すぎるように見えて調和がとれていなかった。

また、一般的印象としては老人の多くは栄養不良のため青白く見えるように思われる。だが祖父の肌の色は、かつては日に焼けた銅色《あかがねいろ》で、今では皮膚病のような暗褐色になっていた。父が保存していた古い写真の男との最大の違いは、以前はスマートな才能を感じさせたその人は、今では芸術家特有の憂いのようなものは見てとることができないことだ。眼の前の老人は異常なほど力強さを発散していて、引退したレスラーのようだった。

「何の用かな。もう二十年近くも本名の松尾という名前でわしを呼ぶ人はいないよ」

老人はついに正式に口を開いたが、その声は外見よりずっと若く聞こえた。ややしゃがれた声は老けたというよりも、秘密を伝えるためにわざと声をひそめて話しているかのようだった。その語気はむしろ奇妙な悲しみを帯びていて、まるで誰かの保護が必要であるかのようで、彼の顔立ちとは明らかに不釣り合いだった。だが、彼が健二を観察する目つきはかなり厳しく、内なる感情はぴんと張り詰めており、まるでいつでも自爆しそうなほどだった。健二は、彼のカメラのような目つきで自分の身体全体を捜索されているように感じた。

このように複雑で矛盾した老人の印象に対して、健二はどう判断すればいいのかわからない混乱状態に陥った。普通の常識で分類できない老人だ。あたかも整形手術を繰り返し受けたのに、毎回もとの皮が残ってしまっているかのようなのだ。

健二は踵を返して帰りたいという衝動を感じた。だが相手は続いてこう言った。「わしには金はないんだ、わしから金を取ろうなんて思わないでくれよ、若いの」

「いえ、違います！」彼は慌てて上着の幾つかのポケットをあちこち探った。名刺を準備したのははっきり覚えている。「私はアメリカのカリフォルニア大学の映画学科から来ました。あなたにインタビューをしたいと思って、そのために台湾に来たんです――」

健二は何度も考えた末に、最後にはこのような形で祖父に会うことに決定せざるを得なかった。八十三歳の老人に大きな衝撃を与えるべきではないし、こうするのがお互いにとって最も安全な選択だろう……

「アメリカで育った日本人？　日本語はまあ標準的だな。名前は？」

「健二です」彼はちょっと躊躇した。「監督と同じ名字です。松尾健二です」

「そうか」

老人が名前を気に留めなかったことは、確かにちょっと気楽になれることだが、なぜだかわからないが彼は何かが突き刺さるような感覚を覚えた。どうやら父は祖父とは本当に連絡を絶ったようだ。彼は思った。自分が生まれてから、父は祖父に自分の乳飲み子姿の写真を送って孫の名前を知らせたりはしなかったのだ。

これは自分が望んでいたことではないのか。バツの悪い感動の対面もしなくていいではないか。「どうやら強盗に来たんではなさそうだな――」相手は挑発するかのように口を開けて笑った。明らかに入れ歯とわかるものが口の中に揃っていた。「強姦はもっと心配いらないな」

健二は老人が依然として自分から目を離さないのにかまわず、部屋へと入った。

四方の壁紙は黄ばんでおり、さらに何箇所か水漏れで濡れてしまった痕がくねくねと続いていた。床はというと、今ではもとの木材の色がわからないようになった古い寄木張りで、長いあいだ修繕していない典型的な安宿だ。

だが、すぐに気づいたのは、このぼろい部屋はどうも何かが違うのだ。

もともと想像していたのは、多くの老人がそうであるように雑多な物をいたるところに置いてあったり、あるいは変な臭いがしたりするような乱雑な部屋だった。あるいは、監督だった祖父は、積み上げられた資料や新聞の切り抜き、映画のスチール写真なども捨てられずにいるに違いないとも思った。だが予想に反して、五坪ほどの空間には、ざっと見たところ旅館のおきまりの簡単な設備、ベッド一つに机一つ、クローゼット一つがあるだけだった。パソコンもなく、唯一のスクリーンといえるものは片隅に置かれた古いテレビだった。健二は特にそのテレビに注目したが、ビデオやＤＶＤなどとは接続されていなかった。

部屋のカーテンはきれいに開けられて両側にきちんと留められており、向かいの建物のコンクリートの壁が見えていて、それによって視界が遮られ太陽は見えなかった。

積み上げられた廃品もなく、長い間洗われていない衣類が臭ったりすることもない。老人はわざと個人の臭いや痕跡をここに残さずに、過去もきれいに捨て去ろうとしているかのようだ。

記憶が欠落した隠れ家だ。

健二はふと疑いをもった。これこそ彼がアパートに住まず旅館を選んだ目的ではないだろうか。

旅館全体の外観や、ずっと廊下を通ってきた際に見た埃《ほこり》やゴミだらけの景色と比べると、この部屋はまるで大気圏外に突入して重力を失うかのような感があった。

「大学院で勉強してるの？」

「もう教鞭を執っています」

「どうしてわしを訪ねてきたんだい」

「それは、えっと、私は深作欣二を研究してまして、その世代は多くの監督が台湾に来て、ここの映画人たちと合作映画を撮っていたことに気づきまして――」

「わしのことを研究するのかと思ったよ」

彼はどのように嘘を取り繕うべきかわからなかった。老人の声には依然として監督のような権威が感じられた。彼は口ごもった。「それは……」気後れしながら言葉を発した。馬脚を現すことだけはごめんだ。「それは次のテーマなんです。松尾監督、あなたは台湾に残って「江山」という名前を名乗ったわけですけど、何か政治的な配慮があったんでしょうか」

「深作？　あいつのことは知ってるよ」老人は彼に向き合ってベッドの縁に腰を下ろし、目つきも少し穏やかになった。「でも、あの頃、わしらはどっちも低予算の刑事ものを撮ってただけだった」

このような老人は、きっと「映画研究者」の自分に対する興味を拒絶することはできず、気前よく資料を提供してくれるはずだ、という彼の予想は裏切られなかった。そして彼は明らかにこの「最後の有名になる十五分」［アンディ・ウォホールの「誰もが十五分間は世界的な有名人になれるだろう」という言葉を踏まえている］の演技を始めようとしていた。

「その頃の日台の映画交流について、監督に話していただいてもいいですか？」彼は急いで録音機材を取り出した。「監督、録音してもいいですか？」

老人は健二が取り出したポケットサイズのペン型録音機に興味を示し、手を伸ばして持ってはあれこれ眺めだした。「今はこんなに技術が進んでるんだね。テープも必要ないなんてな……日本製？」

健二は実のところそれがどこのメーカーのものなのかわからなかった。「ああ、たぶんそうです」

「質問する相手を間違ったと思うな」

老人は急に深刻な口調になった。「わしが台湾に映画を撮りに来た動機と目的は、深作とは全然違うんだ。わしは交流とやらいうことは全く気にしてなかった。わしは故郷に帰ってきたんだよ——わしが台湾で生まれたのは知ってるかな。十八歳まで台湾で暮らしたんだ。太平洋戦争の前までな。あんたぐらいの歳の人からすると、こういうことはまったく知らんだろう？」それから彼は録音機を健二に返して言った。「録音していいよ」

健二は頬が赤くなるのを感じた。

どうやってこの偽装を続けようか。すでに松尾森本人には会ったが、彼が想像していたような独居老人の悲惨な境遇ではなかっただけでなく、彼の自信と冷淡さのせいで、健二は何とも言い難いような拒否反応を感じていた。

大学の学部生時代から心の中に輪郭を描いてきたこの松尾森という人間は、目の前で見るとまったく見知らぬ人のようで、温もりも慈悲深さも感じられない。

血の繋がりというものは、自分の独りよがりな幻想だったのだろうか。健二はわからなかった。だが、自分はどうして、自分が会うこの老人がもう余命も長くないような老人だと想定したのだろうか。これは自分勝手な道徳的優越感のせいだろうか。まさか自分の心には彼をやっつけてしまおうという思いが潜んでいたのだろうか。そして今向き合っているのが尋常ならぬ相手だったので、脅威を感じているのだとでも？

「なんで急に恥ずかしがるんだい？」

健二は頭を上げて彼をじっと見た。

「結婚はしてるのかい？」

「まだです」健二は録音機のスイッチを押した。「じゃあ、監督に話していただきましょう。監督の世代の映画人は、どのようにして映画に興味を持ったのか。いいですか」

老人は頭のてっぺんを少し撫でた。銀白色の短髪が立っていた。「健二さん——健二だったね。あんたは研究しに来たんじゃないみたいだな。どうしてそんなに窮屈にしてるんだい」

「名刺を忘れたんですけど、私は本当に大学教授なんです……助教授ですけど」相手が細かく観察する才能を持っていることは確かだ。彼が部屋に入ってからというもの、取り調べをするような眼差しは彼から一度も離れていないのだ。

だめだ、どうしようもない。彼は心の中で自分に呼びかけた。

ここに来たのはそもそも間違いだったのだ。

孫と名乗らなくても、川崎涼子の言うとおりにしなくても、ここに来て祖父の姿を一目見て、彼の十数年来の偏執狂に近い好奇心を満足させることができると思っていた。

だが、いま監獄のような狭い部屋に座っていると、むしろ彼のほうが松尾森の取り調べと拷問を受けているかのようだ。人の気分を害するような部屋だ。健二はむしろ汚く薄暗い部屋のほうが、目の前の整然とした部屋よりも本物らしいだろうに、と思った。

本物らしくない、それは確かだ。見えなければ見えないほど、周りにいろいろ隠されているように感じてしまう。

「映画に興味を持ったって?」老人は急に立ち上がったが、突然の動作は健二を驚かせた。「わしはあんたが入ってくるやいなや部屋のあちこちを見てたのがわかったよ。そう、わしは昔のものは何も持ってないんだ。覚えていられるものは、頭の中にある。忘れられるっていうことも、悪いことじゃない。

若い人にはこの意味がわかるかな？」

老人は急に口をつぐむと、手を伸ばしてきて、力を込めて健二の肩を押さえ、興奮して言った。「あんたはまたなんで日本統治時代の映画に興味を持ったのかな？」

あなたのせいですよ。健二はほとんど口からそういう言葉を吐きそうになっていた。

三ヶ月前なら、それは心からの回答だったかもしれない。今回の面会のために、彼は長いあいだ頭の中で腹案を練ることさえしていたのだ。

だがこのとき健二はこのような感情任せの行動に対して恥ずかしく感じていた。実際には彼には祖父の幽霊が必要だっただけで、生きている祖父とやりとりをする必要はなかったのだ。

自分は本当にこの老人の過去に関心があるのだろうか。

自分はどうして大声で自分の身分を明かせないのだろう。

自分はなんだってここに来て日本が台湾を統治していた時代から残存する珍しい動物を覗き見るようなことをしているのだろう。

＊

彼は目の前に立っている男を許せなかった。

彼は自分の語気をもっと厳しくし、もっと軽蔑したような表情をすることができると思っていた。

だが男がついに自分と顔を突き合わせて眼の前に立った時、青年は六月の真夜中というのに震えるほど寒く感じた。

俺は松尾森ではない、今の名前は「江山」だ、と男は言った。

彼は新しい名前を持ち、以前と全く異なる新しい外見をしていた。

短く切った角刈りで、赤みがかった金髪に染め上げ、鍛え上げられた分厚い胸板と海辺での日光浴の成果であるチョコレート色の肌。六十近い人間にとって、時間に抵抗することの虚しさと悲しさをはっきりと見せている。青年はこの男を眺め、明らかに整形外科医によって手術された相手の目を見た。彼は松尾森のもともとの一重まぶたと、楕円形の目の中の常に憂いを帯びた瞳を思い出していた。男がいかに骨を折って自分を新しい姿に変えたとしても、映画が終わって帰っていく人の群れの中から、青年はすぐに彼を見つけ出した。

あのどうしても忘れることのできない顔。

もうすぐ十年になるな、と男は言った。これでも君に見つけられるとはな。

少しためらった後、彼はまた青年に言った。成長したな。

男はドアを開けてマンションに入った。彼のあとに続く青年には声もかけず、また行く手を阻んだりもしなかった。その姿はすぐに薄暗い電灯のついた階段へと消えていき、足音の残響が聞こえるだけだった。

青年はその残響に従って四階まで上がった。彼は男の部屋は真っ暗だろうから、男が後ろを向いて電灯のスイッチを探している隙に、背中からぐっさり刺してやろうと思った。どうせ彼は長くは生きられない。新しいペストみたいなものですね、と言う医者が彼を見つめる眼差しには同情はなく、ただ冷ややかに、明らかに気詰まりな状態をこらえていた。すみませんが治せる薬はないんです、いつ発症するかはわかりません——そうだ、固定して付き合っている性的パートナーはいますか？　その人たちにも検査をするよう知らせないと。

だが部屋はまぶしいほどで、テレビもがやがやと大きな音を立てていて、ソファーには二十歳すぎの男子が横になっていた。青年はその男子を見つめた。がっちりして黒い肌、身につけているのはパンツ一丁のみで、テレビを見ながら手を伸ばして皿のポップコーンを摑んでは、大摑みのまま口の中に入れた。彼は知らない人が家の中に登場したことをまったく気に留めていなかった。

家の中。青年は小さい声でそのようにつぶやいた。

男は自分の外見を変えただけでなく、趣味も完全に新たにしていた。

青年は男がかつて自分の首を愛撫し、彼の細やかな肌を褒め、若くて触ると絹のようだと言ったことを思い出していた。彼は青年を当時の住まいに連れ帰り、今後はここが君の家だよ、と言ったのだ。ちょっと出かけておいで、お客さんだから。男はそう言って紙幣を一枚取り出すと、猪の子供のような男子に渡した。ついに彼ら二人になり、光のもと無言で相対した。

彼氏かい？　青年は口を開いた。

阿牛《アーニウ》のこと？　男は冷蔵庫を開けるとコーラを二缶取り出した。あいつはここに住んでるんだ。彼は言った。

青年はこの答えの意味がわからなかった。

顔色が悪いように見えるな。男はひと目見るとすぐに視線を外した。まるで、あれこれ聞くべきではないと直感したかのように。

青年は言葉を発さなかった。彼は部屋に貼られた映画ポスターを見渡した。『桃太郎、孫悟空と戦う』、『済公笑伝』［済公は南宋の僧、民間信仰の対象となり様々なフィクション、テレビドラマや映画で描かれる］、『樊梨花の大活躍』［樊梨花は『説唐三伝』に始まり様々なフィクション、テレビドラマで描かれる架空の女傑］、『廖添丁の忍者対決』［廖添丁は一九〇九年に没した台湾の盗賊で、義賊として多くのフィクションに描かれる］。監督は江山。

映画を撮るスピードがますます速くなったみたいだな、中国語も上達した。

こういう映画は台湾の観客の趣味に合うんだ、売れ行きも悪くない。男はこのように答えた。

あの頃の大望壮志は？　台湾のすべての観衆を感動させるような映画を撮りたいんだ、と言ったじゃないか。青年は心の中で考えた。男の口ぶりは、まるで自分を変化させるのは当然で、簡単なことだと言わんばかりだ。

俺はもう以前の俺じゃないから、君と向き合うのは簡単じゃないんだよ……男はコーラを手渡して言った。もしも、どうして俺が君に連絡しなかったのかを了解してくれないんだったら。

青年はふん、と冷笑を浴びせた。

ほんとなんだ、と男は言った。

青年はジャケットのジッパーを引き上げた。内ポケットに隠し持った木工ドリルがゴツゴツと自分の心臓に当たるのを感じた。

だが男はまだあの林江山という茶商人の息子を忘れていないのだ。

初めて「江山」という名を見たとき、彼はすぐには思いつかなかった。今それに気づいた。

青年は自分の胸をおさえながら、自分でも急に心に浮かんだ考えに驚いていた。

本当に事前に計画したわけではない。彼自身もこれほど手際よく素早かったことが信じられなかった。男が後ろを向いて上着を脱ごうとした数秒間のうちに、彼が胸に隠していた木工ドリルは場所を変えていたのだ。

彼は男の苦しみの叫びを耳にした。彼は自分の手の力をコントロールして、深く刺しすぎないようにした。少なくとも自分が言いたいことを言い終えるまでは――

言うことを聞いて動くな。さもないと力を入れるまでだ……いやいや、今抜くことはできないぞ、木工ドリルの使い方知らないだろう、今抜くとすごく痛いはずだ――

彼の木工ドリルは今はまるで男の背から腰にかけてのあたりに生えた短い尻尾のようで、彼が取っ手を軽く動かすだけで、男の泣き叫ぶ声はまるでスイッチをオンにしたかのように正確に発せられるのだった。

声を出すな。彼は言った。

男には青年の顔は見えなかった。彼は壁際まで押され、顔は白壁に押し付けられて動かすことができなくなった。彼には青年が涙を流しているのを見ることはできない。

俺の言うことを聞け。すべての言葉をはっきりとだ。聞いてるか？

男はウーと発して返答に代えた。

もともとお前に言うつもりはなかったんだが、お前はこの世界中でいちばんこの重大ニュースを知らせるべき人間だと思ったんだ。

青年は顔を男の耳元に近づけた。俺はあのどうしようもない病気に罹《かか》ったんだ。彼は言った。もっと早く知らせるべきだったけど、お前がどこにいるか見つけられなかったからな――お前は、この件は自分のせいだとは思わないか？

俺じゃない、絶対に俺じゃない。俺は検査したんだ、陰性だったぞ！　男は怒りの抗議をして、そしてすぐに歯ぎしりをして痛いと泣き叫んだ。

本当か？　青年の涙はとっくに止まっており、今彼の顔には朦朧とした笑みのようなものが浮かんでいた。でもこの秘密を分かち合える人は他にいないんだ。僕らは以前はたくさん秘密を共有してたじゃないか。自分が言ったことを覚えてるか？　例えば、お前と林家の若旦那が一緒に甘い夢を見ていた、上海に行ったら二人で子供をもらって育てるとかってな。あのとき自分でそう言ったんだよ、だから僕は息子みたいなものだって……覚えてるか？　思い出したか？

今度は男が泣いていた。ほんとに覚えてないんだ……頼むよ……

お前は、林家の若旦那も僕と寝たかったと思うかい？　青年はハハハと笑った。僕に何を頼んでるんだい。わからないなあ――

殺さ、ないで、くれ……男の声は弱くなった。頼むから。

僕はお前を殺さないよ。どうして殺したりするもんか。僕は簡単な選択問題を出すだけだ。よく聞くんだ。選択問題が終わったら、もとどおり普通の生活をすればいい。準備はいいかな。二つに一つだ、簡単だよ――この木工ドリルをもっと深く刺してほしいか、それともズボンを脱いで、そこに僕が入れるか？

狂ったな！　頭おかしい、おかしいぞ！

ドリル自身に挿してもらうか、それとも僕が挿そうか、ん？

そんなことしたらだめだ――俺がどうして――？

どうやらドリルのほうが好きみたいだな？

青年は力を入れず、ただそっと手の中の取っ手をひねると、男は顔を紅潮させて泣きながら、死んだほうがましだと言った。

じゃあズボンを脱ぐんだな。賭けをしよう、もしかすると何ともなく終わるかもしれないよ――もともと彼は考えもしていなかった、このような選択問題が人間としての尊厳を崩壊寸前まで追い込むものだということを。本当に前もっては計画していなかったのだが。彼は深く息を吸った。でも、たまには自分の直感を信じてもいいんじゃないか。彼は自分に言った。もしかするとこうすることによって、ようやくこのすべてを真の意味で終わりにして、今後はどのように報復すればいいのかストーリーを妄想しなくてもよくなるのかもしれない。だが彼は勇気をもって、どっしり構えなければならない。男の泣き声は彼を極度に緊張させはじめ、選択問題で苦しめられる相手の表情の細かい変化をじっくり味わう余裕はもうなくなっていた。

早く決めてくれ、さもないとこのドリルを回すぞ——

彼は男のズボンのベルトのバックルが発する音を耳にした。

彼の予想は外れた。彼は男がドリルを選ぶと思っていたのだ。

待って！　青年は言った。僕はまだ固くなっていないから、まずは手伝ってくれ。

今のこの姿勢では、無理だ——

誰がその汚い口を使えって言った？　考えすぎだ。言葉を使えよ。僕に感覚がみなぎるまで——

男は思い切り唾を一口飲み込んで、ひどく嘘っぽい口調で、息もとぎれとぎれに彼を褒めそやしはじめた。俺は、俺は、気持ちいいお前の、お前の——やってくれ、俺を……俺、俺、やってくれ……

彼はこれほど悲しげな求愛の言葉を人生で一度も耳にしたことがなかった。

もういい。そんな言い方で感覚がみなぎるほうがおかしいよ！　いっそ物語でも聞かせてくれ。

何を聞きたい？

教えてくれ、林家の若旦那とやった時、どんな気分だった？　すごいもんだな、相手は台北帝大だろどうして——俺のことは侮辱すればいい、どうして死んだ人まで巻き込んで——やらせてもらえなかったのか？　それとも前に言ってたのは嘘だったのか！　実は若旦那がお前を犯したのか？　そうだったのか？

突然部屋の中は静かになった。

お前は日本人が書いた戯曲について以前言ってたな、『陳夫人』〔日台通婚をテーマとする庄司総一の小説『陳夫人』の第一部が一九四〇年に発表され、翌年演劇として文学座により上演された〕だったよな。青年が沈黙を破った。

そうだ……男は目を閉じて、語尾はフェイドアウトしていった。悠然と処刑を受け入れるかのように歯をしっかりと食いしばっていた。

やられる時、自分が「林夫人」だと思ったかい？

男は返事をしなかった。

僕はその時この物語はどうもおかしいと思ったんだ。後になってどこがおかしいのかわかった。西洋には『蝶々夫人』があって、日本の芸者が白人の軍人への愛のために自殺する話だ。日本の男性の作家は、どうして日本人女性が台湾人男性に嫁いで汗水垂らして働くような話を書いたんだろう。これは逆のほうが自然だと思わないか。でもお前たち自身が日本人女性の話にしたんだから、僕に何の意見が言える？……そうだ、僕がどこでお前を見かけたのか知りたいかい？……『戦場のメリークリスマス』って映画を覚えてるか？　こんな偶然ってあるだろうかって思うんだけど、僕らが観たのは同じ映画館の同じ回だったんだ！　上映が終わった後、僕はずっとお前の後をつけてたんだけど、気づかなかっただろうな？　……これは余計なことだ。言いたかったのは、あの映画の監督も日本人だろう？　どうして日本の軍人が白人の軍人を好きになるという設定だったんだろう、白人の主人公が日本人主人公を好きになるんじゃなくて。……よし、なぜだか言ってやろう。日本人は内心で自分たちの血統は賤しいと感じているんだ。お前たちは永遠に優秀な血統を探して混血しようとしてるんだな。これがお前たちが最終的に戦争で負ける原因なんだ。わかったか？「林夫人」のお前は混血を生むことができなくてほんとに残念だな――

俺の血は賤しいよ！

男は予告もなく叫びだした。やめろ、やめろ、やめろ！

青年はあっけにとられた。

彼は木工ドリルを抜く力さえ瞬時に失ってしまった。

彼はあまりにも簡単に勝利を手にしたが、それはあまりにも安価すぎた。十年来鬱積して醸造してきたものが、こんな言葉で終わってしまうのか？

自分は何をしたのだろう？

自分はどうしてこんな人間になってしまったのだろう？

＊

ドアの外に人がいる。

誰だろう？　日本語で呼びかけている、なんと自分の名前だ。松尾さん、松尾さん……

「どなたかな。もう二十年近くも本名の松尾という名前でわしを呼ぶ人はいないよ」昼寝の時間なのだが。うん？　インテリっぽい若者だ――

お前たちの品物は高すぎるんだ。わしが年寄りだからぼったくれると思いよって。電話していないのになんで人が来るんだ？　全部騙し取られたよ、大学生は悪い奴らだ、みんなわしが金持ちだと思いよって。日本人が貧乏だと思えないのかい？　わしはとっくに日本人じゃなくなったのに、どうして誰も信じないいんだ？――

「わしには金はないんだ、わしから金を取ろうなんて思わないでくれよ、若いの」アメリカ生まれの日本人。台湾生まれの日本人。日本生まれのアメリカ人。日本生まれの台湾人……なんでみんな台湾にやってくるんだ？　なに？　深作欣二？

「……わしは台湾で生まれて、十八歳まで台湾で暮らしたんだ。太平洋戦争の前までな。あんたぐらいの歳の人からすると、こういうことは全く知らんだろう？」想像できんだろうけど、日本が戦争に負けてなかったら、この世界は全く違って見えたんだ……アメリカ人といっても、日本語はなかなかのものだ……なかなかハンサムだな、牛乳とパンで育つとやっぱり違うんだろうな……

日台映画交流？　このテーマはあんたみたいな年齢の人に理解できるものじゃない、あの当時はいろんなものがごっちゃになってただけで、交流なんて関係なかった、これは流行りの新しい名詞にすぎないんだ。台湾と日本の区別なんてあるものか。中国でも支那と日本なんて区別できなかったんだから……「質問する相手を間違ったと思うな」……三船敏郎は中国の山東省で生まれたんだ……李香蘭はきっと知ってるだろう、でも中国ではその頃大人気の男性スターがいたんだ、金焔《チン・イエン》［一九一〇―一九八三］、聞いたことないだろう？……阮玲玉《ルアン・リンユー》［一九一〇―一九三五、サイレント期の中国映画界を代表する女優］と一緒に『桃花泣血記』［一九三一、卜万蒼監督］に主演した金焔は、朝鮮で生まれたんだ。その頃朝鮮も日本の植民地だった……だから日台交流の問題なんてあるもんか。朝鮮の血が流れる日本人だった金焔は、当時中国一の大スターだったんだ……

確かにハンサムだった朝鮮人は、その後「満映」もやっきになって引き抜こうとしたし、『漁光曲』［一九三四、蔡楚生監督、モスクワ映画祭で名誉賞を受賞、王人美は主演し主題歌も歌った］で有名な王人美《ワン・レンメイ》［一九一四―一九八七、女優・歌手として活躍］と結婚したんじゃなかったか……若いの、あんたが思うような、日中台とかいうものとはまったく違う時代だったんだ……「覚えていられるものは、頭の中にある。忘れられるっていうことも、悪いことじゃない。若い人にはこの意味がわかるかな？」……わしがどうして映画に興味を持ったかって？　これはまた奇妙な質問だ。映画を観るのが嫌いな人なんているもんか。映画に興味を持たずにいられる人なんているもんか。

初めて映画に強烈な印象を持ったのはいつかと尋ねるべきだな。それなら答えやすい……台北国際館、昭和十五年、そう、間違いない、昭和十五年、一九四〇年。わしは初めて近代的な映画館に入ったんだ。それ以前は学校の講堂でニュース映画を観ただけだった……国際館っていうのは、今の西門町にあって……日本人は国際館に映画を観に行って、台湾人は大稲埕の第一劇場や太平館に観に行った……でも『支那の夜』を上演した時の国際館には台湾人がたくさん押しかけたんだ――

わしはそれで映画に興味を持ち出したのか？　映画を観ることに熱中しだしたと言ったほうがいいだろう――「あんたはまたなんで日本統治時代の映画に興味を持ったのかな？」――真っ暗な映画館の中では、日本人か台湾人かとか、労働者か雇用主かとか、年齢とかはまったく区別がないんだ。恋人たちは映画館でデートをしてこっそり互いの手を握る。わしも初めて映画館に行った時、幻の幸せを感じたんだ――

支那から入ってきた映画は台湾では大ブームになった。わしも『木蘭従軍』とか『萬世流芳』とかを観るのが好きだった……もしも日本が戦争に負けていなかったら、日本映画にも支那から来たスターが出演していただろう……もしも日本が負けていなかったら……わしと兄さんは上海に着いていた……昭和十六年、李香蘭は台北の大世界館で舞台に立って公演して、台湾中が大騒ぎになった、わしとわしの兄弟の契りを交わした兄さんは、あの晩、李香蘭の姿を目の当たりにしたんだ。……貧しい日本人の男子と、台湾の金持ちの子弟が兄弟の契りを結んで、どうだね――言ってごらん――今だったら、これはすごく感動的な映画になると思わないか？――『支那の夜』の主題歌はまだ歌えるぞ！――「蘇州夜曲」だ、忘れっこない、歌詞だってまだはっきり覚えている——

君がみ胸に　抱かれて聞くは
夢の船唄　鳥の歌
水の蘇州の　花散る春を
惜しむか　柳がすすり泣く

花をうかべて　流れる水の
明日のゆくえは　知らねども
こよい映した　ふたりの姿
消えてくれるな　いつまでも

髪にか飾ろか　接吻《くちづけ》しよか
君が手折し　桃の花
涙ぐむよな　おぼろの月に
鐘が鳴ります　寒山寺

本当にいい歌だ！……

あのとき僕と兄さんは映画の画面を真似て、兄さんが僕の手をとって、黄昏の人が少ない時に、まだアメリカ軍の爆撃で破壊されていなかった龍山寺の塀の外を歩いて、そこを支那の蘇州の寒山寺の代わりにしたんだ……

さあ、こんなふうに、手をとって……「君の指は長いな、なんて頭の良さそうな手相なんだ……今何歳だね、健二？」……若い肌だ、わしのこの手はもうしわとたるみのない人の体を忘れてしまいそうだ、触るとこういう感覚だったんだ……

年上の男性というのは普通優しいものなんだよ、男同士が手を握ったって、恥ずかしいことなんてあるものか？「学生時代に、年上のお兄さんやおじさんに可愛がられたことはないのかい？」……わしは幸いにも兄さんに出会ったんだ、あの年、兄さんは十九でわしは十七だった、兄さんはわしの顔を引っ張って――こんなふうに、愛おしむように言ったんだ、森、君は僕のものだって……

抱いて、兄さん、上海へ行ったら手紙をおくれ、一緒に誰も知っている人のいないところに逃げるんだ――でも、赤紙が来て――行かないで、兄さん――

若いの、どこへ行くんだ。言ってほしいのじゃなかったのか、わしがどうして台湾の映画監督「江山」になったかって？　若いの――

＊

彼が覚えているのはこれだけだ。それは夢だった。それはまた夢でなかった。

離れないで、もうちょっとそばにいて……

若旦那はしっかりと彼を抱き、口ではずっと知らない日本人男性の名を呼んでいた。彼は酒臭い若旦那をベッドに横たえ、支那服の女装を脱がせようとした。彼は若旦那のくるぶしを持ち上げ、服をゆっくりと引っ張った。単衣《ひとえ》の服を脱がすと、まず若旦那の肩があらわになり、続いては胸や腰だ……若旦那の肌は薄いピンク色を帯びており、彼はこの一族は何代か前にはオランダ人の血統が混ざっているのではないかと、ずっと疑っていた。若旦那の鼻は高く、肌は白かった。横たわっているこの整った身体を見ていた彼は、思わず前かがみになって乳首に口づけしてしまった。

彼は両手で頭を支えられ、きれいに剃り上げた頭のてっぺんは優しく撫でられた。拒絶もなく、探りを入れることもなく、目を合わせることもないまま、見知らぬようでもありよく知っているようでもある身体、ひとつの国土、想像上の秘密の土地へと入っていった。若旦那の低いうめき声を彼はずっと覚えている。残念なのは彼には相手の本当の表情が見えなかったことで、若旦那の目はずっと閉じていたのだ。

あの一瞬を除いては。

若旦那は突然目を開けて、困惑し、彼が誰なのか覚えていないようだった。ただ、彼が息を切らして錯乱の中で発した言葉「江山兄さん――」のせいで……

電流がすごい勢いで競うように急所へと到達したが、彼は大声を出すわけにはいなかったので、射精の瞬間には顔中の筋肉が痙攣《けいれん》し、虎のような叫び声は圧縮されて雄鶏《おんどり》の悲しい鳴き声のようになって横に開いた口元から吹き出した。自分でも見苦しい表情であることはわかっていた。

ベッドの上の人はケタケタと笑いだした。

初めは彼の思いがけない呼びかけにどうすればいいのかわからないといった様《さま》だったが、笑い声は次第に収拾がつかなくなり、ハハハハハと響き渡る。森は慌てて溢れ出たどろどろした液体を拭《ぬぐ》って、両手で掬《すく》うが、またこぼれ落ちる。ハハハハハ――周囲は完全な暗闇で、キンキンとした嘲笑からは隠れるところがない。「江山兄さんだって？」ハハハハハ――彼は満潮の状態になった自分が冷やかされるのを耳にした。愛にどっぷりと浸かった言葉がこんなに滑稽でいやらしい口調に変わるとは――

次の瞬間、若旦那の怒号が雷のように鳴り響いた。ばか、江山兄さんってお前が言ったのか？　お前にそんな呼び方をする資格があるとでも思うのか？　何様のつもりだ？

きっと自分の幻覚なのだ！　あの夜の記憶は……

誰も彼のがっちりとした肉体には抵抗できない。足を広げればまるで丘陵がそびえ立つかのような、十九歳の青年の体の最高峰に彼は登りつめたのだ。彼が力を込めて進入したその身体が発するのは、笑いかけながらもう一度やってくれと求める声のはずで、尋常ではないようなヒステリーのわけがない。

それはきっと最高の狂喜による幻聴なのだ——

きっとそうだ。

というのも、若旦那が彼を欲するときには、夕食の後、食器を片付けている彼の横を通り過ぎてこっそり彼の袖を引っ張るのだ。彼はこういう関係を気にしなかったし、若旦那がうわごとのように呼びかける名前がいつ変わったのかもとりたてて気に留めなかった。ほどないうちに、若旦那がいつも熟睡したふりをして決して目を開けようとしないことにも自分を慣れさせた。たとえ、彼が若旦那の求めのすべてに応じているのに、自分は相手の顔をちょっと触りたいと思ってもすぐにはねのけられる、そんな関係であっても彼は生きているうちでめったにない悦楽の時間だと感じていた。手や口を動かし、汲み取りポンプのようにせわしなく働いている最中にあっても、彼は毎回心の中で歓喜の叫びをあげていたのだ。僕は江山兄さんが好きなんだ……

大稲埕の茶商家の子息
日本より来台し成功せる鉱業家一族の娘と
近日成婚

ニュースが新聞に載ると、彼もみんなが喜んでいるのに感染して、若旦那のために喜ぶべき嬉しい知らせだと思った。宮信《みやのぶ》家の娘が初めて屋敷にやってきた日は、庭の桜の花がちょうど満開だったことを覚えている。満開の樹の下で若旦那が綺麗で上品な宮信嬢とひそひそ声で話しているのを見ると、彼も美しい一枚の絵のようだと思ったものだった。

美しいものは彼の人生とは始終ほとんど関係がなく、彼はこのような運命を受け入れることにとっくに慣れていた。彼が精魂を尽くした後、若旦那に満足げな表情をさせられることは、彼の人生において数少ない美しい記憶なのだった。だが後になると、どうして若旦那を祝福する気持ちが長続きしなくなったのだろう。どうして望ましくないように感じはじめたのだろう。男女が結婚することはこんなに期待するにふさわしい出来事で、彼自身だって自分の家庭を持つことを願っているのだ！　もちろん宮信さんのお嬢さんのように美しい新婦を娶《めと》ることはありえない、だけど……

結婚の日が近づけば近づくほど、彼の心は砂丘が次第に風で侵蝕されて空洞になるように、常に崩壊の危機に直面するようになった。彼は若旦那が彼に話に来るものだと思っていた。簡単に、僕らは大人になって男になったんだとか、あるいはありがとう、君のことは忘れないよ、などと言ってくれれば十分なのだ。

このような期待は、後になればなるほど、死ぬ前に誰かに会いたいというような気持ちに似通ってきた。何も変えることはできないということははっきりわかっていて、彼は若旦那にお別れを言う機会を見つけられることを願うだけなのだ。でも若旦那はいつも彼から遠く逃げてばかりだ……あのような幾晩かの出来事は本当に幻想だったのだ。最後には彼一人の幻想にするしかないのだ……

袖を引っ張るという秘密の合図による招待もなしに、彼は勇気を振り絞って若旦那の部屋のドアを開けた。

どのように口を開けばいいのかわからない、というのも、もう時はすでに遅く招待状も発送された後なのだ。彼は相手の目を見ることができず頭を垂れたまま入っていった。何度も出入りしている部屋ではあるが、長くいることを許されていない状況は見知らぬ部屋のように感じさせた。

若旦那が結婚されるので僕、僕は言いたいことがありまして……

誰が入っていいと言った？

若旦那の表情は初めは虚無そのものだった。下男の大胆な侵入によって困惑させられてしばし呆然としたかのようだった。だが思わぬことに若旦那は口元をちょっと歪《ゆが》めると、ドアを閉めるように命じた。せっかく来たんだから、やっちまおうぜ！　目の前へとやってきて、彼にその場でひざまずかせてズボンの結び目をほどかせた。

やめて……

小声で言ったのだが、若旦那の顔には激怒の表情がすぐに浮かんだ。

若旦那は幸せじゃないのに、どうして結婚に同意したんですか？

若旦那はまったく相手にせずその場から動かず、言うがままに彼が口の中をいっぱいにふさぐのを待っていた。

だが何回も抜き差しを繰り返さぬうちに涙が口に流れて喉がむせてしまい、続けられなくなって泣き出した。

僕は自分が賎しくて汚いことは知っています。だけど人に好かれて若旦那に恥をかかせないように頑張りたいんです。僕をそばに置いてください、命をかけてお守りしますから。もしこのまま結婚されたら、僕は本当に見るのが忍びないんです。今後若旦那が必要な時に僕がそばにいなかったらどうされるんですか。僕が思うのは——

彼はまるで底の見えない水底に身を投げたかのようにひたすら息を我慢していた。にわかに周りの音が消え去って、そこにあるのは自分の臨終のような残響のみだった。

いいえ、僕は何も考えていません、ただ若旦那のそばにいたいだけなんです、江山兄さん——

第十六章

一九四一年

その年、林家の万水嬢《バンツイ》と婚約者の男性が台湾へやって来て、旧暦の正月を過ごした。

アメリカ留学をした中国のこの将来の娘婿の食事や生活のために、林夫人はあれこれと考え抜いた。もともと客間は畳を敷いた和室だったのだが、将来の娘婿が眠れなかったらいけないと思い特別にベッドを置き、また食事の好みはどうかしらなどとつぶやいては、特別に大稲埕の「蓬萊閣」の料理人にお願いして中華料理風のおかずを作り届けてもらった。

言葉の上での隔たりがあるとはいえ、その場の雰囲気は和やかなものだった。林家の主人はしょっちゅう中国や南洋に行っては商売のやりとりをしており、さらに父親が彼のために家塾に先生を呼んできたため、漢文の素養はかなりのものだった。奥様は娘に間に入って補足や通訳をしてもらわなければならなかったが、この将来の娘婿の礼儀正しい振る舞いを見ると、気分を良くして口数も多くなり、閩南語［台湾語］と中国語が飛び交い、会話がますます弾んだ。林江山だけが蚊帳の外のようで、ずっと会話に加わろうとしなかった。

「山ちゃん、大学生活はどう？」姉は三年あまり家を離れていたので、まだ中学に入ったばかりのような印象のある弟を幼時の愛称で呼んでいた。

「毎日あちこち出かけ回って、しっかり勉強してるようなとこ見たことあらへんわ」母は小言を言いながら息子に目をやった。「ほらな、髪の毛もこんな長くして、年越しした後も散髪せんのや――」

万水は微笑んで言った。「女の子と付き合ってるの？」

「お嬢さんと付き合ったりしてるのなんか見たこともないわ、こんなしょげかえった格好で、どこの娘さんに気に入ってもらえるもんですか」母はそう言いながら愛情深そうに手を伸ばして、息子の額に垂れた長い前髪を払おうとした。江山は何か言いながら身を縮めて逃げようとした。

「こいつは母親に甘やかされすぎたんじゃ」林家の主人は客に向き直して、「鍾《ジョン》さん、お笑いにならないで下さい。うちの家は古い形式にとらわれるような家じゃないんですが、だけどこいつはほんとにしつけがなっておりませんでな」

「時代が激動しているからでしょう、若い世代は方向感覚をなくしつつありますね」

学問のある人は品のある言い方をするものだ。だが林家の主人は彼が何が言いたいのかを察知した。

「鍾さんはどう見られますかな？　あなたはアメリカから帰ってきた人だ。この情勢がどうなっていくか、よくわかっておられるでしょうな――」

「ご飯食べなはれ、そんなに真面目な顔しなくても――」奥様は愛想笑いをしながらおかずをつまんだ。「うちの肉団子の煮込み、おいしいでしょう？」

「これからは家族なんだから、言えないことなんて何もないね。鍾さん――」

「毓琦《ユィーチー》って呼んだらいいわ、お父さん」万水は口を挟んで言った。「その件は私も毓琦と話し合ったの。毓琦は博士の奨学金を貰ったんだけど、アメリカに帰るべきかどうか迷ってるの。私は言ったんだけど、もし情勢が変わったら……」

「そんな話してたら気分悪なるわ」奥様はまだ笑みを浮かべていたものの、知らぬうちに手に持っていた箸を置いていた。

「ここでの暮らしがこんなに安定してるなんて本当に意外だったわ。母さんは知らないかもしれないけど、日本の本土の情勢だってあまり落ち着いてはいないみたいだから」

「我が国の軍隊はずっと勝ち続けてるんじゃないの？」これまで静かだった江山が急に意見を述べた。

「姉さんは中国が長過ぎて、毎日戦争とか貧しさとかばかり見ているからね。台湾はまさに発展している最中なんだ。目にしなかった？」

言い終わり、満腹だと言い残して立ち上がると席を離れて出ていった。奥様はため息をついた。「ほんまに何考えてるんかわからんわ。こんな変わり者で。以前は台北帝大の学生さんはみんな優秀で進んでる思てたけど、あの子は大学に入ったか思たら悪いことばかり身につけて。学校もほったらかしなんかねえ」

初めてこの家の客となった鍾毓琦は、この将来の義弟に対してどうすればいいのかわからないように感じた。彼は万水と目配せをしてから、奥様の話題を引き継いだ。「さっきは江山君がいたのではっきり言えなかったんです、僕が見るところ、この戦争できっと日本は大いに国力を傷つけることになると思います。江山君のような若い人たちは、軍国主義思想の影響を受け過ぎで、ちょっと良くないと思うんです」

林家の主人は何か思うところがあるようで、紅棗《なつめ》と鶏肉のスープを一口飲んだが、全く味がしないようだった。これは「蓬萊閣」で彼が最も好きなメニューだったのだが。

奥様はテーブルの雰囲気がよくないと見てとると、笑みを浮かべて万水へと向き直った。「思うんやけど、早くあの子にお嫁さん見つけたほうがええわ。そしたら毎日あんな魂の抜け殻みたいにはならんかもしれん」

「もし本当にそう思うんだったら……」万水はまず笑いを隠してしばし黙った後、こう言った。「あのね、私たち船で帰ってくる時に、そのお嬢さんと知り合ったんだけど、上品なのはもちろん、家柄もよくってね。道中で友達になって、意気投合したの。そのとき毓琦に言ったんだけどね、お父さんも林家の嫁として気にいるだろうって」彼女がだいたいのことを説明すると、奥様は果たして一気に気力がみなぎってきた。

「お父さん、宮信初太郎の姪っ子やって！」奥様はこの鉱業界の大物の名前を耳にすると、すぐに夫の意見を求めた。「あなたも宮信さん知ってたんやない？」

父親はすぐには判断を示さず、若者の恋愛にはかまいっこなしだ、と言うのみだった。

だが、食後に万水と二人きりで書斎で腹を割って話をした際、彼はまたこのことを話題にして、この宮信嬢についてさらにいろいろと聞き出した。

「お前の祖父《じい》さんはお前を日本人に嫁がせたくないと思てたから、いま天にいる祖父さんの霊も安心できるやろ。嫁をもらうのはそれとは違う。うちに嫁いできたら台湾人や。もしもお前と毓琦がその宮信のお嬢さんにそんなにええ印象を持ったんやったら、二人にまず会《お》うてもらうのもええなあ……」主人は娘の手を自分の手のひらの中で握りしめ、先ほどの食事の際には隠していた心配そうな顔つきがついに姿を現した。

「お前の言うとおり、この半年来台湾の賑やかなこと言うたら、ちょっと普通やない。日本からは次々と有名人がやって来ては、作家や映画監督や芸能人や音楽家がみんな作品を発表して、ここの美しさとか近代化とかを大いに褒め称えとる。わしは、これは全部政策としてわざと混乱させようとしてるんやないかと思て心配なんや。何を隠そうとしてるんやろか？……」

「中国の状況も混乱してるわ、左翼の人たちの学校での活動がどんどん強くなって」

「お前と毓琦は多分もうアメリカに行くことを決めたんやろ、さっきはお母さんの前で言い出せなかったんやろ？」

「お父さん――」

「わかるわ。万一戦争が拡大したら、台湾は最後にはどこの軍隊に占領されるかわからんからな。お前と毓琦がもしアメリカに住みたいちゅうんやったら、わしは反対はせん。問題は江山や。子供の頃から甘やかされて、本当に何か起きたら、対応できる力はない。嫁をもろて、もしもその実家に力やコネがあったら、わしは安心なんや。ましてや――」

自分でも口を開きにくいようだ。彼は子供の前でこのような心の内を漏らしたことはなかったのだ。

「保険を増やしとくってことやな。日本がもしこのまま強くなって最後に戦争に勝利するのはいちばんや。そうなれば、お前の弟が日本とより親しい関係を持つのも必要なことや。もうすぐ五十年やというのに、台湾人の事業はどんだけ大きくなっても、本島人というレッテルを貼られてしまう。内台通婚でしか、ほんまに状況を変えることはできんのや。お前もな、お祖父さんが小さい頃から漢文や漢詩を教えたけど、身分は日本の植民地民のままで、やっぱり中国では疑われるやろう。時勢はこんなに不安定や。お前と江山は、一人はアメリカに行って、一人は日本に行って、しばらく将来がどうなるのか見極めるのがええやろ。わしもそれぐらいしか考えられん――」

「お父さん、そんなにいろいろ考えないで。まるで宮信さんが山ちゃんのお嫁さんになるって決まったみたい！」万水は父に冗談を言うふりをしたが、実は自分の内心の不安を隠そうとしていた。

「うちの江山のどこが悪い？　なかなか男前やないか？」

「そうね、お父さんよりずっとハンサムよ」

使用人がお茶を持ってきたため、父と娘のおしゃべりは小休止となった。

「森、若旦那にちょっと来るように言ってくれ」

「若旦那はお出かけになりました」

日本の少年はややなまった台湾語でうやうやしく返事をして、腰を曲げた状態を保っていた。

今晩、彼の袖は軽く引っ張られたので、気持ちは軒の下の風鈴のように、眠りから急に目覚めて歌を歌いはじめたような状態だった。

彼は二階の若旦那の部屋に赤々と明かりがついているのを目にした。

二〇一〇年

本当の冬はやって来ないカリフォルニアだが、この日は異常なほど寒かった。朝に人気《ひとけ》のない道路をランニングしていると、まるで目には見えない薄いガラスがあるかのように、向かい風を走り抜ける際に軽やかな音がぱりぱりと響いた。

健二は自分の呼吸の数を細かく数えて、手と足をリズムに合わせて動かすことに集中していた。小さな公園を抜け、ショッピングモールの前の駐車場を通り過ぎた。日曜日の朝は、そこはとりわけ広々としているように感じられた。彼は向きを変えて、ショッピングモールに入ってちょっと買い物をすることにした。

日本人が投資した売り場は、ずっと前からアジア系以外の客にも人気が出ていた。アメリカではここのところ軽食や健康食のブームが起きており、特に中層、上層階級の若い白人が、ここに来て商品棚の様々な白米や玄米、冷凍食品コーナーのきれいに包装された刺し身、さらには奇妙な各種のハーブティーやアロマオイルなどを吟味するようになっているのだ。

健二はその場で握ってくれる寿司コーナーの前で足を止め、日本語で鰻の蒲焼と漬けまぐろの二種類を注文した。彼はこのエリアに陶器の茶器や徳利を売る店がオープンしていたのを思い出し、新しいお猪口《ちょこ》セットを買うのもいいだろうと考えた。

日曜の夜には、決まって父が食後に姿を現すようになっていた。彼らの間にはこのように不定期に清酒を数杯飲み交わすという暗黙の了解ができていた。健二は畳をあつらえるという以前の約束はずっと暇がなくて果たせていないのではあるが。

寿司の出来上がりを待つ暇に任せて、腰をちょっと伸ばすと、いつもそうするように携帯を取り出し、メールボックスを確認した。

日本語のメールが一通あった。送信元アドレスは頻繁に連絡する相手ではない。タイトルは「松尾森」だった。

あの川崎涼子からだ。

健二さん：

このメールにびっくりされるんじゃないかしら？　私たちの間には愉快じゃないいざこざもあっ

たけど、私にはこのことをあなたに伝える義務と責任があると思うので知らせます。あなたのお祖父様は先週亡くなりました。

松尾監督は風邪をこじらせて肺炎になったそうです。亡くなった時には誰もそばにいなかったのは残念でした。でも監督への敬意から、私と映画記念館の仲間たちで彼の死後の手続きは済ませました。あなたはお祖父様の遺骨を引き取る気持ちはありますか？　もしあったらすぐに知らせて下さい。そうでなければ私たちが代わりに海葬します。生まれ故郷の、あなたも行ったことがある東海岸の町へ連れ帰って、遺骨を太平洋に撒くつもりです。

映画記念館はうまくいっています。私はもう館長ではなくて、今では単なるキュレーターだけど。もしもあなたが私たちの基金会についてなにか噂を聞いたとしたら、それはすべて事実ではありません。でも健二さんはそもそもそんなニュースに気づいていないんじゃないかしら？

あなたがあのとき突然帰ってしまったのは、正直言って、ちょっと腹も立てたわ。あなたがお祖父様を訪ねた時に何が起きたのか私にはわからない。でも、松尾監督はあの日受賞してステージに立って、本当に嬉しそうだったわ。あなたがその場にいなかったことは今となっては埋めることのできない穴になってしまったけれど。

しばらく考えた末に、あなたに松尾監督が亡くなったことを知らせると同時に、その日の授賞式の記録映像を添付ファイルで送ることにしました。もう一つのファイルは、あなたが見るチャンスのなかった『多情多恨』のリマスター版です。

もしも台湾に来ることがあったら、私に連絡して下さい。また機会があったらあなたと一緒に仕事をしたいと思います。私は小さいことにとらわれる人間じゃないし、本当に健二さんは優秀な方だと思うから。

寿司屋の店員に何度か呼びかけられて、健二はやっと物思いから我に返った。彼は紙袋を受け取ると、陶器店の前を通ってもまったく気にも留めずに、ショピングモールから出ていった。

彼はゆっくりと歩いていた。日差しは家を出たときよりも強くなっていたが、彼には気温が高くなったようには感じられなかった。道路の向かいの住宅街の屋根からさらに遠くを眺めると、細い線のようになった海の青さが目に入った。

彼はまた携帯を取り出し、電話をかけた。

「父さん」彼は自分の少し不安げな語気を緩めた。「お祖父さんが亡くなったよ」

電話の相手はたっぷり二十秒は沈黙していたが、ついに彼に言った。「夜、うちに帰る暇はあるかい?」

健二は午前中ずっと窓辺に座ってぼうっとしており、ただ夕暮れが来るのを待ち望んでいた。彼は父に言いたいことがたくさんあった。台湾行きの中で起きた、ずっと父には言えなかったあることだ。

机のコンピュータの画面にはずっと朝のあのメールが表示されていた。健二は躊躇していた、というのも祖父の最後のイベントの姿がファイルの中にあるからだ。彼の父はこのファイルの中の人を見てみたいと思うだろうか？

ついに健二は人差し指を伸ばして、「ダウンロード」と「保存」をクリックした。開こうか？　それとも夜に父に会ってからにしようか。彼は人差し指で画面をタッチした。

まあいいだろう！　彼は唇をちょっとすぼめた。先に内容をチェックしたほうがいいだろう。ファイルを開く。フルスクリーンモードにする。健二は座り直すと、二つのファイル名が逆になっていることに気づいた。「松尾森」をクリックすると、画面に映ったのは日本統治時代の台湾のある町の景色だった。詰襟の黒い制服を着て、頭には白い線の入った学生帽をかぶったハンサムな少年が、ずっと叫んでいた。「先生、先生！」

ロングショットからクローズアップへ、太陽のような笑顔だ。映画タイトルが映し出される。これは脚本の中に書いてあったオープニングではないだろう。いったいどのような物語が今のこのような形にされてしまったのだろうか。

窓辺に座った男は静かに画面に対峙していた。会ったことのない少年の顔立ちは、コピーされた古い写真よりもはっきりしていた。だが、今回も、初めて少年の写真を見た時も、彼は微かな驚きを感じた。奇妙なことに、少年に会ったことがあるように感じたからだ。

彼はポーズボタンを押して、静止画像を観察した。そして、ふと気づいた。

彼が連想したのは、祖父が子供を抱きかかえているあの黄ばんだ写真だった。少年と二十歳すぎの祖父とは、顔立ちが似通っていたのだ。

二〇〇七年

プラットホームの男の人がずっと私を見ている。向こうも私のことを見覚えがあると思っているようだわ。でも話しかけようとしたのに、向こうは振り向いて行ってしまった。

私は聞きたかったの。お祖父さんは元気ですかって。

ああ、日本人はみんな変ね。

最近ずっと私のそばにいる女の人が、この時どこからともなく現れた。

あの人ね、私はあの人のお祖父さんを知ってるわ。私は女の人に言った。彼女は首をあちこちに回してみたけど、プラットホームには人の姿が見えなかったから、眉をひそめて私に言ったの、帰りましょうって。そして私の腋の下を支えて、私を椅子から引っ張ったの。

ああ、毎回こんな感じ。何を言っても誰もわかってくれないみたい。

あの人のお祖父さん——私は頑張って思い出そうとするけれど、お祖父さんの顔立ちを思い出せない。そばにいる女の人に聞いたの、あの人のお祖父さんを知ってるかって。

彼女が小さい声で言うのが聞こえたわ、またおかしくなったわって。私に聞こえていないと思ったみたい。そこで私は得意になって大笑いしたの。老羅が待ってるって私は言った。行きましょう、早く帰りましょう。

老羅は壺の中で暮らしていて、暇になると出てくるの。小羅はあちこち駆けずり回ることはできなくて、深い地下で眠っているんだけど。

あの人たちは、私に老羅に会いに行きましょうって言うんだけど、私は答えるわ。行かなくていい、必要な時に自分から現れるからって。

小羅は元気かしら。

あの日本人のお祖父さんも彼を待ってるわ。

以前は老羅も私が何を言っているのか聞き取れなかったけど、でも彼は私の周りにいる他の人みたいに全く私の言うことに取り合わないようなことはなかった。彼はいつもまじめに聞いてくれる。私が何を聞いても適当に返事をするんだけど。

たとえば、ある時私が、あなたの息子が病気よって言ったら、病気じゃないって言うの。その後小羅が帰ってきたのを見たけど、すごく痩せてて、絶対病気だったわ。私は白衣を着た人たちが小羅を連れて行ったのを見た。老羅は悲しんで泣いていたわ。小羅はもう悲しんでいないから、私たちも泣くのはやめましょうって言いたかったの。でも老羅はどうしてもわかってくれないの。後になって老羅自身も病気になったけど、誰も私を見舞いに連れて行ってくれなかった。老羅は家に帰ってきたら、阿妹《アーメイ》［女児の愛称、ここでは蘭子の生んだ娘を指す］は元気かって聞いたの。それでわかったわ。老羅は本当にすっかり元気になって、前よりもずっと頭も冴えたみたい。

私は腕をその女の人の手から引き抜いて、待合室の真ん中に立って泣きはじめたの。阿妹——阿妹？——家に帰りましょう！

その女の人はびっくりして、私にむやみに叫ばないようにって言ったわ。

私は相手にせずに、そのまま阿妹を呼び続けたの。いったいどこに行ったのかしら。彼女は駅長室の机の下に隠れて、私とかくれんぼをするのが好きだった。わたしが近づいていって首を伸ばすと、阿妹は飛び跳ねながら駅長室から出てきたわ。

私は言ったの。靴は？

その女の人は口を挟んだわ。あなたの足にちゃんとあるじゃない。

私は阿妹がピンクのビニールサンダルを左足にしか履いていないのを見ながら、あの子に向かって口を突き出して怒った顔をしたの。阿妹は駅長室に駆け戻って、また出てきた時には両足にピンクの蝶々があったわ。

あの子に私の手を引かせて言ったの。お父さんが待ってるよって。

女の人は勝手にあちこち歩かないでって言って、車を取りに行ったの。

その人がいないすきに、阿妹を抱っこして、その顔にほおずりしたわ。あの毎日私から離れようとしない女の人は、阿妹のことが嫌いなの。この私の可愛い娘に全く興味を示したこともないんだから。

車に乗った後、あの女の人は運転しながら電話してた。私には連絡できる人なんかいない。だけど、この人の手の中の小さい機械はすごく面白そう。

小羅に電話してくれない？　私は言ったの。他に最近の様子を知りたい人は思いつかなかったから。

しっかり座ってて、動かないでね。その女の人は返事したわ。

窓の外では、さっき私を見ていた日本人が、ゆっくりと道端を歩いてた。車はあっという間に通り過ぎて、窓を開けるのが間に合わなかったわ。

あの人のお祖父さんあの人のお祖父さん――やっぱり思い出せない、私はどうしてあの人のお祖父さんを知ってるのかしら。

どうしてどうしても思い出せないのかしら。逆に多くの人が私のことを知ってるって言うの、私は全く覚えてないのにね。

例えば、このまえのあの背広を着た男の人ね。ずっと私に、蘭子、俺は阿昌だよって言うのね。でもあれが阿昌のわけないわ。背広の人の顔は黒々として、影に覆われていて、顔がよく見えなかったの。阿昌は目が大きくて、歯が白くて、もちろん見たらわかるわ。だからわざと顔を背けて相手にしなかったの。後になって老羅は、あれは阿昌で間違いないって言うんだけどね。

老羅は病気になる前は、口数は少なかったけど、今は結構よくしゃべるの。以前は老羅が帰宅すると、私が話し役で彼が聞き役、私が阿妹に起こったことを話して聞かせるの。老羅が先に、娘はどう、とか尋ねることはなかったわ。たぶん阿妹と老羅が一緒にいる時間が短すぎて、ずっと老羅に対して人見知りをしていたせいね。

病気の後は、自分から阿妹に近づこうとして、娘も老羅を怖がらなくなったわ。病気の前と後で、どうしてこんなに大きな変化があるのかしらね。

老羅、あなたはあのとき言ってたわね。自分は歳を取りすぎて、お前はまだまだ若いから、若い人を見つけて、自分と阿妹の面倒を見てもらわないとって。でもそれは間違いよ。結局はずっとあなたが私たちの面倒を見てるじゃない。私の人を見る目は確かだわ。あなたがこの鎮に来た時、私はほんの子供だったけど、もうこっそりあなたに注目してたの。あなたの眉毛が大好きで、なかでも看板を描く時にタバコをくわえて眉にシワを寄せているのを見るのがいちばん好きだったわ。養母や他の人は、あなたのような兵隊上がりは女の人をぶつから、前の奥さんもぶたれて出ていったんだろうって言ってた。けど私は信じなかった。あなたがいい人って知ってたから。

私はちゃんと人を見てるの、老羅。私たちの娘の目や眉はあなたにそっくりだもの！　老羅、私があなたにしてあげたことは少なかったけど、私を恨んだことない？　阿妹、お父さんは一生苦労してきたのよ、覚えていてね——

車が墓地を通り過ぎた。

私はもうあの女の人の邪魔をしなかった、電話で楽しそうに話してるところだったから。私は振り返って墓地がゆっくりと後退していって、どんどん遠くなるのを見るしかなかった。

私は老羅に聞いたの。どうして私たちは小羅にもう会いに行かないのって。老羅が言うには、小羅は今は安らかにしてるから、邪魔をしに行くのはよそうって。

私たちのところも誰も邪魔しに来ないわね。私は言った。やっと、どんな噂話も怖がる必要はなくなって、ついに私たちは堂々と家族になることができたわね。

頭を下げると、阿妹が私の胸元で眠ってた。

彼女の小さなまつ毛が夕日の中できらめいているのを見ると、まるで金色のタンポポのようで、私は微笑を浮かべたの。

一九八四年

彼が目覚めた時、父はベッドのそばに立っていた。

もしかするとしばらくここに立って彼を眺めていたのかもしれない。

いま何時?

彼は目をこすって、ミッキーマウスの絵柄入りの布団を蹴り上げたが、自分がまたこの部屋で目を覚ますなんて嘘みたいだ、と感じていた。

昼を過ぎたけど、昼御飯食べるか、ずっと起こせなかったんだ、と父は言った。

彼は熟睡していて申し訳ない、と言うかのように笑った。ああわかった、父さん先に食べて、後から行くから。

父の前で正直に言えないことは、実際は彼も悩ましかった。無駄に午前中いっぱい過ごしてしまった。もともとの計画では雑多なものを片付けるはずだった。あちらに行くにしてもいろいろ処理してからではないと行きづらいものだ。

この部屋の壁には、彼が家を出る前にはなかったアニメのキャラクターのポスターが数枚増えていた。蘭子と娘がこの部屋に住んでいた時に貼ったものだろう。彼は蘭子の娘、つまり自分の妹と一度も会ったことがないのだ。もしも人々が死について言うことが少しでも正しいなら、彼は明日ついにその子に会えるのだろうか。

彼は真剣にミッキーマウスの布団を折りたたみ、ベッドの隅に置いた。もう一度見やると、またそれをビニール製の簡易クローゼットに移し、棚のジッパーを引き上げた。もう必要ないからな、と彼は思った。

洗顔、歯磨き、うがい。

今までに幾度ともなくこの洗面の動作を行ってきた。目を閉じてでもできるこの動作だが、彼はこの動作をより良くすることができるか、あるいはより良くする必要があるかなどと考えたことはなかった。こんな小さな細部にも、彼の人生における決定的な欠陥が隠れているかもしれない。

最後の歯磨き粉を吐き出し終えて、蛇口から出る冷たい水の流れを両手ですくい、彼はもう一度顔を濡らして、自分をよりしゃきっとさせて、顔色を良くして父に少しも疑いを持たせないようにしようとした。

蛇口を閉め、鏡の中の自分を五秒間注視した。よし、これでいい、彼は自分に言った。

彼は今日最初の、明日以降はしなくてもいいことを済ませたのだ。

食事をすることも、その一つになるだろう。彼は食卓に行って、リストの次の項目を実行しようとした。計画では父が夕方に散歩に出かけて、晩御飯の時間が来るまでに彼はすべきことをすることになっている。ということはこれが最後の食事だが、中身は何だろう。

彼はここまで自分が落ち着いた気持ちを保っていることを嬉しく思った。

饅頭《マントウ》［中華風蒸しパン］売りが朝来たから、昨晩の残り物で雑炊にしたんだよ、饅頭にぴったりだから、と父は言った。

彼にとって最も馴染み深い残り物の雑炊だ！　子供のときはいつも辟易していたものだ。父の料理の腕というと本当にひどいもので、何かあるとすべて鍋の中に入れるのだ。文句を言おうものならすぐに怒られる。戦争のとき軍隊じゃこんなものさえ食べられなかったんだぞ！

彼はあっという間に一杯目をかき込んで、二杯目を茶碗に取ろうとした時、父はちらっと彼を見て、何かを言おうとしたのを飲み込んだようだった。

なんという食べ方だ！　もしかすると父はこのようないつもの言葉を言おうとしたのかもしれない。もしもこれが親子の最後の食事だとすれば、彼は父がふるさとの訛《なま》り混じりで叱責するのをまた聞きたいと思った。ちゃんとまっすぐ座りなさい！　野菜を食べなさい！　全部お金を出して買ったものなのに無駄にするのか！　……彼はいつも二人で御飯を食べていた頃を思い出して、感情の高ぶりを隠しきれずに涙を流してしまうことが怖かった。

父は途中で席を立つと部屋に入っていったが、食卓に戻ってきた時には小さな布袋を持っており、それを彼の手のひらへと渡した。

何？　彼は尋ねた。

前から渡そうと思ってた。お守りだ。ふるさとの家のしきたりでな、子供が生後一ヶ月になると金のお守りを作って、豊かになって健やかに育つよう祈るんだ。お前が一月《ひとつき》のときはお金がなくて二十五グラムの小さなお守りしか作れなかった。それから貯金ができると、金塊を後から補填して、金属店にちょっと大きいものに作り直してもらったんだ。こうやって毎年作り直して、今では二百五十グラムだ、知らなかっただろう？

父さん、要らないよ——

まあ取っとけ。もともとお前のものだからな！　父は言った。もともとは金の鎖も付けようと思ってたけど、お前が身体に付けるわけがないと思って、省略したんだ。

じゃあ父さんも小さい時に持ってたの？

うん。あれを売り飛ばして実家から逃げてきたから、とっくにないよ。

手のひらにずっしりと重くのしかかるのは、まるで口に出せない思いのようだ。彼は考えた。まさか、家を離れて長く経つというのに、父は金塊を相も変わらず補填していって、ついに二百五十グラムにまでなったというのだろうか。これが父が自分を思いやる方法なのだろうか。

でも父さん、僕は父さんに何も持って帰らなかったよ——

帰ってくるだけでいいんだ。父は言った。そしてもう一度繰り返した。帰ってくるだけでいいんだ……

父さん、ありがとう。

彼はお守りをまた丁寧に包んで布袋にしまい、饅頭を噛んでいる老人に向かって、黙って心の中で話しかけた。帰ってきたよ、もうどこにも行かないよ……

一九七三年

日本のプロデューサーは、やはり郷に入れば郷に従うことを決め、日本人スタッフも台湾人がクランクインの日に行う焼香と拝礼に参加させることに同意した。

第一に、この土地の神様がお守り下さいますように、第二に、四方の好《よ》き兄弟の皆様もどうぞお許しのほどを、第三に映画の上映が成功しますように。

儀式が終わると、プロデューサーは黒狗《ヘイゴウ》の耳元に近づいて尋ねた。四方の好き兄弟って何のことだ？

「つまり、亡霊のことですよ——」

「台湾人はそんなに迷信にとらわれて、幽霊まで信じるのか？　我々が映画を撮るのと幽霊と何の関係があるんだ？」

「わあ、そんなことは決して言ってはいけません！　映画を撮るというのはありもしないことを作り出すことで、虚構の世界でして。亡霊はどこにでもおりまして、私たちのやっていることが面白いと感じたり、私たちの世界と彼らの世界は同じ世界だと思ったりするんですわ。一番怖いのは、連中が私たちの虚構を本物だと思って、やってきて参加したり指摘をしたり、嫌いな役柄を見ると自ら介入したりして、もう何もかにもうまくいかなくなるんです。だから、まずはっきりと言っておくんです、私たちは演技をして映画を撮ってるんだ、本当のこととは思わないで下さい、と」

日本のプロデューサーはこの説明は面白いとは思ったものの、やはり納得することはできず、口元を歪めた。黒狗はそれを見て、まずいと思った。「信じないならそれでもいいんですけど、決して顔には出さないで下さい。こういうことには結構やばいことが付きものなんです、それに――」彼は少し黙って、松尾監督がこの近くにいないことを確かめて、安心して話を続けた。

「監督がどうしても外でロケをするんだって主張して、こんな古いところを見つけだして、道全体を大戦以前の姿に戻したんですけど、正直言って、私もゾクゾクしているんです。古い建物はそもそも寒々しいもんですけど、私たちのロケ現場は長年灯りもつけられなかった映画館でして、もっとぞっとするじゃありませんか。その上、大戦がテーマの映画で、死んでも死にきれなかった人もたくさんいますからね！」

黒狗はそう言いながら、目は周囲をぎょろっと見渡した、まるで軍服を着た戦死した兵士が彼のそばにいるとでも言うかのように。

スピーカーが号令の声を発した。位置について準備をするように、五分後に本日の撮影が始まる、と。

松尾森は相変わらず例のサングラスを掛け、カメラの撮影のために高く積まれた足場に立っており、現場の動きはすべて彼の視界に入っていた。それから、彼は自分が選んだ少年の俳優が、騎楼の下の柱の後ろに隠れて、ぶつぶつと台詞《せりふ》を暗誦しているのを目にした。監督は鼻の上のサングラスを外して、この少年俳優をもう一度はっきり見ようとした。彼だけが知っているのだ。最終的に決定された脚本の中には、もうひとりの伝説中の少年が住んでいることを。

初めてこの少年を見た時、彼は衝撃を隠せなかった。というのは自分の少年時代の表情が、あたかもこの若い顔の上に再現されたかのようだったからだ。彼はその瞬間、これは知り得ぬところでもともと設定されていた試練であるかのように感じた。『多情多恨』はもともと予定されていたようなただの商業的な文芸映画ではなくなり、彼の映画人生や彼個人の人生そのものが、彼が徹夜で脚本を書き換えた後に全く新しく始まろうとしていたのだ。

物語の中の男の子は重い傷を負って治らないことにしなければならない。だが、死んでいく前に待ち望んでいた少佐に会うことになる。彼が最も信頼していた日本のお兄さんだ……

松尾はまたサングラスを掛けた。周りの人が行ったり来たりしてもみんな最後の準備に勤《いそ》しんでおり気づくはずがない。彼自身も自分の秘密が朦朧とした自分の目の中から漏れてしまうことを望まなかった。

映画！　これはなんと奇妙な発明なのだろう。記憶を書き換えたいという彼の願望を実現し、真実よりもさらに保存するに値する幻影を作らせてもらい、戦争によって中断されることのない青春の夢へと再び戻ろうとしているのだ！

すべてを最初へ、彼の生まれ育った場所へと戻してしまおう。

彼は自分の心の中のあの少年を蘇らせねばならない。彼の心の中のあの永遠の欠落に向き合うべき時が来たのだ。

カウントダウン。

フィルムが回り、監督が号令を下す。

カメラ！

【完】

訳者あとがき

西村正男

本書は郭強生『惑郷之人』（台北：聯合文学、二〇一二年）の全訳である。

*

この小説の内容を一言で説明するのは容易ではない。描かれる時代も一九四一年から二〇一〇年までの長い時代にわたり、描かれる空間も台湾東部、台北、カリフォルニア、日本などに跨っている。そして、作者の筆はこの世とあの世の間さえ飛び越える。

本書は、第一部から第三部までの三部構成となっている。第一部「君が代少年」では、一九七三年、一九八四年、二〇〇七年の場面が交錯する。一九七三年の場面では台湾東部の鎮で映画撮影が行われる（鎮は県の下に市・郷とともに置かれる行政単位）。日本映画を台湾との協力のもとで製作していたところ、日台断交により台湾で上映できなくなったため、監督や俳優が日本人であることを伏せて台湾映画として完成させようとしていたのだ。その映画撮影に、この鎮に住む若者たち、すなわち小羅《シャオルオ》、阿昌《アーチャン》、蘭《ラン》子《ズ》の三人が巻き込まれる。一方、一九八四年の場面では、台北から故郷へと舞い戻った小羅が自殺するに至るまでが描かれる。二〇〇七年の場面では、台湾で映画監督をしていた祖父・松尾森の足跡を探るため、アメリカで生まれ育った研究者・松尾健二が台北へと訪れる。

第二部の舞台は死後の世界である。小羅と台湾人日本軍兵士・敏郎とのやりとりを通じて、彼らの身の上に何が起こったのかが明らかになる。第三部では舞台はまた現世へと戻る。第二次世界大戦中から二〇一〇年までの場面が交錯し、松尾森監督の過去や、小羅が自殺を選んだ理由など、様々な謎が解明されていく。

＊

本書は、一言で言えば映画をめぐる小説であるといえる。試みに、本書に登場する主な映画スターや映画監督の名前を以下に列挙してみる。ブルース・リー、李香蘭、深作欣二、侯孝賢、王羽、姜大衛、何莉莉、金焰、阮玲玉……。他にも多くの人物が登場するが、これだけでも中国語圏映画のファンの興味を惹くのに十分だろう（ただこれらの映画スターたちは小説の中で実際に動き回ることはなく、登場人物の会話や回想の中で触れられるだけなのではあるが）。さらに、『支那の夜』（一九四〇年）、『カミカゼ野郎　真昼の決斗』（一九六六年）、『戦場のメリークリスマス』（一九八三年）などの映画も小説の中に登場する。

本書と映画との関係はこれだけにとどまらず、台湾東部の吉祥戯院という映画館が小説の主要な舞台の一つとなっている。小説の冒頭、一九八四年に吉祥戯院が取り壊されようとしているのを読むと、読者はイタリア映画『ニュー・シネマ・パラダイス』（一九八八年）のような映画をめぐるノスタルジックなストーリーを想像するかもしれない。だが、本書では映画とはそれほど生易しいものではない。映画撮影に関わることによって、小羅は人生の破滅を迎えるのだ。この吉祥戯院で一九七三年に撮影され未完に終わった幻の映画『多情多恨』も、小説のプロットの進展において大きな鍵となっている。

＊

セクシュアリティやエスニシティも小説の重要なテーマである。二人の男子すなわち小羅、阿昌と一人の女子・蘭子の三者の関係は、台湾映画に詳しい読者なら、本書の原著出版直後に公開された台湾映画『GF＊BF』（原題『女朋友。男朋友』、二〇一二年）の三人の主人公の関係を想起するかもしれない。本書でも、『GF＊BF』と同様に登場人物たちのセクシュアリティがストーリーの展開の上で重要なポイントとなっている（本書では、単に同性愛がテーマになっているだけではなく、ペドフィリア（小児性愛）やエイズなども描かれる）。一方、この小説が映画『GF＊BF』と異なるのは、登場人物たちのエスニシティにも焦点が当てられることである。小羅は外省人の父を持ち、阿昌は台湾の原住民である。蘭子は本省人家庭に金銭で買われた養女である。この小説を読むことは、台湾の複雑なエスニシティの理解の一助にもなるであろう。

さらに、日本の読者にとっては「湾生《わんせい》」、すなわち日本の植民地時代に台湾で生まれ育った日本人をめぐる描写も興味深い。台湾を再訪する日本の老人の姿を描いたドキュメンタリー映画『湾生回家』が台湾で二〇一五年に、日本で二〇一六年に公開され、話題になったことは記憶に新しい。湾生の中には台湾東部・花蓮近郊の吉野村、豊田村、林田村などの日本人開拓村で暮らしていた人も少なくないが、この小説の舞台もそれらの村、特に吉祥鎮と名前の似た吉野村（現・吉安郷）を彷彿とさせる。そして湾生の映画監督である松尾森も本書の主人公の一人である。

この松尾森に限らず、小説の登場人物の多くは故郷喪失者の性質を帯びている。小羅の父・老羅は故郷の中国東北地方を追われて台湾にやってきた外省人であり、台湾人日本軍兵士の霊も帰るところはない。松尾森の孫でアメリカ生まれの松尾健二も日米のアンデンティティに引き裂かれている。本書の題名『惑郷の人』にあるように、彼らはみな故郷に惑う人なのである。

＊

だが、そのようなテーマや題材が個別に描かれているだけではなく、それが台湾の近現代史や日台関係史という大きな背景と関連付けられながら描かれていることが、この小説の興味深いところである。本書で言及される歴史的事件には、例えば台湾博覧会（一九三五年）、李香蘭の台湾公演（一九四一年）、台湾・民航空運の航空機墜落事故（一九六四年）、日中国交正常化に伴う日台断交（一九七二年）、ブルース・リーの死（一九七三年）などがある。日中戦争や太平洋戦争も当然ながらプロットに関わる。

そして、この小説はミステリー仕立てにもなっており、読者は読み進めるうちに、パズルのピースを一つ一つ埋めていくような感覚に襲われる。エンターテイメントとしても楽しめる小説なのである。

さて、ここで本書の作者の郭強生氏について紹介したい。一九六四年生まれの郭氏は、作家・張愛玲や白先勇らの影響を受け、国立台湾師範大学附属高級中学（日本の高校に相当）在学時代から小説の創作を開始し、一九八七年に短篇小説集『作伴』でデビューする。その後、劇作も手がけるようになり、アメリカ・ニューヨーク大学で演劇学の博士号を取得。花蓮の国立東華大学英美語学系（英米文学科）教授を経て、今年（二〇一八年）、国立台北教育大学語文与創作学系（言語創作学科）教授に着任した。

二〇一〇年、十三年ぶりに小説集『夜行之子』を上梓したことが郭氏の作家としての転機となった。この『夜行之子』は、十三篇の短篇から構成されているが、全体で一つの長篇小説と見ることもできる。そして郭氏の（真の意味での）最初の長篇小説として二〇一二年に出版されたのが本書『惑郷の人』である。本書は二〇一三年、中華民国文化部が主催する出版賞である金鼎賞を受賞している。さらに、二〇一五年には最新長篇小説の『断代』を発表している。この三冊の小説には共通して幽霊と同性愛が描かれる。これらの小説は一九九〇年代に台湾で興隆を極めた「同志文学」（同性愛文学）の新しい展開と位置づけられよう。また大きな歴史と小説内の人物とを巧妙にリンクさせていることも三冊に共通する特徴である。その一方で、本書の登場人物の青年期の描写には、デビュー当時の青春文学を引き継いだみずみずしい息吹も感じられる。そして彼らのその後の運命の描写は、作者の人生や歴史に対する認識の深化がうかがえるのである。

郭氏の父、郭軔《クオレン》は、画家で国立台湾師範大学の教授を務めたが、それ以外にも一九六〇年代から七〇年代にかけ、多くの台湾映画に芸術指導として関わっている。そのため郭氏の幼少期には、著名な映画監督・李翰祥など多くの映画人が自宅を頻繁に訪れており、当時の映画界の状況について一定の認識を持っていたのだという。さらに学者としての知見によって、本書では映画のみならず、演劇、流行音楽などに数多く言及がなされている。それらの先行テクストを踏まえて本書を読めば、より豊かな読解が可能になるであろう。

＊

ここで、小説中で描かれる台湾映画史の背景についても簡単に解説を加えておきたい。

戦後に台湾で制作された映画は、国語（標準中国語）映画と台湾語映画に大別される。主に中華民国政府系映画会社により製作された国語映画に対し、台湾語映画は民間の映画会社によって製作され、台湾語話者の民衆に親しまれた。台湾語映画は一九五五年に製作が開始され、一九六八年頃までが最盛期とされる。一九六九年以降は国語映画の生産本数が台湾語映画の生産量を上回り、台湾語映画はその後急速に衰えていく。このようにほんの短い期間の繁栄を謳歌した台湾語映画ではあるが、今日では再評価も行われており、代表作のＤＶＤ発売やデジタル・リマスターも進んでいる。二〇一四年の大阪アジアン映画祭で上映されＡＢＣ賞を受賞した台湾映画『おばあちゃんの夢中恋人』（原題『阿嬤的夢中情人』、二〇一三年）も、古き良き台湾語映画とその歴史にオマージュを捧げるものであった。小説中に描かれる架空の「台湾語映画記念館」は、こうした台湾語映画再評価の流れを反映したものであると言えよう。

小説の中では、日本映画上映禁止についても言及されている。戦後の一時期、台湾では日本映画の上映が禁止されたものの一九五〇年に解禁され、二年ほどのブランクをはさみながらも一九七三年末までは日本映画が上映されていた。一九七三年に日本映画上映が再び禁止されたのは、前年の日台断交に伴う措置である。

小説中、台湾マーケットを当てにした日本映画であった『多情多恨』が、台湾で公開できなくなることを恐れて台湾の国語映画として作り替えられたのはこのような背景による。そして、この『多情多恨』は近年の台湾語映画再評価の機運に乗って、台湾語の音声が加えられることになるわけである。

*

本書は、もともとは『惑郷人』という題名が予定されていたのを『惑郷之人』と改めたそうである。「自分の故郷について惑う人」という意味だけではなく、「郷」を「惑」わす、つまり、故郷という概念を惑わせ揺さぶる人、という意味も持たせるために「惑郷之人」とした、と郭氏は言う。小説の登場人物にとって、そして読者の我々にとって故郷とは何なのか、本書は沈思に誘う。この日本語版でも作者の意図を尊重し、訳題としてほぼ直訳の『惑郷の人』を採用した次第である。

第一部から第三部までの各部に付けられた題名にも言及しておきたい。第一部の「君が代少年」とは、一九四三年に改定された日本の国語教科書『初等科国語三』に登場する台湾の少年のことで、教科書では一九三五年に台湾中部で起きた地震で死んだ少年が「君が代」を歌いながら息を引き取る様子が描かれている。この君が代少年の物語は、小説の中でも重要な役割を果たしている。第二部の「多情多恨」は、小説中で製作される架空の映画の題名である（おそらく尾崎紅葉の同名小説とは無関係だろう）。愛情が多く、恨みも多いというこの題名は、小説内で描かれる愛憎を象徴しているようでもある。第三部の「君への思いを絶たん」の原題は「与君絶」。これは『楽府《がふ》詩集』に収められる漢代の楽府（歌謡）「上邪」の一節から取られている。「上邪」は永遠の愛の誓いの詩である。もしも山の峰や川の水がなくなり、冬に雷が鳴り夏に雪が降り、天と地が合わさるようなことになったならその時初めてあなたへの思いを断ちましょう、という激烈な愛の誓いの言葉も、第二部の題名と同様に、この小説における強い愛憎を表わすのにふさわしい。

＊

台湾には様々なエスニシティの人々が暮らしており、多様な言語が話されているが、小説中の会話も、様々な言語で話されている。本書の翻訳においては、台湾語で話されたと思われる台詞については関西弁で翻訳を施した。このような試みが成功しているかどうかについては、読者の判断に委ねたい。

個人的なことになるが、訳者はもともと中国語圏の文学を専門としており、近年は流行音楽や映画にも研究を広げている。本書のような、中国語圏の映画史と密接に結びついた小説を翻訳できることは、何物にも代えがたい喜びであった。また、小説の登場人物・松尾健二の両親は高知県の出身とされているが、訳者の両親も高知県出身である。そして、松尾健二と同様に台湾でサバティカル（研究休暇）を過ごしている期間に本書の翻訳を完成することとなった。まさに第三章にある健二の述懐「知らぬうちに運命に導かれていたんだ」と同様に、運命に導かれて本書の出版を実現できたことを嬉しく思っている。

翻訳においては、著者の了解の上で、誤字や固有名詞などの明らかな誤りについては訂正した。また、訳者が理解できなかった単語の意味などについても、著者の郭強生氏に一つ一つ解説をして頂いた。明田川聡士氏（横浜国立大学非常勤講師）と劉霊均氏（三重大学特任講師）には訳稿に目を通してもらい、貴重な意見を頂いた。あるむ編集部の吉田玲子氏には、なかなか進まぬ訳業を辛抱強くサポートして頂き、また訳稿にも的確な意見を出して頂いた。各位に対してここに感謝を申し上げる。

二〇一八年八月

郭強生（かく　きょうせい）John Sheng Kuo
1964年生まれ。国立台湾大学外文系卒業、アメリカ・ニューヨーク大学で演劇学を専攻、博士号を得る。花蓮の国立東華大学英美語学系（英米文学科）教授を経て、2018年、国立台北教育大学語文与創作学系（言語創作学科）教授に着任。最近の小説として『夜行之子』(2010)、『惑郷之人』（本書、2012)、『断代』(2015）がある。本書と散文集『何不認真来悲傷』(2015）は共に金鼎賞（優れた出版事業や出版に関わる人物に与えられる賞）を受賞している。

訳者
西村正男（にしむら　まさお）
1969年生まれ。関西学院大学社会学部教授。東京大学文学部、同大学院で中国文学を専攻、博士（文学)。近年は主に中国語圏の流行音楽を研究している。論文に「混淆・越境・オリエンタリズム―「玫瑰玫瑰我愛你（Rose, Rose, I Love You)」の原曲とカヴァー・ヴァージョンをめぐって」「日本ロック創成期に中国系音楽家が果たした役割」「神戸華僑作曲家・梁楽音と戦時上海の流行音楽」など。

惑郷《わくきょう》の人《ひと》

台湾文学セレクション 4

2018年11月30日　第1刷発行

著者――郭強生
訳者――西村正男
発行――株式会社 あるむ
〒460-0012 名古屋市中区千代田3-1-12
Tel. 052-332-0861　Fax. 052-332-0862
http://www.arm-p.co.jp　E-mail: arm@a.email.ne.jp
印刷――興和印刷・精版印刷
製本――渋谷文泉閣

Sponsored by Ministry of Culture, Republic of China (Taiwan)
　ISBN978-4-86333-147-1

日本音楽著作権協会（出）許諾第1811187-801号

台湾文化表象の現在《いま》
響きあう日本と台湾

前野みち子 星野幸代 垂水千恵 黃英哲［編］

幾層にも重なる共同体としての記憶と、個人のアイデンティティに対する問い。時空を往還するゆるぎないまなざしが、歴史と現在とを交錯させる視座から読み解く。クィアな交感が生んだ台湾文学・映画論。

津島佑子／陳玉慧／朱天心／劉亮雅／小谷真理／紀大偉／白水紀子
垂水千恵／張小虹／張小青／梅家玲

A5判 296頁 定価（本体3000円＋税）

台湾映画表象の現在《いま》
可視と不可視のあいだ

星野幸代 洪郁如 薛化元 黃英哲［編］

台湾ニューシネマから電影新世代まで、微光と陽光の修辞学をその表象や映像効果から読む。台湾ドキュメンタリーの現場から、転位する記憶と記録を探る。映像の不確実性を読み込む台湾映画論。

黃建業／張小虹／陳儒修／鄧筠／多田 治／邱貴芬／呉乙峰／楊力州
朱詩倩／簡偉斯／郭珍弟／星名宏修

A5判 266頁 定価（本体3000円＋税）

侯孝賢《ホウ・シャオシェン》の詩学と時間のプリズム

前野みち子 星野幸代 西村正男 薛化元［編］

監督侯孝賢と脚本家朱天文との交感から生まれる、偶然性に身を委ねつつも精緻に計算し尽くされた映像世界。その叙事のスタイルを台湾、香港、アメリカ、カナダ、日本の論者が読み解く。

葉月瑜／ダレル・ウィリアム・デイヴィス／藤井省三／ジェームズ・アデン
陳儒修／張小虹／ミツヨ・ワダ・マルシアーノ／盧非易
侯孝賢／朱天文／池側隆之

A5判 266頁 定価（本体2500円＋税）

好評既刊

台湾文学セレクション 1

フーガ 黒い太陽

洪 凌［著］ 櫻庭ゆみ子［訳］

我が子よ、私の黒洞《ブラックホール》こそおまえを生みだした子宮——。
母と娘の葛藤物語を装うリアリズム風の一篇からはじまり、異端の生命・吸血鬼、さらにはSFファンタジーの奇々怪々なる異星の存在物が跋扈する宇宙空間へ。クィアSF小説作家による雑種《ハイブリッド》なアンソロジーの初邦訳。

四六判 364頁 定価（本体2300円＋税）

台湾文学セレクション 2

太陽の血は黒い

胡淑雯［著］ 三須祐介［訳］

すべての傷口はみな発言することを渇望している——。
戒厳令解除後に育った大学院生のわたし李文心と小海。ふたりの祖父をつなぐ台湾現代史の傷跡。セクシュアル・マイノリティである友人阿莫の孤独。台北の浮薄《クール》な風景に傷の記憶のゆらぎをきく、新たな同時代文学への試み。

四六判 464頁 定価（本体2500円＋税）

台湾文学セレクション 3

沈黙の島

蘇偉貞［著］ 倉本知明［訳］

あなたはまだこの人生を続けたい？
香港の離島に暮らし、アジア各地でビジネスする晨勉。香港・台北・シンガポール、そしてバリ島と、魂の故郷をもとめて流転した彼女が選ぶ生き方とは。国家や民族、階級やジェンダーといったあらゆるアイデンティティを脱ぎ去り、個/孤としての女性の性と身体を見つめた蘇偉貞の代表作。

四六判 348頁 定価（本体2300円＋税）